JN069148

捨てられた聖女は
suterareta seijoha okosama maou no oyatsugakari ni narimatita
お子さま魔王の
おやつ係になりました
2

ヒダリ
魔王城の王宮料理人
ミギ
魔王城の王宮料理人
ナイリーン
お菓子作りが好きな転生者

オルペミーシア
図書館の天使
シエル
クールな専属メイド
タイラン
ワーカホリックな魔法使い
魔王様
魔界の最高権力者

「お前たち、いっぱい食べて
卵と牛乳を沢山出すのだぞ」

魔獣が食べてくれるおかげで
大量のミントも余る心配がなくなった。
魔王様の声援を受け、
元気にもしゃもしゃと食べている。

「それが焼きおにぎりか？」
「メティも食べたい」

「そうだ。俺が焼いてやる」
私が薄くスライスしてもらったお肉を焼く横で、
タイランさんはせっせと焼きおにぎりを育てていく。
すると魔王様とメティちゃんが仲良くやってきた。

CONTENTS

捨てられた聖女はお子さま魔王のおやつ係になりました 2

suterareta seijoha okosama maou no oyatsugakari ni narimasita

author
斯波

illustration
麻先みち

前回のあらすじ

四年前、幼馴染みのジュードが勇者に選ばれた。帰ってきたら結婚しようと言われ、王都で聖女見習いとして働きながら待ち続けた。

ジュードが魔王討伐に向かって三年。魔王と和平を結んで戻ってきた彼は、あっさりと私を捨てた。そのショックで前世のことを思い出し、私の見えていた世界はほんの少しだけ変わった。

この先どうしようかと悩んでいた時、お世話になった元大聖女のオリヴィエ様が声をかけてくださった。自分の代理として魔界で働いてほしいと言うのだ。

期限は二年。彼女の役に立てるならばと即決した。その場で魔界に飛ばされて、魔王様のおやつ係に任命されたのが今から一年前のこと。

魔界での生活は初めてのことや驚くこともたくさんあった。けれど魔人達はそんな私に優しくしてくれた。魔界にいる人間は私ともう一人だけ。魔法使いのタイランさんだ。彼との距離が近づくまで少し時間はかかったけれど、彼が良い人だと分かった今は打ち解けている。

優しい人達に囲まれ、毎日大好きなおやつ作りが出来る日々はとても充実していた。

そんなある日、タイランさんに国から手紙が届いた。国防の危機だという。彼はすぐさま人間界に向かった。国防の危機の内容は分からない。けれどタイランさんのいない日々が重なっていくに

suterareta seijo okosama maou n oyatsugakari ni narimasita

つれて、王都にいた頃の気持ちが蘇ってくる。

あの時も本当に心配で、ジュードが無事に帰ってきてくれることを祈り続けていた。

けれど王都にいた頃と違うのは、一緒に帰りを待つ人がいること。タイランさんの帰りを待つのは私だけではないのだ。

§ 一章 § 恋の終わりとマドレーヌ

「遅い、遅すぎる！」

「トラブルでもあったのでしょうか」

魔王様は我慢出来ずにジタバタと足を動かす。タイランさんから二日に一度届いていた手紙が、いつになっても届かないのである。何かあったのかもしれない。

私も心配で王の間から離れることが出来ずにいる。おやつの時間はとっくに終わっていて、それでも二人で何杯もの紅茶を飲み続ける。

「明日の朝まで待って手紙が届かねば、タイランを返せと我が直々に手紙を送ってやるのだ」

「それはダメです。騒ぎになります」

「我は悪くないぞ。こちらからは連絡するなと言っておきながら、連絡をしてこないタイランが悪い！」

レターセットを用意しろ、とメイドに指示を出す魔王様を必死で宥める。その一方で魔王様の気持ちも痛いほど理解出来るのだ。

問題は手紙が届かないことではない。二週間が経ってもタイランさんが帰ってくる兆しすらないことだ。タイランさん本人の『帰りたい』という気持ちは手紙を通して伝わってきているからなおさらだ。

　なぜタイランさんは帰ってこないのか、ではなく、なぜタイランさんを帰してくれないのか。そんな不満が大爆発(ばくはつ)している。

「そうだ、魔王様。この前作ったドライフルーツ入りのパウンドケーキに合う飲み物を一緒に作りましょう？」

「これ以上、ここにいない相手のために作るのは嫌なのだ。一緒に食べながら考えるのがいい。ダイリだってそうだろう？」

「私だってタイランさんには早く帰ってきて欲しいです。でもここで私達が動いたことでタイランさんが魔王城にいられなくなったらもっと嫌です」

「それは我も嫌なのだ」

「だからもう少しだけ待ちましょう？　心配ですけど、タイランさんは私達を放ってどこかに行ったりしませんから」

　寂(さび)しいし、心配だ。だけどタイランさんはきっと帰ってくる。いきなりいなくなったりしない。捨てたりなんてしないと信じられる。彼はずっと言葉にしてくれた。それは手紙であったり、おやつの感想であったり。形を変えてもそこにある優しさは変わらない。

　魔王様に、そして自分自身に言い聞かせるように言葉を紡(つむ)ぐ。私の気持ちは魔王様にも届いたようだ。渋々ではあるが、ゆっくりと頷(うなず)いてくれた。

「でもまだしばらく見ているのだ」

「帰ってきたらすぐにお迎えしたいですもんね」

「うむ！」

魔王様と明日のおやつについて話し合いながら、転移魔法陣があった場所を眺める。

夕方から夜に移り変わろうかという頃、シエルさんがやってきた。ミギさんとヒダリさんから「夕食はどこで食べるか聞いてきて欲しい」と頼まれたらしい。私は迷いなく「王の間でお願いします」と頼んだ。魔王様は食事をしないので、代わりに牛乳とストックのおやつを用意した。

もぐもぐとお腹を満たしながらも、視線は同じ場所に固定されている。そんな私達の想いが伝わったのだろうか。食器を下げてもらっていると、魔法陣が浮かび上がった。ピカッと光って現れたのはこの二週間、ずっと待っていた人。タイランさんが帰ってきたのだ。

「ただ、いま……」

「おかえりなさい。……大丈夫ですか？」

ただし、ヘロヘロの状態で。よほど大変なことがあったのか、そのまま床に倒れ込んでしまった。

「ダイリのドーナッツが食べたい」

それだけ告げるとプツリと意識が途切れたようだ。ピクリともしない。人間同士で大きな揉め事があったのか。お疲れなタイランさんに私が今すぐに出来ることといえば、彼の希望したドーナッツを揚げることだけ。キッチンへ向かう前に使用人に毛布を持ってきてくれるよう頼む。

「魔王様、タイランさんを見ていてあげてください」

「うむ。何かあったら連絡するから通信機はちゃんと持っておくのだぞ」

「はい！」

タイランさんを魔王様に託し、キッチンへと走る。そしてミギさんとヒダリさんにも協力してもらって一口ドーナッツの生地を作る。二人はプレーンを、私はタイランさんが好きなレーズン入りのドーナッツを揚げることにした。

出来たドーナッツを皿に山盛りにして、牛乳とセットで王の間へと運ぶ。

魔王様はタイランさんの横にピタリとくっついている。私を見つけると、彼の身体をゆさゆさとゆすり始めた。

「タイラン。ダイリがドーナッツを作ってくれたぞ。できたてあつあつだぞ」

そう告げるとタイランさんがもぞもぞと動き始める。まだ怠（だる）そうだが、目を薄く開きながら、鼻をスンスンと動かさせている。

「熱いから気をつけてくださいね」

さすがの魔王様も今回ばかりは自分の分を主張する気はないようだ。タイランさんの上体を起こす手伝いをしながら「いっぱいあるからな。好きなだけ食べるといいぞ」と声をかけている。再び眠りにつきそうなタイランさんだが、なんとかドーナッツへと手を伸ばす。そして一口食べると両手を伸ばして次々に口へ運び、もしゃもしゃと食べ始めた。

「牛乳もありますからね」

「ん」

少しは残るかと思ったドーナッツは見事完食。瓶（びん）になみなみと入れてきた牛乳も残らなかった。

ドーナッツを食べられなかった魔王様は悲しそうだ。食べたいと主張こそしなかったものの、少しは余ると期待していたのだろう。だが食べた分だけタイランさんは回復したようで、少しだけ人間の顔をするようになった。

それでも顔色は悪いままだし、ヒゲも伸ばしっぱなし。目の下にはクッキリとしたクマが出来ている。生活魔法のおかげでローブには一切汚れがなく、髪も綺麗なままなのが違和感を引き立てていた。

「やっぱりここが落ち着く」

「何があったんですか？　もしかしてどこかの国に攻め込まれて……」

「いや、そうじゃない。人探しに手こずっているだけだ」

「人探し？」

「勇者が結婚を約束していた女性が失踪した」

「勇者が結婚する相手は姫様ですよね？　いなくなるなんて大問題じゃないですか」

王族が失踪したとなれば一大事である。手こずっているなんて言葉で済ませていいものではないはずだ。焦る私にタイランさんは首を傾げる。そしてしばらく考えてから、ああそうかと溢した。

「勇者の相手は姫じゃない。新聞では姫と結婚すると報じられていたらしいが、勇者には魔王討伐に出る前から結婚の約束をしていた相手がいたんだ。失踪したのはこの女性。故郷の村を出て聖女見習いとして王都の教会で働いていたらしい。ダイリにとっては同僚だな」

「え……」

タイランさんの口から飛び出した言葉に、私は声を失った。

ジュードはあの日、姫様と結婚するからと言って私を捨てたのだ。だがその言葉すらも嘘で、彼が勇者に選ばれるよりも前から他に婚約者がいたってこと？　それもその相手はずっと私と同じ職場で働いていた？

姫様との結婚を選んだと言われた時以上の衝撃が私に押し寄せる。あまりのことでうまく状況を飲み込めない。

食べ物をお腹に入れたタイランさんは眠くなってきたのか、うつらうつらと船を漕ぎながら今回の召集内容を教えてくれた。

ブツブツと途切れながらも紡いでくれたタイランさんの話をまとめるとこうだ。

女性が失踪したのは勇者一行が魔王討伐から帰還して、わりとすぐのことだと思われる。

失踪した原因はおそらく、姫様との結婚なんて噂が流れたから。実際一部の王家や貴族、教会は大聖女である姫様との婚姻を半ば強引に進めようとしていた。新聞に報じられたのも彼らの策の一つ。相手の女性が信じてしまうのも仕方のない状況ではあった。

だが勇者は人間界に帰ってからすぐ女性に『新聞に書かれていることは嘘だ。必ず村に帰るから待っていてほしい』という旨の手紙を送ったらしい。

勇者は女性が待ってくれていると確信し、王都に帰還してから十ヶ月が経った頃、村に戻った。

だがそこに愛する女性の姿はなかった。村の人々にも尋ねたが、そもそもその女性は村に帰ってきてすらいないらしい。

自分の言葉を信じてもらえなかったのだろうと嘆き、国を救ったのにこの仕打ちはないだろうと激怒。彼女が見つからなければ原因となった姫様を殺すとまで言いだした。姫様だけではなく、姫様との結婚を進めようとした者や計画に少しでも関わっていた者を全員許しはしないと。

これはマズイと国を挙げて捜索を開始したのが今から二ヶ月前のこと。だがまるで見つからない。

そこで魔法を広範囲に展開出来るタイランさんが今回呼ばれたらしい。

「王都に帰還してから勇者が女性に対して取った行動は、手紙を出したことだけですよね?」

「勇者の周りにいた奴の話を聞く限りそうだな。しかもこの手紙というのが厄介で、いつ出したのか勇者から聞き出すことが出来なかった。本人も覚えているかどうか怪しいもんだな。だからそもそも手紙がちゃんと相手の手に渡っているのか、もしくは何かしらの理由で紛失しているのかを確かめることすら出来ない」

私のことはわざわざ呼び出した上で捨てたくせに、本命の女性には待っていてほしいと手紙を送っていたのか。会う前は、忙しい中で時間を作ってくれたから愛されているのだと思っていた。けれど違った。そうとも知らず浮かれていたあの日の自分を思い出して胸が痛む。だが本命の女性は手紙一枚で済まされて、たったそれだけで納得出来るのだろうか。

愛情の証明であるはずの手紙も相手に届いていなければ何の意味もない。届いたか届いていないかは状況を考える上で重要だ。女性がいなくなったという事実は変わらずとも、女性の心境はまるで違うものになるだろう。

それに手紙の紛失は稀に起こることだ。送る際に住所や名前を間違えていたり、相手の住所が変わっていたりと理由は様々。途中で事故が起こることもある。前世でも郵便物の紛失は起こり得ることだったので、紛失を完全になくすことは難しいのだろう。

だが紛失した際の対応策が何もない訳ではない。私が家族への手紙を書いた際、必ずタイランさんは引き受け証を持って帰って来てくれる。その紙さえあれば、ある程度は手紙を探してもらえる。

特に住所や名前が間違っていた場合はどこかの郵便局の支部で止められていることがほとんどで、差出人の照合さえ出来れば引き取ることが出来るのだ。少しお金はかかるが、保管期限が過ぎて捨てられるよりはマシだ。

「どちらにせよ、勇者本人が解決すべきことだ。相手だって無関係の人間に捜索されたところで戸惑うだけだろう」

タイランさんは「何が国防の危機だ……」とぼやいている。分からないことだらけなのに探し出せと言われれば疲れるのも当然だ。それでもこの様子を見るに、しっかりと役目を果たしてきたに違いない。真面目な人なのだ。

だがここまで聞いてもなお、ジュードと結婚の約束をしていた女性の見当が全くつかない。

結婚の約束をしたのは私だけだと思っていた。だが違った。彼は初めから私を捨てるつもりだったのだ。苛立ちはある。二股していたことへの是非は一旦置いておくとして、それならなぜ村長の息子との結婚を止めたのか。

他の女性と結婚する予定があったのなら、むしろ好都合であったはず。止める理由がない。

一番の疑問は私という邪魔者を捨てた時点で、なぜ本命の女性を迎えに行かなかったのか。

私だって彼が戻って来るまでずっと不安だったのだ。手紙がきちんと届いていたとしても、十ヶ月も会わずに放置されればさぞかし不安を抱いたことだろう。彼の本命の女性を擁護したい訳ではないが、真に愛されていてこの対応ならば不憫だとは思う。ジュードが一体何をしたかったのかが分からない。

なにより、昔から知っている私や原因を作った王家と教会はともかく、関係のないタイランさんまで巻き込んで……。頭が痛い。ひとまず終わって良かったと、タイランさんにナプキンを渡す。

けれど話はそれで終わりではなかった。口元を拭った彼は衝撃的な言葉を落とした。

「だが俺の力を以てしてもその女性を見つけることは出来なかった」

「え？」

「日が、経ちすぎてた」

「探索系の魔法は時間の経過と共に効果が薄くなる。今回の場合、失踪から時間が経てば経つほど足取りが摑みにくくなると言えるだろうな。だがタイランの実力なら一年くらい経っていても余裕だろう？」

私は探索系の魔法について全くの素人だが、魔王様は不思議そうに首を傾げている。その反応に、タイランさんは眉間に皺を寄せた。

「普通の失踪なら、な。だが女性が失踪したと思しき日、何者かが教会全体に探索妨害魔法をかけた。それも弱くなりそうな部分は付与魔法で補強までしてあった。こんなことが出来るのはよほど魔法を知り尽くした者だけだ。聖女見習いには到底出来るはずがない。まったく厄介な置き土産をしやがって」

「探索魔法が使われることを想定していたという訳か。魔法をかけた奴はなかなかの切れ者だな。我もその魔法を見てみたい！」

「かなりの実力者だろうな。こんな状況でなければ後学のために話を聞きたいくらいだ。せめて失踪したのが一、二ヶ月前の話なら対処出来たんだが……」

「そうなんですね……」

「だが気になることもある。なぜたったの十ヶ月で探索妨害魔法の効果が弱くなっていたのか。王宮の魔法使いが魔法がかけられていることに気づいたのは魔法が弱っていたからに過ぎない。これほどの探索妨害魔法をかけられる実力者なら、もっと上手(うま)く女性を隠すことも出来たはずだ。例えば探索妨害魔法の効果が弱くなったタイミングで魔法をかけなおすとか」

その点は私も引っかかる。ここまで手間をかけた人が、時間の経過によって探索妨害魔法の効果が弱まっていくことを見逃すだろうか。効果にタイムリミットがあるのは付与魔法だけではない。継続して効果が発動し続けるタイプの魔法なら必ず期限がある。探索妨害魔法はこちらのタイプであり、魔法を使う者にとっては初歩中の初歩である。

十ヶ月もの時間があれば効果が薄まってきた時に備えて細工も出来たはず。探索妨害魔法ほど強大なものでなくとも構わない。弱まった付与魔法を補強するだけでいい。だが魔法をかけた人物はそれをしなかった。

「女性を誘拐するために行った可能性もあるが、こんな杜撰(ずさん)な真似をするだろうか。初めにかけた魔法の規模や方法とその後の行動が噛み合っていない。だからこそ、目的が分からない」

「魔法をかけた人物が勇者に向けた感情が、悪意ではなく好意であれば説明はつきます。時間がかかってもいいから、勇者に女性を探してほしかったのではないでしょうか」

姿の見えぬ相手や失踪した女性の気持ちを想像してしまうのは、私の心に余裕が出来たから。一年近くの時間をかけて、ゆっくりと傷が癒えた。

探索妨害魔法をかけた人物は残したメッセージに気付いて追ってきてくれると信じていて、今も待ち続けているのだろう。自分のことではないのに、胸が締め付けられるようだ。

「まるで置き手紙だな。手紙を送ることも出来ぬのはさぞもどかしかったことだろう。この半月の我とダイリのように！」

「……帰りが遅くなって悪かった」

「大丈夫ですよ。手紙をくれましたし、こうして無事に帰ってきてくれるだけで嬉しいですから」

そう告げれば、タイランさんはホッとしたように表情を緩めた。素直に謝ってくれたため、魔王様の機嫌も治っていく。ちょっとだけ唇が尖っているのは、寂しかった期間を思い出してのことだろう。

「まぁ怪我なく帰って来たのであれば特別に許そう。それで、これだけ時間をかけたのだから見つからないまでも、魔法をかけた人物の目星くらいはついたのだろうな？」

「ああ。明らかに教会の内部構造を知っている者にしか出来ない魔法のかけ方だったからな。教会関係者か城関係者だろうということになった」

「教会関係者も、ですか」

「教会はダイリが思っている以上に厄介な場所だぞ。ここまで絞ってもなお、魔法をかけた人物が特定出来ないのがいい証拠だ」

タイランさんは苦々しい表情を浮かべている。能ある鷹は爪を隠すというが、探索妨害魔法をかけた人物にはこの言葉がピタリと当てはまる。だからこそ今まで能力を隠していた理由もまた謎を解く鍵になるはずなのだ。

「探索魔法で見つけられないのであれば、人間界を離れていた俺が現時点で力になれることはない。だからまた手が必要になるまでの間、魔王城に帰らせてもらうと伝えたんだが、そこからさらに仕事が増えた……」

タイランさんはここ数日、聖女見習い達の聞き取り調査に駆り出されていたらしい。今さらそれか、と酷く呆れながらも仕方なしに各地を飛び回った。

消えた動機も正確なタイミングも特定出来ぬまま。だが有力な情報をキャッチした。

勇者パーティの帰還後、居場所が分からなくなった聖女見習いが複数人いた。その中で一人だけ、勇者の本命女性らしき人がいたのだ。

聖女見習いの数人がその女性について「暇を出される数日前、あの子は誰かと会っていたみたい」と証言したのだ。いつも聖女服なのにあの時はおしゃれな服を着るだけじゃなくてメイクまでして。出かける時はもちろん、帰って来てからも幸せそうで、きっと恋人にでも会ったのだろうと。

翌日、荷物もお金も置いて何も告げずにいなくなったのは恋人とどこかに行ったからではないかと思っていた。他にも似たような子がいたから、いなくなってもあまり気にはしていなかった、とも言っていたそうだ。

だがそういうタイプの女性だったのかと聞けば、全員が首を横に振った。今までの印象と違うからこそよく覚えていたらしい。聖女見習いとしての報酬のほとんどを実家への仕送りに使っており、突然姿を消すような性格ではなかった。言い方に多少の差はあれど、その女性について覚えている聖女見習いは皆、誰かに会いに行った日とその後の行動は今までの彼女の印象と合っていなかったと答えたのである。

だからタイランさんを筆頭とした捜索チームの人達は、この女性を失踪した『勇者の本命』と断定したらしい。聞けば聞くほど、自分のことを話しているのではないかと錯覚してしまいそうになる。そのくらい私と境遇が似ていた。

だが私に限らず、ずっと節約をしていた聖女見習いでも暇が出されると決まったタイミングでお金を使っていた。お金の使い道は様々だが、着飾るために使った子は私の他にもたくさんいたはずだ。

なにより私とその女性とでは大きく違う点がある。私は失踪していない。オリヴィエ様の手で魔界に派遣されている。それに家族に手紙を出している。村には帰っておらず、居場所も伝えていないけれど、無事であることや楽しくやっていることは伝えてある。

「彼女達曰く、幸せオーラを振りまいていたとのことだが、ダイリも何か知っているか？」

「いえ、私は暇を出されると決まってからすぐに魔界に来ましたから」

「そうか……」

タイランさんは残念そうに肩を落とす。私も何か知っていたら少しは役に立てたのだが、あの時は自分のことで手いっぱいだった。それに同じ聖女見習いといっても人数が多く、全員が知り合いという訳ではない。入ってきたタイミングでグループ分けされていたので、知らない子も多いのだ。そんな中で似たような状況の相手がいてもおかしくはない。待っていた相手までも一緒であることは複雑だが。

私の心境はともかくとして。本命の女性とジュードは会っていないはずだから、失踪する前に着飾って会った相手はジュード以外の誰かということになる。つまり彼女にはジュード以外の恋人がいて、その新しい恋人とどこかへ向かった可能性も浮上する。誘拐などではなく、自らの意思でいなくなっただけなら問題はない。

だが探索妨害魔法など、いなくなるだけなら必要ない色々な仕掛けを残しているのが引っかかる。それには新たな恋人が関係しているのかもしれない。

「もしも女性に恋人がいたとして、その人物が勇者の想い人を何かに利用するために連れ去ったのだとすれば、国防の危機とまではいかずとも問題にはなるだろうな。実際、情報が出るほど勇者は荒れて、仲間でも止めるのが大変でな。姫や国王だけではなく、彼女と何年も引き離す原因を作った魔王までも殺すと言い始めた」

「我も含まれているのか⁉」

突如として名前を挙げられた魔王様は目を丸くしている。そもそも勇者にそんな相手がいたことすら知ったばかりなのだ。いきなり巻き込まれて戸惑うことだろう。

「村から出ることさえなければあの子は俺と結婚してくれた。それが勇者の言い分だが、相手に甘えて放置していたのは勇者だ。今回だって早めに動き出していれば見つかったはずだ。八つ当たりもいいところだ」

全く以てその通りである。

聖女見習いから聞いた話だけ切り取れば、まるで私のことを聞いたかのようだ。だが決定的な違いは、最愛女性は手紙で済ませているのに対し、私のことは呼び出した上で捨てていることだ。

それにタイランさんの話を聞いていると、ジュードから言われた「村に帰れ」という言葉も引っかかる。あの時は姫様と結婚するものだと思っていたので、「王都から去れ」「自分や姫様の前に姿を見せるな」という意味だと思っていた。

だが姫様以外の恋人がいるならば意味は変わる。村から出ることさえなければ、ということは彼の想い人は私達の村かその近くで暮らしていた可能性が高い。

あまり考えたくはないが、目を背けては何が起きたのかを把握することは出来ない。だから同じ教会で働いていただけではなく、故郷まで近いと仮定して考えよう。

もしそうだったとして、本命ではない私を最愛の女性の故郷の近くに向かわせようとするだろうか。それともあの状況で村に帰れと言えば、私が意地を張って帰らないと思ったのか。

結果的に他の場所で暮らしているが、私が村に帰らないという確証はない。そんな状況で十ヶ月も最愛の女性を放置するものだろうか。聞けば聞くほど謎が深まるばかり。ジュードの考えていることがまるで分からない。

「さすがに魔王にまで飛び火させるわけにはいかないし、探索妨害魔法をかけた人物だけでも何とかして特定することになった。あれほどの魔法となれば、必要になる魔力量が他とはまるで違う。言い換えれば、魔法をかけた人物は保有魔力量が多いということになる。補助アイテムを使ったとしても上限はたかが知れてるしな。だから疑いがある人間を端から解析にかけることにしたらしい」

「人間はどのくらいあれば魔力量が多いとなるのだ？　タイランくらいか？」

「俺の半分あれば多い方だな」

「それでいいのか」

魔王様は目をぱちくりとさせているが、そもそも魔力を有している人間は少ないのだ。私も聖女見習いの採用試験を受けた際に多い方だと言われたくらいだ。もちろんタイランさんの言う『多い』とは比べ物にならないとは思うが。

人間達がこれだけ探しているジュードの本命女性も、魔王様の手にかかれば簡単に見つけ出せてしまうのだろう。そう思うと苦い笑いが出てしまう。

「魔王に比べたら大したことないんだろうが、人間なんてそんなもんだ。だから俺は真っ先に疑いを向けられたが、探索妨害魔法がかけられた時、俺はすでに魔界にいた。よって犯人である可能性はゼロだと判断され、一時帰還が許された」

「一時、ってことはまたすぐに行くんですか？」

「別に自分の意思で逃げたのならそのままにしてやれと思うが、悪意を持った人間に連れ去られた可能性もゼロではないからな。途中で新たな発見があれば第三者として立ち会う必要がある」

「勇者に愛されるっていうのも大変ですね」

「魔王討伐の途中も手紙を書くか、帰った後にさっさと会うか、王都に帰ってきてから何度も手紙を出していれば、いなくなったことにもっと早く気付けたんだから自業自得でもあるがな」

タイランさんはポリポリと頭を掻きながら「ただでさえ待たせてるのに、帰ってきてからも放置すんなよ」と呟く。待っていた相手がタイランさんのような人なら、私も、本命の相手とやらもこんなことにはならなかったのかもしれない。いや、そもそも二股をかけるなという話だが。

ジュードに捨てられたあの日、彼は勇者に選ばれてから変わってしまったのだと思った。私の未来も、彼が勇者に選ばれたことで変わってしまったのだと。けれど以前から私が見えていなかった部分があって、そこが明るみになっただけだった。

だが彼の言葉を信じて待ち続けたおかげで私はオリヴィエ様と出会い、今がある。心に大きな傷を負い、前世のことも思い出した。それでも魔王城での日々が、悪いことばかりではなかったと思わせてくれる。

「俺はまたいつ呼び出されるか分からないから、とりあえず寝ることにする」

「お疲れ様です。良ければ回復の付与魔法をかけましょうか？」

「ああ、頼む。回復の付与魔法といえば、おやつとベストにかけられた付与魔法のおかげで助かった。あれがなかったら倒れていたと思う。だからその礼と言ってはなんだが、これをもらってくれ。帰りがけに見つけたんだ。ダイリに似合うと思って」

差し出されたのは青いリボンだった。シンプルだが、タイランさんが私のことを考えて選んできてくれたという事実が嬉しい。

「つけてやるから後ろ向いてくれ」

まさかタイランさんが手ずからつけてくれるとは思わなかった。驚きつつ、後ろを向く。意外にも彼は慣れた手つきで髪を結んでいるリボンを解（ほど）き、代わりに青いリボンで私の髪を飾り始めた。

「慣れているんですね」

「子どもの頃、ばあさんに贈るために師匠の髪で練習したからな」

きっと何度も試したのだろう。子どもの頃のタイランさんがリボンを結ぶ練習をしている姿を想像して笑みが溢れた。微笑（ほほえ）ましい光景である。

その間にリボンを結び終えたらしい。タイランさんが声をかけてくれる。

「ほら出来たぞ」

「ありがとうございます。大切にしますね」

元々つけていたリボンを受け取り、お礼を告げる。すると魔王様が羨（うらや）ましそうな目でこちらを見つめていた。

「我には何かないのか？」

「土産という訳ではないが、城下町で買い物をしていた時に会ったから預かってきた」

魔王様に手渡したのは一通の手紙だった。差出人の名前はなく、押された封蝋（ふうろう）も珍しい形だ。だが魔王様には送り主が分かるらしい。頬（ほお）を緩める魔王様は、タイランさんからの手紙が届いた時よりも嬉しそうだ。よほど親しい相手なのだろう。大事そうにポケットにしまった。

タイランさんはそんな魔王様の頭をポンポンと撫でながら「あいつも早く帰りたがっていたぞ」と伝える。すると魔王様は花開いたような笑みを浮かべた。

「ダイリ、回復の付与魔法はローブにかけてくれ。このまま寝る。それから……悪いんだが、また人間界に行く時におやつを持っていきたい」

「はい、用意しておきますね」

タイランさんのローブに回復付与魔法をかける。するとぺこりと小さく頭を下げ、亡霊のような足取りで王の間を後にした。転移魔法を使う魔力すら残っていないようだ。

魔王様も不安に思ったのか、近くにいる使用人に「部屋まで支えてやれ」と指示を出した。そして王座に腰掛けると大きなため息を吐く。

「あの様子ではタイランの言う通り、ベストにかけられたダイリの魔法がなかったら倒れていたことだろう。実力のある魔法使いをあれほど消耗させるとは、人間も酷いことをするものだ」

「私、ベストに魔法なんてかけていませんよ？」

タイランさんの言葉でも引っかかったのだが、私は魔法なんてかけていない。だが魔王様はこてんと首を傾げる。何を言っているのだとでも言いたげだ。嘘を吐いているようには見えないが、私も嘘は告げていない。

「かなり強力な回復付与魔法をかけておいて、何を言うか。別に悪いことではないのだから嘘を吐かなくても良い」

「嘘ではなく、かけていないんです。確かに魔王城に来てから使える魔法も増えましたが、それでも強力な魔法なんて無理です。タイランさんが自分でかけたことを忘れているんじゃないですか？」

「魔占花（ませんか）の時も思ったが、無自覚か？　もしや普段のおやつの付与魔法も？」

「腕や手にかかる負担を減らすために調理器具に付与魔法をかけたことはありますが、おやつ自体にかけたことはありません。もしかして魔王様にはおやつにも付与魔法がかけてあるように見えているんですか？」

　あり得ない。そう思いながらも疑問を投げる。けれど魔王様はごくごく真面目な表情で、大きく頷いた。

「ベストほど強いものではないが、先ほどのおやつにもかかっていたぞ？　だからタイランは立ち上がって歩けるほどに回復したのだ」

「それはただ、お腹が満たされたからじゃ……」

「訳ありだろうとは思っていたが、まさかここまでとは……。そうか、オリヴィエはこれを知っていて、我の魔力を隠れ蓑（かくれみの）に使ったのだな。そんなことを考え付くのは大陸中を探してもオリヴィエくらいなものだ。これは謝罪のアップルパイを要求せねばならんな。だがそうなると探索妨害魔法をかけたのも……」

　今の会話で何か気付いたらしい。ブツブツと呟き始めた。それにしてもまさか無自覚に付与魔法を使っていたなんて……。ベストだけではなくおやつにも付与していたとなれば、日常的に付与魔法を使用していたということになる。だが言われても全く思い当たる節がない。魔王様に尋ねようにもしばらく思考モードから戻ってくる様子はない。

害はなさそうなので付与魔法のことは少しくらい先送りにしても問題はないだろう。

それよりいつ呼び出されるか分からないタイランさんに渡すおやつ作りが先である。思案モードの魔王様を横目にキッチンへ向かい、数種類のおやつ作りに取り掛かる。

一応ストックのおやつもあるが、それだけでは寂しい。食べやすさも考えるとクッキーは必須だ。中でもタイランさんの好きなジャムクッキーは、りんごとアプリコットと桃のジャムを使って三種類作ることにした。それらを瓶に詰めて保存魔法をかける。

他にもマドレーヌや甘芋の蒸しパン、マカロンも袋に詰めていく。さすがに牛乳ゼリーを持っていくのは難しいので、こちらはタイランさんが起きた時に食べられるようにしておこう。それから魔王様と一緒に作ったドライフルーツ入りのパウンドケーキも食べてもらわないと。

喜んでくれるかなと想像しながら多めに作った甘芋の蒸しパンを王の間に運ぶ。ドーナッツを我慢していた魔王様に追加のおやつをあげようと思ったのだ。すでに今日、二回もおやつを食べているので本当に少しだが。

「魔王様?」

だが王座に魔王様の姿はなかった。通信機で連絡を取ろうと試みたが反応がない。何か急ぎの用事でも出来たのか。先ほど何かを考え込んでいた様子だった。帰ってきたら食べるだろう。

『おやつがあるので後で連絡をください』

玉座の上にそう記したメモを残す。メモを見たら連絡をくれるはずだ。おやつはキッチンに置いておこう。

王の間を出て廊下を歩いていると、ふと皿の上に載った甘芋の蒸しパンが気になった。私が魔王城に来た日に作ったものと同じ手順で作ったものだ。魔王様の言葉が正しければ、これらにも付与魔法が無意識にかけられているということになる。

もちろん今回もかけているつもりはない。皿を目の高さまで上げ、じいっと眺める。

「やっぱり魔法の痕跡なんて残ってないと思うけど」

私には見えないほどの微弱な力でうっすらとかかっているのか。それなら無自覚に発動していたとしても信じられなくはない。おやつだけなら。

だが魔王様は魔占花やベストにも付与魔法がかけられていると言っていた。あそこまで早く魔占花が咲いたのは、本当に私が無自覚に付与魔法をかけていたからなのだろうか。

ベストだってそう。仮に付与魔法がかけられていたとしても、普通ならタイランさんが人間界に行く前に効果が切れているはずなのだ。

やっぱり他の理由があるのではないだろうか。だがその他の理由は見当もつかない。謎は深まるばかりだ。うーんと唸(うな)りながら廊下を歩いていると、どこからか言い争うような声が届いた。魔王様とタイランさんの声だ。大声を出すなんて珍しい。

しかもタイランさんは少し前に寝ると言って部屋に戻ったばかりだ。大声なんて出す体力が残っていたとは思えない。一体何があったのか。声のする方角へと向かう。

そのまま突き進み、辿(たど)り着いたのはタイランさんの部屋だった。ここまで来たはいいが、ドアをノックする勇気が出ない。

彼らの話の中心は私だったのだ。

「ダイリとばあさんは悪くない！　悪いのはそれを利用した奴らだ」

「我も悪いとは言っていない。だが探索妨害魔法をかけた人間がオリヴィエで、魔法を解いてもらえるのならば勇者の想い人の居場所を特定出来ると言っているのだ。我だって実際に魔法を見た訳ではないが、可能性があるのであれば聞くだけでも」

「そんなもの知るか！　ばあさんがダイリを隠さなければ殺されていたかもしれないんだぞ！」

タイランさんは魔王様の言葉を遮（さえぎ）るように声を上げる。事情は分からないがタイランさんがオリヴィエ様を巻き込みたくないことは理解出来る。下手に口を挟まない方がいいことも。だが黙って聞いていることなんて出来なかった。

ギイっと音を立ててドアを開き、中にいる二人に問いかける。

「殺されていたかもしれないってどういうことですか？」

「ダイリ……」

「教えてください。私は誰に、なぜ、殺されそうになっていたのでしょうか？」

私の問いかけにタイランさんは目を逸（そ）らす。本人に聞かれるとは思ってもみなかったのだろう。だが聞いてしまったからには知らないフリをすることは出来ない。教えてください、と繰り返せば観念したように息を吐いた。

「姫を大聖女に据えることで王家との縁を強固にした教会にとって、姫よりも力の強い人間は邪魔なんだ。実際、ばあさんはそれで処分されかけた」

「処分ってそんな言い方！」

「力の強い子どもを家族から引き離して酷使し、使えなくなったら捨てる。それが教会のやり方なんだよ！」

「っ」

ビリリっと肌をひりつかせる怒鳴り声に身がすくんだ。タイランさんはバツが悪そうに「悪い」と短く謝った。それでも彼の中の怒りがなくなるわけではない。恨めしそうに唇を噛んでいる。

「だが教会はばあさんを処分することが出来なかった。伊達に長年大聖女と呼ばれているわけじゃない。だから少しずつ権力をそぎ落として、魔界に隔離することにした。二度と力をつけないようにばあさんの唯一である身内の俺も一緒に、な。隔離といっても表向きは魔法の研究のための交流だから、買い物や墓参りくらいは許されていた。人間界に行けなくなる訳じゃない。俺もばあさんも元々権力なんぞに興味はないし、魔人だって普通に話は通じる。だからこれでいいと思っていた。……ダイリさえいなければ」

「私？」

なぜそこで私が出てくるのか。教会にはいたが、私の力はオリヴィエ様には遠く及ばない。ただの聖女見習いである。なぜ目を付けられるのか。皆目見当もつかない。小さく首を振る私に、魔王様は悲しそうな目を向ける。

「ダイリは自分が思っているよりもずっと強い力を持っている。様々な物に付与魔法をかけても魔力の消費に気付かないほどに。おそらく今の大聖女とやらに匹敵するほどの力だったのだろう。話を聞く限り、オリヴィエのことすら排除しようとする奴らがダイリを見逃すはずがない。オリヴィエはその可能性に気付いたのではないか？　だからダイリを魔界に送った。その上で捜索を阻むため、教会に探索妨害魔法を展開した。つまりあの魔法はダイリを隠すためのものだったのだ」

「なるほど。確かに魔王の近くにいれば、ばあさんの魔力もダイリの魔力も同様に霞むむ。それにあの魔法をかけたのがばあさんだと言われればしっくりくる。あれほど強大な魔法を使えるだけの実力があるのはもちろん、俺が容疑者から外された時点でばあさんも外されていた」

「オリヴィエはなかなかの切れ者らしい。だがそれこそが勇者の想い人の捜索を阻んでいる。偶然か、はたまた必然かは分からぬ。だがどちらにせよオリヴィエが魔法を解けば捜索は一気に進む。オリヴィエこそがこの問題を解決するための鍵なのではないか——と我は考えている」

「今でも現大聖女派と元大聖女派に分かれて揉めてるんだ。教会としては他に対抗馬が出て来られたら困る。余計な選択肢は早めに消すに限る。もし処分されなかったとしても、ばあさんのように限界まで働かされる。その辛さは誰よりもばあさんが理解している。だからダイリを魔界に隠した。派閥問題に巻き込まないために教会から遠ざけたと仮定すれば、初めて蒸しパンを食べた時からダイリの魔力に覚えがあったのも説明がつく。俺はダイリが聖女見習いだった頃に作ったポーションを飲んだことがあったんだろう」

「どういうことですか？」

聖女見習いが作ったポーションは国のために働いている人達に配布されるか、資金を稼ぐために出荷されていた。だからその中の一本に当たっただけ。そう考えるのが自然だが、タイランさんの考えはそうではないらしい。彼の言っていることがよく理解出来ず、首を傾げる。

「俺が飲むのは自分かばあさんが作ったものか、支援物資の最高級ポーションだけだ。だからずっと不思議だった。だが今その謎が解けた。おそらくばあさんは魔界に送るよりも前からダイリを隠し続けていたんだろう。教会や国から目をつけられないよう、聖女見習いが作ったにしては質が高すぎるポーションを自分が作ったものと混ぜたんだ。元大聖女が作ったポーションなら品質が高くて当たり前。精査なんてされずに前線に送られる。絶好の隠し場所だったただろうな」

「ダイリの命を守るために教会に探索妨害魔法をかけたのだと説明すれば、勇者も分かってくれるのではないか？　話が出来ん相手ではないだろう」

「明らかに格上の魔王を殺すと言っているんだぞ？　まともな判断が出来るとは思えない。それに教会という組織はすでに崩れかけてる。もう長くは持たない。完全に崩れれば探索妨害魔法を展開し続ける理由はなくなる。わざわざ危険にさらされる必要はない」

タイランさんの話によれば、大聖女がオリヴィエ様から姫様に変わった際、上層部もかなり変更されたらしい。加えて短期間で聖女見習いを大量に増やし、今はそのほとんどを解雇した。

暇を出された聖女見習いたちは地元の教会に入ったり、教会生活で得た魔法を利用して仕事を得たり、はたまた普通に暮らしたりと、進む道はバラバラだった。

聖女見習い達に暇を出すにしても、各地から集まった彼女達を上手く導くことが出来れば教会はさらなる力を得ることが出来たはずだ。だが姫様やその取り巻きにそれだけの能力はなかったようだ。

長年、教会が悪として掲げていた魔王は討伐されず、和平という形でまとまった。噂になっていた勇者と姫様の結婚の話も白紙となってしまった。加えて王都の教会に力が集まりすぎないよう、何者かが意図的にかき乱しているらしい。だから教会は今、なんとしても勇者という存在を手放す訳にはいかないのだと。

「あいつらは自分の立場を維持するためなら平気でばあさんやダイリを悪役にする」

タイランさんは小さく震えている。彼はオリヴィエ様を愛している。大事な家族が身勝手な理由で処分されるなんて許せる訳がない。それに私だってこんな話受け入れることは出来ない。身勝手な理由で誰かの人生を潰すなんてあってはならないのだ。

大切な人が悪役にされるようなことがあれば私は拳を振るうつもりだ。手のひらに爪が刺さって新たな痛みを感じるようなことがあっても、今度こそ何もせずに目を背けたりしない。

「タイランさん。今度人間界の城に行く時、私も連れて行ってくれませんか?」

「俺の話、ちゃんと聞いてたか?」

「ジュードを殴らせてください」

私の提案はオリヴィエ様の好意を無下にする行為だ。それでもジュードが暴走し、悪意なき人まで巻き込む前に止めなければならない。それが幼馴染みとして出来る、唯一のことだと思うから。

「……もしかして知り合い、なのか?」

「幼馴染みです」

そう告げれば、タイランさんは目を丸くする。まさかここに有力な情報を持っていそうな人間がいるとは思わなかったのだろう。一方で魔王様はあまり驚いている様子はない。ただ少しだけ寂しそうに視線を下げた。

「幼馴染みだと⁉　どんな小さな情報でもいい。相手の女性のことで知っていることを教えてくれ」

「申し訳ないんですが、私にはその女性が誰かすら分からないんです」

「は？」

「ジュードにそんな相手がいたことすら知らなくて」

「ダイリ、本当に思い当たる相手は一人もいないのか？　ゆっくりでいいぞ。深呼吸をしながら胸に手を当ててよく考えてみるといい」

魔王様は何か知っているかのよう。だがそれを直接告げるつもりはないようで「ダイリ、スーハースーハーだぞ」と深呼吸を促す。言われた通りの行動を取って、もう一度自分に問いかける。けれどやはり私の中に答えは見つからない。

「やっぱり分かりません。幼い頃からずっと一緒で、大抵のことは知っているつもりだったんです。他に相手がいると知っていたら結婚の約束なんてしなかったのに……」

「けっ、こん？」

タイランさんは眉間に皺を寄せる。魔王様は再び思案モードに入ってしまった。私とジュードがそこまで近い仲であったことが意外だったのか。本当は言いたくなんてなかった。捨てられたなんて恥でしかない。魔王様にもタイランさんにも知られたくなかった。

それにあれだけずっと一緒にいたのに、私にはもうジュードのことが分からない。彼の好物だと思っていたラズベリーパイだって、本当に好きだったのかさえも怪しいのだ。それでも私がジュードと幼馴染みであるという事実だけは変わらない。

あの時、一発でも二発でも殴ってやればよかったのだ。殴って、最低だと罵って。彼が私にした行動の意味を刻むべきだった。そうしたらきっと私も前に進めていたと思う。

今度こそ終わりにしよう。俯いて拳を固める私に、タイランさんは心を決めたらしい。

「ダイリにも事情があるんだな……。ばあさんが手紙に最低限のことしか書かない訳だ。勇者を殴らせてもらえるかは分からないが、同行許可はもぎ取ってみせる。新たな情報を得られるかもしれないとでも言っておけば良いだろう。もし何かする奴がいたとしても俺が守ると約束しよう」

「ありがとうございます！」

それから呼び出しがかかるまで、私達はいつも通りの日々を過ごすことにした。

魔王様の提案で、タイランさんが持っていく予定だったおやつは今、三人で食べてしまおうという話になった。おやつさえなければすぐに帰ってきてくれるはずだと。

「それに必要ないと思うからな」

魔王様は小さく呟いた。その意味がよく分からなかった。

ジュードと結婚の約束があったことを打ち明けたが、魔王様とタイランさんから何か聞かれることはなかった。気を使ってくれたのだろう。

物がたくさん置かれているタイランさんの部屋ではゆっくりおやつを食べることが出来ないからと、王の間に集まることにした。

袋に詰めた分は一人分とはいえ、そこそこの量がある。何日かかるか分からなかったので、多めに作ったのだ。これらを全て食べ尽くすことですぐに帰ってこられますようにと願掛けをするのだ。

ドライフルーツ入りのパウンドケーキは、全てが終わった後でお祝いのケーキとして食べることになった。

「このマドレーヌ、いつもと少し違うな。いつものもいいが、こっちも美味いぞ」

「レシピをちょっと変えたんですよ」

「ジャムクッキーってもうないのか？」

「もう食べちゃったんですか⁉　結構な量、作ったのに……」

「十日以上城を離れていたんだぞ？　こんなんじゃ全然足りない」

タイランさんは他のおやつに手を伸ばしていく。空白の時間を取り戻すかのようだ。私達だけではなく、彼も寂しかったのだろう。手紙を通して伝わってきた思いは今、真っ直ぐと胸に届く。魔王様も久々の三人でのおやつが嬉しいようだ。頬がゆるゆるとしている。

「我は渦巻きクッキーがもっと食べたいぞ」

「今度またいっぱい焼きますすね」

「今日はもう終わりか？」

魔王様は目をうるうるとさせながら、可愛いお顔でもっと食べたいとアピールをする。けれど今日はこれで終わり。これ以上食べたら食べすぎになってしまう。

「明日も明後日も、その次だっておやつがあるんですから、今日くらい我慢してください」

ずっとずっと。二年という期間が過ぎてもここに残りたい。そんな気持ちを込めた。すると魔王様は肩を落とし、ちょんっと唇を尖らせる。

「だがいつ呼び出されるか分からんのだろう？　二人とも人間界に行ってしまったら我は寂しい」

どうやら自分だけ置いていかれるのが気に入らないようだ。だからといって魔王様を連れて行けば騒ぎになることは目に見えている。我慢してもらわなければならない。

「なら行く前に魔王様用のおやつ弁当を残していきます」

「おやつ弁当？」

「ボックスにおやつをいっぱい詰めておくんです」

「そんなもの、一日もせずに食べ終わってしまう」

すでにタイランさんの不在を二週間も経験した後だからか、大量のおやつよりも寂しさが勝ったようだ。頬を膨らませて俯いてしまう。

そんな愛らしい魔王様の頭を撫でながら、物騒な言葉を吐く。

「勇者を殴って文句を言ったらすぐに帰ってきますよ。帰ってきたら今度こそパウンドケーキを食べるんですから、その分はちゃんとお腹を空かせておいてくださいね」

長居する気などない。期間限定でも、今の私にとって帰る場所はこの魔王城だ。必ずタイランさんと一緒に戻ってくる。強い意思を込めて魔王様を見つめると、小さく頷いてくれた。

「……分かった。じゃあこのクッキーもおやつ弁当に入れてくれ」

それからあれもそれもと、次々に指差していく。ここにはないおやつも挙げられ、全てをボックスに入れることは難しくなる。

けれど魔王様だって本気で全てを入れろと言っているわけではない。『ホットケーキを二十枚・アイスとジャム山盛り』だなんてどう考えたって入りきるはずがない。だから早く帰って来いと言いたいのだろう。タイランさんは魔王様と目線を合わせて優しげな声を紡ぐ。

「今度は早く済ませて帰ってくるから」

「約束だぞ？　破ったらタイランの分のおやつをしばらく我がもらうからな？」

「なら早く帰ってきておやつ弁当の中身を分けてもらうことにしよう」

「……早く帰ってくるなら分けてやってもいいぞ？」

「その時はまた魔王と俺とダイリの三人でおやつを食べよう」

「うむ、待っているぞ！」

タイランさんの描いた計画に、魔王様の機嫌はすっかり治ってしまった。お弁当はどこで食べようかと考え始めている。まるでピクニックにでも行くかのよう。楽しそうな魔王様が待っていてくれると思うと、私の心も少しだけ軽くなっていく。

「あ！」

「どうしたのだ？」

「牛乳ゼリーも作っていたのを忘れてました」

驚きの話が続いたせいで、冷蔵庫で冷やしていたゼリーのことなど、今の今まで忘れていた。

まさかの追加おやつにタイランさんも魔王様も目を丸く見開いている。先ほどまで深刻な話をしていた二人とは思えない。だが今が一番平和で、いつもの彼ららしい。

「食べる！」

「持ってくるので待っていてくださいね」

「待っているから焦らなくていいぞ」

おやつ好きの二人を王の間に残し、本日何度目かになるキッチンへと駆けるのだった。

◆　◆　◆

四日後、ついにタイランさんに呼び出しがかかった。私の同行許可も下りた。約束していたおやつ弁当を魔王様に渡し、王の間に描かれた転移魔法陣に乗った。

眩(まばゆ)い光を受け、ゆっくりと瞼(まぶた)を開く。ここが人間界のお城か。魔王城で慣れてしまっているので、驚きも緊張もない。ただ魔王城にあるような温かみはない。この場所で私は歓迎されないことがヒシヒシと伝わってくる。それでも私は一人で来たのではない。

「ダイリ、俺はここで待っているから」

タイランさんは魔王城での私の名前を呼ぶ。そしてゆっくりと頷いた。大丈夫だと言ってくれているかのよう。いきなり一人で魔王城に転移した日とは違う。今はタイランさんがいる。だから私は前に進める。

大きく息を吸い込んで、ジュードと距離を詰める。彼は私が来ることを聞かされていなかったらしい。私達が転移してきてからずっと目を見開いている。一年ぶりの再会だというのに挨拶(あいさつ)さえしてくれない。なんとも薄情な幼馴染みである。前に会った時と比べて随分とやつれたようだが、それだけ相手の女性が大事だったということか。なら手を離すな、と呆れてしまう。

「久しぶり、ジュード」

「メイリーン？　本物、なのか？」

「そう、本物。あなたが捨てた女よ」

「会いたかった……」

ジュードは涙をポロポロと溢して抱きついてくる。

「離れて。再会を喜びに来たんじゃないの」

「メイリーン、会いたかった……」

なぜジュードは私との再会を喜んでいるのか。状況が理解出来ない。愛する女性と勘違いしているのかとも思うが、彼が呼んでいるのは間違いなく私の名前だ。

一体どうなっているのか。タイランさんに助けを求めようと振り返れば、彼は「メイリーン、だと？」と私の名前を呟きながら固まっている。てっきり本名を知っていて嫌味を込めて『ダイリ』と名付けたのだとばかり思っていたが、そうではなかったらしい。

私もこの一年でダイリと呼ばれることに慣れていたので、本名で呼ばれると少しむず痒（がゆ）い。それでもこの状況で唯一の味方がタイランさんなのだ。

「タイランさん、どういうことですか」

状況説明を求める。けれど私に教えてくれたのは彼ではなく、ジュードだった。

「遅くなってごめん。でもやっと、あの日メイリーンを傷つけた犯人が見つかったんだ」

どういうことか。私を捨てたのは、傷つけたのは他でもないジュードだ。キッと睨みつければ、悲しそうに笑った。そして背後へと視線を動かした。

ジュードの視線の先にいたのは捕縛された姫様と数人の男達だった。服装を見る限り、男達の身分や職業はバラバラ。中でも神官服と騎士団服が目立った。

「あいつらは変身魔法を使って俺になりすまし、俺とメイリーンを引き離した」

「探索妨害魔法をかけたのは俺達じゃない！」

「黙れ！」

ジュードは心底忌々しいと言った様子で彼らを睨みつける。

「変身魔法？　なりすまし？」

「貴族がお忍びの際に使う、姿を変えられる魔法があるんだ。こいつらはその魔法を使用して、俺としてメイリーンに会った。あの日、メイリーンが会ったのは本当の俺じゃない」

子どもに言い聞かせるような声で紡がれる言葉は、無情にも私の心を突き刺していく。変身魔法なら知っている。オルペミーシアさんが人間界に本を買いに行く時に使う魔法だ。魔王様にかけてもらって、私もどんなものか体験した。

初めての変身魔法は楽しくて、姿や服装が変わる度に別の誰かになれた気がした。そんなキラキラとした魔法が、あの日のジュードにかけられていた？　あの日の彼は、魔法で包み隠された別人？　なら本物は？

「傷つけてごめん。けど俺はずっとメイリーンを愛し続けている」

深い傷を負ったあの一件は全てが偽物で、本物の彼は私をまだ求めてくれている？

「村に帰って式を挙げよう」

ジュードの帰りを待っていた頃の私がずっと待ちわびていたセリフに、頭が真っ白になった。

あの日起きていた本当のことを聞かされても、私はもうジュードを好きになることは出来なかった。殴ろうと思っていたのに、利き手には上手く力が入らない。拳を作ろうとすれば心が痛いと叫びをあげるのだ。

偽物だとか、魔法だとか、そんな言葉で片付けられてしまうことがただただ悲しかった。私にはその言葉が真実かどうか確かめる術がない。あの日出来た傷がじわじわと私を蝕んで、全てが嘘のように見えてしまう。

「もっと早く探してくれていたら……」

その一言に尽きる。一日、一ヶ月、一年先も同じ気持ちで居続けるなんて出来やしない。

私はこの一年、あの日の彼が本物だと思い続けていた。それが私にとっての事実だった。今更『偽物だった』なんて言葉を真実として受け入れるには、あまりにも時間が経ちすぎていた。

私を思っているというのなら、偽物よりも早く会いに来て欲しかった。手紙なんかで済ませないでちゃんと探してくれればよかったのに……。

「メイリーン？」

伸ばされた手を拒むように小さく首を振る。

「なん、で……」

「偽物だと気付けなくてごめんなさい。でも偽物のジュードはすぐに会いにきてくれた。連絡をもらった時、私はとっても嬉しかった。だから傷ついて、本当に苦しくて辛かった。でもね、この一年で終わりにしようと思えたの。やっと前を向くことが出来たの……」

こんなこと言いたくはない。けれど一年は長い。知り合いもいない新しい場所で一から自分の場所を作れるくらいには時間が経った。魔界の人達は優しい人ばかりだから救われているところも多い。それでも手放したものを、あの日の胸の痛みを忘れられるわけじゃない。

「ごめん……ごめんな、メイリーン。俺の弱さがメイリーンを傷つけた」

ジュードの涙が胸に突き刺さる。けれど受け入れることは出来ない。彼を受け入れてしまえばこの先何度もあの日を思い出してしまいそうだから。簡単に許せるような諍(いさか)いでさえも、深く深く傷つくことが目に見えている。だから彼の手を取ることは出来ない。

彼になら傷つけられても構わないと言えるほどの信頼は時間とともに消えてしまった。それに私はあの日、ジュードが知っている『メイリーン』ではなくなった。

生まれ変わってもなお私の中に残り続ける記憶が目の前の彼を強く拒み、今世で育てた記憶はどうかこれ以上ジュードを嫌いにさせないでくれと叫び続けている。

「愛していた。けれどごめんなさい。私達が同じ道を歩くことは出来ない」

彼の隣にいるのは私じゃない。一番大切にしていたあの時間が戻ることはない。

どこですれ違ってしまったのかは分からない。けれど今、私とジュードが立っている場所から交差した道まで歩くのはとても長い時間がかかってしまう。それくらい時間をかけられるほどの愛情はすでに失ってしまった。進む先に交わった場所があるのかも分からない。別の道を歩くのがお互いのためだと思った。

「待ってくれメイリーン！」

「さようなら。今までありがとう」

「嘘、だろ？」

へたり込むジュードに別れを告げ、タイランさんに声をかける。

「帰りましょう」

「いいのか？」

「はい」

小さく頷けば、転移魔法陣の上に案内してくれる。

この先、何度もこの決断に後悔する日が来るかもしれない。それでもこれが、あの日から精いっぱい生きた私の答えなのだ。

転移魔法陣に乗る直前で振り返ったが、ジュードが追ってくることはなかった。その場で肩を落とすばかり。小さく動く口から紡がれた言葉が私の耳まで届くことはない。

これで今度こそ私の長い恋は終わりを告げたのだ。

大きな一歩を踏み出して転移魔法陣に乗れば、優しい光が私を包み込んでくれた。

幕間一 君の焼いたラズベリーパイは過去に置き去りにした

ジュードは王都から離れた田舎の村で生まれ育った。若者は少なく、刺激のない毎日だったが、のんびりとした生活は気に入っていた。

おやつ作りが好きな幼馴染みのメイリーンが焼いてくれるラズベリーパイは本当に美味しくて、このままいつまでも変わりのない日々を過ごすのだと思っていた。

そんな未来が変わってしまったのは四年前。

王都から使いがやってきたのだ。いきなり勇者になれだなんて、理解が追いつかなかった。

けれどそれ以上に意味が分からなかったのは、母がメイリーンに他の男との結婚を勧めていたことだった。母だけではなく、メイリーンの両親も、村長でさえも背中を押すのである。大人達の言葉にメイリーンの心は大きく揺れていた。

彼女の心を自分の元に引き留めておかねば——そう、強く思った。

「帰ってきたら結婚しよう」

柔らかな身体を包み込み、待っていてほしいと願った。メイリーンはゆっくりと頷いてくれた。

それからすぐに王都に発つことになった。村で一生を終えると思っていたジュードは、自分の人生の中で王様と謁見する機会があるとは思っていなかった。不敬にならないように。ひたすらそればかり考えていたように思う。

それから今後の予定を説明され、魔王討伐の仲間だと数人の男達を紹介された。初対面の相手に背中を預けるなんて不安しかなかった。それでも彼らは田舎の村でのんびりと過ごしていたジュードよりもずっと強く、賢かった。

ジュードには優れた魔法の才も全てを退けられる剣の腕もない。天才揃いの輪の中に入れられたのは、ジュードに勇者の素質とやらがあったからに過ぎない。だから人よりずっと努力した。それでも初めは彼らについていくのがやっとだった。

仲間との信頼関係を築き、勇者として自然な対応が出来るようになったのは村を出てから一年が経った頃のこと。魔法使いのタイランとはまだまだ距離があるし、魔物と戦うのは未だに怖い。上位種族である魔人が出てきたらどうしようと考えて、なかなか寝付けない夜だってあった。

それでも少し前まではただの村人でしかなかった自分を、多くの人が求めてくれているのは嬉しかった。

中でも一番ジュードが元気をもらえたのは、たまたま目にした新聞の記事だった。聖女見習いとなった女性達の名前がズラリと並んでいた。その中にメイリーンの名前があったのだ。

村からほとんど出たことのない彼女が、遠く離れた王都という地に行くにはどれほどの決意が必要だっただろうか。一年が経っても彼女の心の真ん中に自分がいるような気がした。

「やっぱり大丈夫。メイリーンは俺を思ってくれている」

タイランは何度も手紙を書けと言ってくるが、メイリーンとはもう家族みたいなものだ。心の深い部分で繋がっている。彼女は文字なんて綴らなくとも信じてくれている。だから自分さえ心を強く持ち続ければ大丈夫。

一番の山場であると思われた魔王討伐だが、アッサリと和平が結ばれた。

魔王は想像していたよりもずっと幼い見た目だったが、目の前に立つだけでヒリヒリと強さが伝わってくる。無邪気な笑みから伝わってくるのは恐怖。明らかに格が違った。

村から出た直後のジュードなら立っていることすら出来なかっただろう。そんな魔人と戦ったとしても命を守るのがやっと。対峙しただけで勝敗が見えていた。

傷一つ負わなかったのは、魔王が人間や人間の作るものに興味を持っていたから。魔王の深い懐に感謝の意を告げ、和平が結ばれることとなった。

和平と言っても仲良くしましょうという約束ではない。魔人の優位性は変わらない。それでもないよりはマシだ。なにせ魔王を筆頭とした上位種族なら人間界を侵略することなど訳ないのだから。

彼らとの交戦を避けられるだけでもありがたい。

今後の話し合いのため、ジュード達は数日ほど魔王城に滞在することとなった。魔人達は意外にも話が出来る相手だったが、それでもいつ機嫌を損ねるかとひやひやしていた。

内心ビクビクとするジュードとは打って変わって、タイランは平然と魔人達と情報交換を行っていた。もちろん魔王とも。魔王もタイランをとても気に入ったらしい。ジュードや他の仲間のことは『勇者』や『剣士』と呼ぶのに対し、タイランだけを名前で呼んだ。

城や旅先での交流は最低限に済ませていたタイランだったが、嫌がるそぶりを見せることはなかった。案外子どもが好きなのかもしれない。

人間界の王都に戻れば、連日パーティが開かれるようになった。以前にも増してどこに行っても『勇者様』と、英雄のような扱いを受ける日々は幸せだった。同じく英雄として称えられるタイランだったが、彼はジュードとは正反対に暗い顔をしている。

「魔王討伐が終わったんだから仕事に戻らせてくれ」

旅に出ていた時の何倍も疲れたような表情を浮かべている。タイランを見ていると、自分は英雄にはなれても天才にはなれないのだと思い知らされる。

そんなタイランも魔族との和平を結んだ証明として魔界に送られることとなった。

大好きな研究が一日中出来るのだ。多くの人から天才と称賛されてもなお、高みに登ろうとするタイランに相応(ふさわ)しい居場所だ。それに彼が城からいなくなれば劣等感を忘れることが出来る。最後に見送りくらいしよう。そう思って部屋に向かえば、すでに彼の姿はなかった。

「何かあったら呼べ、だってさ。タイランらしいよな」

もうあの氷のように冷たい瞳(ひとみ)で射抜かれることすらない。いや、初めから眼中にもなかったのかもしれない。

それからジュードはますます『勇者』という立場に浸るようになった。

「なぁジュード、村に帰らなくてもいいのか?」

「今日の夜は王様に、明日も明後日も夜会に呼ばれているんだ。村に帰る暇なんてない」

「恋人を待たせているんだろう?　転移魔法だってあるし、顔くらい見せて来いよ」

「一回手紙を書いたから大丈夫だって」

凱旋パレードの日、近々聖女見習いに暇が出されると耳に挟んだ。メイリーンも村に帰ることだろう。彼女が王都にいるうちに連絡だけしておこうと手紙を出した。

『新聞に書かれていることは嘘だ。必ず村に帰るから待っていてほしい』

すぐ後に姫様とのお茶会があったのでそれしか書けなかった。だがメイリーンならきっと分かってくれるはずだ。彼女なら待っていてくれる。

魔物の被害などほとんどなかった村に戻ってしまえば、ただのジュードに戻ってしまう。平穏な時間もいいが、もう少しだけ特別な時間に浸りたい。英雄で居続けたい。

あと少し。あと少しだけ……。自分さえ村に帰ればあの頃の続きを歩くことが出来る。けれどこの時間は今だけなのだ。ジュードはますます『特別な時間』にのめり込むようになり、仲間はそれ以上何も言ってくることはなかった。

帰還してから数ヶ月が経っていることに気付いたのは、和平一周年記念パーティについての話が上がったから。

もうそんな時期か。タイランも戻って来るのだろうか。ぼんやりとそんなことを考えていた。

パーティの話を進めていると、花の話になった。当日はそれぞれに花束を渡されるのだという。好きな花があればそれを中心に組ませてもらうと、たくさんの花が用意されていた。その中でとある花が一際目を引いた。クレマチス――メイリーンが好きだった花だ。

彼女の笑顔を思い出して、ようやく「村に帰らないと」と思い始めた。

「村に帰りたい」

ポツリと呟いた。すると仲間は「ようやく腹を決めたか」と呆れつつも、転移魔法の準備をしてくれることとなった。見本として用意されていた花で花束を作ってもらい、転移魔法陣に乗る。

実に四年ぶりの帰還だ。メイリーンも家族も喜んでくれると疑っていなかった。だが村人はジュードを見つけると歓迎するどころか、スッと目を逸らしてしまう。

四年も経てば若干見た目は変わる。村にいた頃よりもガッシリとしたから誰か分からないだけだろう。深く気にすることはなく実家へと戻った。

「ジュード……」

「あんた、帰って来る気あったのね」

「そりゃあ帰って来るって。メイリーンにもそう伝えたし、聞いていないのか？　まぁいいや。俺、メイリーンの家に行ってくる」

両親は何とも言えない表情を浮かべていた。メイリーンには手紙を出したが、両親には何も伝えていない。彼女に手紙を出せば伝わると思っていた。

言っておいてくれれば良かったのに。そう思いながら、メイリーンの家のドアを叩いた。けれど彼女の兄から伝えられたのは想像もしていない言葉だった。

「メイリーンなら帰ってきていませんよ」

「どこかに行っているんですか？」

「三年前から王都に。それから帰ってきていません」

四年ぶりの会話だが、妙に言葉が硬い。年の差はあれど、仲良くしてもらっていたはずだ。だがそんな小さな変化よりもメイリーンの不在が重要だ。

「でも聖女見習いが暇を出されたのはもう一年近くも前だ。それから一度も帰ってきていないなんて……。家族思いのメイリーンがなぜ？」

「分かりません。でも、あの子のことはもう忘れてください」

家族を愛していた彼は冷たい声でそう言い切った。彼では話にならない。彼女の妹や他の村人にもメイリーンの行方（ゆくえ）を知らないかと聞いて回った。けれど誰もが似たような反応を返すばかり。

両親に至っては「王都に帰りなさい」とまで言い出した。まるでジュードの居場所なんて村にはないかのように。自分がいない間に、村で一体何があったのか。彼らはその『何か』をジュードに打ち明けるつもりはないようだ。メイリーンの不在と何か関係があるのか。

なぜ彼らはメイリーンを探そうとはしないのか。家族なのに、心配ではないのか。気付けば手の中にある花束はぐったりとしていた。無意識のうちに強く握ってしまっていたらしい。だがそんなことはどうでもいい。

ジュードは城に戻り、メイリーンの捜索を開始することにした。

捜索にあたり、真っ先に浮かんだのはタイランの顔だった。彼は天才だ。頼ればすぐにメイリーンを見つけてくれるかもしれない。けれど頼るという選択肢を取る勇気が出なかった。

なにせずっと家族を大切にしろ、手紙を書けと言ってくれていたタイランの言葉をジュードは大丈夫と一蹴し、ろくに取り合ってこなかったのだから。

メイリーンがいなくなったと伝えれば、冷たい目でジュードを刺し殺そうとするのではないか。怖かった。同時にメイリーンと離れ離れになる原因を作った国や魔王に怒りを覚えた。魔王討伐なんてなければ、勇者になんて選ばれなければ、彼女はずっと自分の側にいてくれたのだ。

メイリーンの捜索を始めてすぐ、自分と姫様との婚姻計画が勝手に進められていることを知った。そのことが新聞で度々報じられていることは知っていた。だがそれらは全て売り上げを伸ばすためのものだと思っていた。今まで勇者パーティの活躍が書かれていたのと同じだと。

まさか本人にも告げずに結婚の計画を本当に進めているなどとは夢にも思うまい。

王は褒美を与えると言っていたが、与えるどころか彼はジュードから多くのものを奪った。メイリーンのいない未来に何の意味があるというのだ。

「国を救ったのに、こんな仕打ちはないだろう！　彼女が見つからなければ、計画に携わった者を許しはしない。王だろうと聖女だろうと関係ない」

殺気を隠そうともしないジュードに王達は焦ったようだ。王宮の魔法使い総出でメイリーンの捜索を開始した。タイランほどではないにしても、彼らだって一流の魔法使いだ。仲間だってすぐに見つかると言ってくれた。

だが一向にメイリーンは見つからない。彼女が滞在していた教会に探索を阻む魔法がかけられているらしい。それに気付くまでに一ヶ月以上もかかった。舌打ちをすれば魔法使いの一人がおずおずと前に出た。

「私達にはこの魔法を解くことは出来ません。ですがタイランなら、魔法の天才と呼ばれる彼なら解けるかもしれない」

そう言われてようやくタイランを頼ることにした。予想通り、魔界から呼び出された彼はジュードに冷たい視線を向けた。想像と違ったのは服装が少し変わっていたところ。生活魔法があるからとほとんど着替えることのない彼が、見覚えのないベストを着ていたのだ。

寒気すら感じるジュードとは正反対の、温かみのある服装である。

魔王討伐の旅の途中もずっと手紙を送り、大切にしていた家族に編んでもらったのか。そう思うとますます彼との差に目が向いて、気分が沈みそうになる。

それでも彼の力を借りればその温かみに触れることが出来る。もう少しの辛抱だ。もう少し、もう少し。そう何度も頭の中で繰り返す。だがタイランの力を以てしてもメイリーンは見つからなかった。

「探索妨害魔法がかけられて一、二ヶ月程度ならどうにかなったかもしれないが、すでに一年近くが経過している。これほど強力な魔法となると解除出来るのは魔法をかけた本人だけだろうな」

その言葉で絶望へと突き落とされた。魔王城に帰りたがるタイランを引き留め、捜索を続けてもらった。聖女見習い達からメイリーンらしき女性の情報を得ることが出来たが、それでも見つかるかどうかは怪しい。

「どこにいるんだ、メイリーン……」

あの時、仲間の忠告を聞いて早く会いに行っていれば。いや、タイランの言葉を聞いて、旅の途中も手紙を書いていれば。メイリーンがいない現実を前に、後悔ばかりが押し寄せる。

なぜ彼女はいなくなってしまったのか。考えても分からない。けれどメイリーンを忘れてしまうことなど出来やしない。彼女が隣にいない未来など想像もつかない。

だから探し続ける。たとえ国を敵に回しても、あの温かさに触れたいと思った。


有力な情報が手に入ったのはタイランが魔界に一時帰還してすぐのことだった。探索妨害魔法をかけた人物探しの途中で、思いもよらなかった方向から情報が舞い込んだ。

「タイランがあれほどの実力者ならもっと上手(うま)く隠せたはずだと言っていたから、わざと魔法の痕跡を残した可能性を追ってみた。そしたらこれが出てきた」

共に魔王討伐の旅をした仲間がジュードに差し出したのは分厚い報告書だった。表紙には『聖女見習いメイリーン殺害計画』と書かれている。

「なんで、こんなものが」

「理由はいくつかあるが、いずれにも共通しているのは権力争いの邪魔だったかららしい」

「ふざけるなよ！」

「俺に食ってかかるな。幸い、この計画は失敗している。計画半ばで目標の聖女見習いが突如として姿を消したらしい。彼女自身が殺されそうになっていることに気付いていたかどうかはさておき、教会から逃がした魔法使いが天才であることだけは確かだ」

彼が残した報告書の隅々まで目を通していく。メイリーンが狙(ねら)われた理由は主に二つ。彼女の力が強すぎたため。そしてもう一つは、ジュードが結婚の約束をしていたから。

計画書には『変身魔法を用いて勇者ジュードに姿を変え、聖女見習いメイリーンに婚約破棄を言い渡す』と記されていた。

傷心の末の自殺にみせかけて殺害するつもりだったようだ。だが婚約破棄を言い渡されたメイリーンは忽然と姿を消した。村に帰った様子もなく、周辺の乗り合い馬車を利用した形跡もないことから計画は頓挫した、と。

計画の詳細がどうあれ、ジュードが村から出なければメイリーンも村から出ることはなかった。メイリーンが殺されかけることなどなかったのだ。

「クソッ！」

勇者なんかに選ばれなければ。思い切り壁を殴るが苛立ちはなくならない。むしろ膨らむ一方だ。

報告書の資料を元に、関係者全てを洗い出した。関係者は城・教会のどちらにも紛れていた。そして殺害計画の筆頭となったのは姫——勇者としてのジュードに価値を見出していた人だった。

全員を捕縛し、再びタイランに協力を仰ぐこととなった。直前で『お前の幼馴染みを連れていく』という旨の手紙が届いた時は何を言っているのかと首を傾げた。

そしてタイランと一緒に魔法陣からメイリーンが出てきた時は目を疑った。村にいた頃と何も変わらない彼女に再会出来て、涙が溢れた。

これからは平穏な日々が送れるのだと、一切疑っていなかった。そんなジュードに与えられたのはメイリーンからの拒絶だった。

あまりの衝撃に、去りゆく背中を追うことすら出来なかった。何度も何度も頭の中でメイリーンの言葉を繰り返し、噛み砕いていく。そんなことをしたところで結果など変わらない。だが今にも泣きそうな彼女の顔が焼き付いて頭から離れないのだ。

あんな顔をさせたかった訳じゃない。彼女の笑う顔が好きだった。穏やかな日々の中で幸せを感じたかっただけなのだ。

けれどメイリーンにあんな顔をさせたのは間違いなくジュードである。

『偽物だと気付けなくてごめんなさい。でも偽物のジュードはすぐに会いにきてくれた。連絡をもらった時、私はとっても嬉しかった。だから傷ついて、本当に苦しくて辛かった。でもね、この一年で終わりにしようと思えたの。やっと前を向くことが出来たの……』

計画書を見た段階で気付いていたのだ。ジュードの行動は、メイリーンを殺そうとしている相手よりも遅かった。ジュードの手紙はメイリーンに届いていない。彼女はその時すでに魔界にいた。

またメイリーン殺害計画の直後、聖女見習いが暮らす寮では窃盗事件が発生したらしい。その影響でメイリーンが教会に残した荷物は全て実家に送られていた。

彼女がいなくなった後に届いた手紙も例外ではない。荷物と共に転送されたジュードからの手紙を、メイリーンの家族は開いたのだろう。

いつまで経っても帰ってくる様子のない彼女の手がかりを求めての行為だったかもしれない。そんな藁にも縋るような思いをジュードは踏みにじったのだ。

新聞で姫様との結婚について報じられる度、無自覚に何度も何度も踏みつけて。ジュードがようやく村に帰った時、怒鳴りつけなかったのはきっと、もうジュードに期待すらしていないから。家族ですらジュードはもう帰ってこないものだと思っていたのがいい例だ。

タイランは何度となく、ジュードに手紙を出せと繰り返していた。他の仲間もずっと恋人に会いに行くように進言してくれた。全て聞き流してきたのはジュードである。

メイリーンを殺そうとしたのは姫達だ。だがメイリーンの気持ちを傷つけたのは……。

ジュードはメイリーンを愛していた。いや、拒絶されてもなお愛し続けている。ジュードにはメイリーンしかいないのだ。

けれど愛想をつかされても仕方ないことをしてきた。彼女はずっとただのジュードを待っていてくれたのに、変なプライドと勝手な思い込みが邪魔をした。不安にならないはずがないのに、大切だと伝える努力を惜しんだ。

魔王討伐で忙しかったなんて言い訳にはならない。現にタイランは旅の途中も元大聖女のオリヴィエに手紙を送り続けていた。それはタイランにとって彼女が大切な人だからだ。

村の人達がジュードから目を背(そむ)けたのは、ジュードがあの場所での暮らしから目を背け続けたからら。彼らはジュードが『特別』に縋り、なんてことない平穏な日々から逃げようとしていることに気付いていたのだ。

もう少しだけだとか、メイリーンなら待っていてくれるだとか、自分自身に向けた言い訳に過ぎなかった。旅の途中で何度も食べたいと思ったラズベリーパイだって、王都に帰って来てからは思い出すことさえしなかった。

メイリーンが作るラズベリーパイを食べる時間が一番の幸せだと思っていたのに。

「そうか……俺は自分に苛立っているのか」

気付いたら少しだけ胸のつかえが取れたような気がした。それからすぐにジュードは仲間の家に向かった。魔王討伐の旅で剣士をしていた男の家である。

彼は公爵家の生まれで、王家の血を継いでいる。今回のメイリーン殺害計画を知った彼は、今まで王家と教会がやってきた悪事を明るみにすることに決めたらしい。その計画に協力することにした。

今さらメイリーンを排除しようとした奴(やつ)がいなくなり、国王が変わったところで彼女が帰って来る訳ではない。村の人達だってジュードを受け入れてくれることはないだろう。それでもメイリーンとあの村の人達が笑って過ごせるような国であって欲しいと思った。


計画を進めていると、仲間の一人があることを教えてくれた。

「あの魔法を張ったのさ、元大聖女のオリヴィエ様だったんだと。魔界に送った聖女見習いの正体は一緒に暮らしているタイランにも魔王にも伝えず、魔王城に隠していたらしい」

「魔王城、か」

ジュードにとって思うところがある場所だが、タイランにとっては居心地の良い場所であるらしかった。魔王討伐の間は平然としていたのに、メイリーン捜索中は魔王城に早く帰りたいとぼやいていた。二日に一度、魔界に手紙を送っているらしいことにも気付いていた。

誰に宛てた手紙か直接聞いた訳ではない。けれど手紙を書くタイランの表情は柔らかかった。魔王討伐の旅の途中でも何度か見た表情だが、その時手紙を送っていた元大聖女オリヴィエは魔界にいなかった。彼女は自分の代わりにメイリーンを魔界に送っていたから。

タイランは魔界で良い出会いが出来た。そう思うと氷水を頭からかけられたような感覚に陥る。

けれど同時にホッとしている自分がいる。なにせメイリーンを城に連れてきたタイランは、ずっとジュードの後ろにいる人間達を警戒していたのだから。

「メイリーンは良い人に出会えたんだな」

ジュードはオリヴィエと会ったことはない。だが魔王討伐の際に送られてきた回復ポーションからは温かみを感じた。

あれほど厄介だと思った探索妨害魔法だって、ジュードがそれだけメイリーンを放置したから厄介なものになってしまったのだ。王都に帰ってきてから二ヶ月以内に気付いていれば、タイランの力で解除することが出来た。

たったそれだけでメイリーンの命が狙われることはなくなる。オリヴィエはメイリーンを守ろうとしただけ。タイランが魔王討伐の旅の道中で何度も手紙を出せと言ってくれたのと同じだ。全ては優しさによるもので、それに気付くまで随分と時間を使ってしまった。

この先、ジュードとメイリーンの道が交わることはない。隣にいることも叶わない。当然のように思い描いていた未来を潰してしまったから。

それでもメイリーンは今も生きている。旅に出る前は当たり前だったが、ジュードは四年間で命の重さを知った。私欲のために人の命を奪おうとする人間がいることも。

「どうか、幸せになってくれ」

ジュードの呟きがメイリーンに届くことはない。それでも彼は遠く離れた最愛の女性の幸せを願い続けようと心に決めたのだった。

§二章§ 三種のプリンと家族

ゆっくりと目を開ければ、目の前に広がるのは魔王城の王の間。この一年ですっかり見慣れた光景である。転移魔法陣の目の前には魔王様のティーセットが用意されている。椅子は三つ。うち二つは空席である。

魔王様はクッキーを口いっぱいに頬張りながら、右手で蒸しパンを鷲掴みにしている。テーブルにはおやつ弁当と紅茶の他にも牛乳やオレンジジュースが並べられており、私達が帰ってくるまでここを動かぬという確固たる意思が見える。

魔王様はもごもごと口を動かし、紅茶で喉を潤した後でゆっくりと口を開いた。

「ダイリ、タイラン。よく帰ったな！」

「ただいま戻りました」

「早かったな。おやつはまだいっぱい残っているぞ。三人で食べよう」

「ああ」

「それからドライフルーツのパウンドケーキも持ってこさせよう！　ほら疲れただろう。座ってお茶でも飲むといい」

魔王様は楽しそうにお茶を注ぐ。普段はメイドか私が注いでいるので、少し危なっかしい。それでも私達のために注いでくれるのが嬉しかった。思わず笑みが溢れる。それはタイランさんも同じだ。帰ってきたのだという実感が湧く。

魔王様が手伝ってくれたパウンドケーキはすぐに用意された。私の前に一本丸々ドドンと置かれている。そして横からメイドがブレッドナイフを差し出している。

ナイフを受け取り、少し厚めに切り分ける。カットしたものを二切れずつ皿に移す。

「我は大トロが食べたいぞ！」

「ちょっと厚めの大トロ、ですよね」

「うむ！」

「大トロ？」

「パウンドケーキの端っこのことです」

正式な名称なのかは分からないが、前世ではそう呼んでいた。ちなみに食パンの同じ部分も大トロである。

魔王様に大トロ部分が載った皿を渡す。タイランさんは未だ不思議そうに首を傾げている。物に対して疑問を持っているのか、はたまた言葉に対して疑問を持っているのか。だがタイランさんの反応ももっともである。

なにせ『トロ』とはお寿司のネタに使われる言葉である。つまりタイランさんが暮らしていた国にはない言葉。この世界にもあるかどうか怪しい。そんな言葉を、以前魔王様とパウンドケーキを食べた際にポロリと溢してしまったのだ。

一度出した言葉を引っ込めることは出来ず、純粋な目で説明を求められた。だがマグロの大トロと同じくらい貴重な部位だなんて説明することは出来ない。それではミスにミスを重ねることになる。だから私はとっさに『ほっぺがとろっとするほど美味しい部分』と伝えた。実際美味しいのだから間違いという訳ではない。魔王様はその説明で納得してくれて、大トロは魔王様のお気に入りになった。今も受け取った皿をキラキラな目で見つめている。

「もう一つはタイランさんに」

タイランさんの皿にも大トロを載せて差し出す。けれど彼は首を横に振った。

「今日はダイリと魔王が食えばいい」

「タイラン……もしや一回我慢して次に二ヶ所とも食べる気ではないだろうな」

「バレたか」

「ズルいぞ！」

「なら今回魔王が我慢するか？」

「嫌だ」

「じゃあ諦めろ」

タイランさんはフッと笑って別の皿を手に取る。まるで人間界では何もなかったかのよう。

パウンドケーキを口に運びながら、人間界での出来事は私の夢だったのではないかと錯覚しそうになる。そのくらいタイランさんは行く前と変わりがない。

けれどこの状況はタイランさんと魔王様の気遣いによって作られたものであることを私も理解し

ている。その証拠に魔王様は私達の帰ってきた直後にパウンドケーキを要求した。パウンドケーキは全て終わった時に食べようと約束したものだ。つまり魔王様は終わったことを知っていたのだ。いや、正確には私が行けば終わることを知っていた。

思い出すのは数日前のこと。魔王様は何度か私にヒントのような言葉を与えてくれた。魔王様はジュードが探している女性が私であることに気付いて、私自身に答えを見つけ出させようとしたのだろう。

けれど私の視界には変身魔法で作られた偽物のジュードの姿があって、それが謎解きの邪魔をした。タイランさんも人間界の城に行くまで気付かなかった。魔王様が気付けたのはおそらく外側から物事を見ていたから。

様々なフルーツが入ったパウンドケーキはまるで私達を表しているかのよう。同じ材料が入っているはずなのに切った場所や角度によって異なる顔を見せる。

「このパウンドケーキは我とダイリがいたから出来たおやつなのだぞ!」

「確かに美味いな。魔王は何を手伝ったんだ?」

「フルーツを選んで、パウンドケーキを応援したのだ!」

「応援?」

「オーブンの中で膨らんでいくのを頑張れって応援していたんですよ。ね、魔王様?」

おやつ作りをしたことを詳しく話す。するとタイランさんは頬を緩めた。応援する姿を想像したのだろう。魔王様は誇らしげに胸を張っている。

「うむ！　我の応援のおかげでこんなにも立派に育ったのだ。ありがたく食べるがいい」

　パウンドケーキを食べながら、魔王様はタイランさんがいなかった間の出来事を話した。ところどころで「もっと早く帰ってくると思ったのに」だとか「タイランは食べ損ねて惜しいことをしたのだ」と挟むのは寂しかったから。同時にもう置いていくなと伝えるための小さな意地悪である。

　追加のパウンドケーキをほっぺに詰め込みながらモゴモゴと口を動かす。だが魔王様は意地悪には向いていなかったようだ。

「そんなに美味いならまた作ってもらうとしよう。そうしたら魔王もまた食べられるぞ」

「それはそうだが……」

「以前、美味しいから食べてみろとおやつを押し付けてきたのは魔王だった気がするが。誰かと共有しようとするのは止めたのか？」

　私が魔王城に来た日のことを覚えていたらしい。あの時はおやつなんて要らないと言っていたのに、今ではその日の言葉さえも上手く利用する。

　平然と意地悪な言葉を紡ぐタイランさんに、魔王様はぐぬぬと声を詰まらせる。実際、魔王様ももう一度食べたいという思いがあるのだろう。少し悩んだようだが、タイランさんへの意地悪よりも食べたい気持ちが勝ったらしい。

「……ダイリ」

「また作りますね」

「うむ。だが明後日からでいいぞ」

「え？」

「明日はダイリが休む日だ」

「で、でも私のお仕事はおやつ係で！」

「我はダイリのおやつが好きだ。本当は明日だって食べたい。でも元気がないなら休むべきだ。……人間は脆いものだから」

人間は脆い、か。前にも魔王様から言われたことがある。あの時は怪我をしやすいという意味だった。けれど今回は明らかに意味が違う。子どもにしか見えない彼からの言葉が胸にズシンとのし掛かる。タイランさんは何も言わない。人間界の城で私を見守っていてくれたのと同じだ。

「もう一度言うぞ、ダイリ。明日はお休みだ」

「わかり、ました……」

渋々ながらに頷いた。魔王様は満足げに頷くと、どこからか出した袋に残りのパウンドケーキを詰め始めた。

「明日の分のおやつならストック分が」

「これはダイリが部屋で食べる分だ。本当は我が新しく作れたら良かったのだが、我一人では作れないからな……」

魔王様はしょんぼりと萎れた声を紡ぐ。そして口を縛った袋を顔の前に運ぶと、なにやらブツブツと呟き始めた。

「よし、これでいいな。ちゃんと食べるのだぞ」

「はぁ……」

渡された袋を見ながら、首を傾げる。一体何をしたのかは全く分からない。けれど魔王様は満足げである。

それからすぐ魔王様の指示でメイド達がやって来た。片付けは彼女達に任せ、王の間を後にする。

タイランさんはまだ残るらしい。人間界でのことを説明するのだろうか。そう考えると少しだけ気分が重くなる。しこりの残る胸の前におやつ袋を抱えた。

「それでは失礼します」

「うむ。ゆっくり休むのだぞ」

王の間を後にし、この一年ですっかり見慣れた廊下を歩く。けれど今日はなぜか少しだけ歪んで見える。ゆっくりと瞬きをすれば頬に何かがツウッと伝った。泣いているのだと遅れて気付いた。

手の甲で強引に拭う。だが一度溢れた涙が止まることはない。

こんな姿、誰にも見られたくない。心配をかけたくない。そんな思いで部屋に向かう足を早める。

部屋に踏み込むや否や、背中でドアを閉めた。バタンと大きな音が響く。こんな真似、普段は絶対にしない。けれど今の私に余裕などなかった。

その場にしゃがみ、長い息を吐く。

「良かった。誰とも会わなくて」

両手で顔を覆う。すると今まで以上の涙が溢れた。ただただ悲しくて悔しくて。やるせない思いを涙に変えて泣き続けた。

どれだけ泣いていたことだろう。ふと頭の中にとあるものが浮かんだ。

「ラズベリーパイ……」

それはジュードの好物で、私にとっての幸せの象徴でもあった。あの日を境に大嫌いなものになり果てたそれを食べなければ、という使命感に駆られた。つまりはやけ食いである。前世から何も進歩していない。

時計を確認すると、すっかり夜が深まった時間となっていた。顔を洗い、少しだけマシになった顔で部屋を出る。左右を見て、誰もいないことを確認してから廊下に出る。

魔王城では夜中は寝ている魔人が多い。だがまだ起きている魔人もいる。遭遇しないように気を付けながら食料庫へと向かう。ラズベリーパイの材料のうち、ラズベリーだけがキッチンにないのである。

フルーツがずらりと並ぶ棚からラズベリーの入った袋を取り出した。中から使う分だけ取って袋を棚に戻す。後日、他のおやつを作る時にラズベリーパイの材料も一緒に申請してしまおう。少しズルいけれど、夜中にこんなものを焼いていたと知られるよりもマシだ。

キッチンの入り口で立ち止まり、そおっと中を覗く。一番遭遇する確率が高いと思われたミギさんとヒダリさんの姿はない。遅い時間だからだろう。いつもの二人がいないだけでただでさえ広いキッチンが冷たいものに感じる。だが今の私にはちょうど良かった。

胸を撫で下ろし、冷蔵庫からパイ生地などの材料を取り出す。パイ生地は前回多めに作っておいたものだ。

　道具を用意し、ラズベリーパイを作っていく。私が一番多く作ってきたおやつだ。作るのは久々だが、手が止まることはない。パイをオーブンに入れると、ふと喉の乾きを覚えた。王の間を出てから何も飲んでいなかったのだ。水を一杯飲んでから水差しを拝借する。ギリギリまで水を注ぎ、部屋に持っていくことにした。

　焼いている途中に離れることは少し躊躇した。けれどまだまだ焼き上がるまで時間がある。ちゃちゃっと部屋に置いて帰ってきてしまおうとキッチンを出る。そして部屋に帰って目を疑った。

「いつ、来たんだろう」

　私が水差しを置こうと思った場所にはティーセットが置かれていた。シエルさんが度々部屋に持ってきてくれるものと同じ。私がキッチンに行っていた間に来たのだろうか。

　疑問に思いつつも、キッチンを長く離れる訳にはいかない。水差しの場所を確保するために少しズラして、はたと気付いた。ティーカップが妙に冷たいのだ。

　ティーポットからお茶を注いでも熱を感じなかった。そうしてようやく、私が王の間から部屋に帰る前に用意されたものであることに気付いた。あの場にいたメイドから連絡を受けて用意してくれたのだろう。涙で歪んで視野が狭くなっていたため、見逃してしまっていたに違いない。

「私ってそんなにわかりやすいかな……。今度お礼言わなきゃ」

　一口だけお茶を飲んでからキッチンへと戻る。焼き上がったラズベリーパイを皿に載せて、残りの片付けを済ませてから再び部屋に戻る。

水差しとティーセットが置かれた机の真ん中にラズベリーパイを置く。ワンホール丸ごと。カットはしていないし、ナイフも持ってきていない。右手に握ったフォークでザクザクと切っていく。あの頃とは違い、ラズベリーパイを食べるのは私だけ。パイがボロボロになっても、ラズベリーが潰（つぶ）れて不格好になっても気にしない。ひたすらにそれを頬張っていく。

甘みよりも酸味を強く感じるのは、幸福よりも辛（つら）さや悲しみの感情が強いからだろうか。あの頃願ったものはもう手に入らない。

私もジュードも手放したくないと思っていたはずなのに。ふるふると首を振れば、大きな粒が私の右手に落ちてきた。あれだけ泣いても私の涙は枯れていなかったらしい。

「ううっ……」

瞼（まぶた）を閉じれば、村での生活が脳裏に浮かぶ。

あの場所を離れて三年以上経（た）ったが、私を育んでくれた土地や人のことをはっきりと思い出せる。その真ん中には当然のようにジュードがいる。魔界だとか勇者だとか、そんな大層なものを考えもしなかったあの頃は、毎日のようにジュードと顔を合わせていたのだ。

忘れようと思っても、私の過去には必ずと言っていいほどにジュードの姿がある。カッコいいところばかりではなかったけれど、家族よりも近くて少しだけ遠い、私の大事な人。

収穫祭のダンスは約束なんかしなくても手を伸ばせばジュードがいた。いや、ダンスだけではない。編み物をする時は必ずジュードのために何かを編んだ。年を重ねるごとにジュードの身に着けているものはおばさんが編んだものから、私が編んだものへと変わっていった。ベストもセーターも手袋もマフラーも。彼を想って編んだそれらは村に置かれている。

突然勇者に選ばれて、そんなものを持ち出す余裕もなかったのだから仕方ない。そして今となっては使う理由さえなくなってしまった。セーターに至ってはサイズが合わなくなったはずだ。過去を振り返れば、今日久々に会った彼の成長がよく分かる。身長はあまり伸びていないが身体つきは随分とがっしりとしていた。

「おかえりなさいって言い損ねちゃった……」

幸せがずっと、それこそ死ぬまで続くと思っていた。でもそう思っていたのはきっと私だけではない。ジュードも少なからずそう思ってくれていたからこそ、私を探そうとしたのだ。

「ジュードだけが悪いんじゃない。そんなこと、分かってるよ」

今回と前世の出来事はまるで違う。隣にいると思っていた女性は虚像で。ジュードは最後まで私を求めてくれていた。簡単に切り捨てたあいつとは違う。別の道に進むと決断したのは私だ。それでも割り切れている訳ではない。

忘れかけていたジュードの笑顔は、閉じた瞼にべったりとくっついている。そしてすぐにその笑みは歪んだ表情へと変わるのである。

「どうするのが正解だったの？」

今の状態が不正解だとは思わない。けれど最適解ではないのだ。どこで選択を間違えたのか。

ジュードを偽物だと見破れていれば。

王都の教会で聖女見習いにならなければ。

勇者となる彼と結婚の約束なんてしなければ。

初めから違う人を好きになっていれば。

人生に正解なんてない。正解を選んでいるつもりでも、歩いている場所が想定と異なるのが常である。だから悔いて後ろを見たところで無意味なのだ。

それでも私は村にいた頃に見えていた未来を、あったかもしれないその先を考えてしまう。何度も何度も同じ所をぐるぐると回り続ける。

口いっぱいにラズベリーパイを頬張りながらボロボロと涙を溢す。狂おしいほどの感情を無理やり飲み込む。苦しくて悔しくてたまらない。それでも幸せだった時のことを思い出さなければ、このまま闇に溺れてしまいそうになる。だから私はまたラズベリーパイにフォークを突き刺すのだ。

時間をかけて、なんとかワンホール丸ごと食べきった。お腹はパンパン。満腹を通り越して胃がもたれている。シエルさんの用意してくれたお茶がなければ、途中でギブアップしていたかもしれない。

だが私はこれらを食べきらなければならなかった。用意したものを食べきることこそ私流のやけ食いなのだから。

といっても食べきったからといって何か変わる訳ではない。それでも重いのは気持ちだけではなくなった。マイナスな行動でも前に進もうという気持ちがあるだけで気が楽になる。

「ほんの少しだけ、だけどね」

誰かに言い訳するようにぼそりと呟く。ベッドに寝転び、布団を頭の上まで引っ張った。

このまままた違う世界に旅立てればどんなに楽だろうか。そんな馬鹿みたいなことを考える。転生したところで思い出したら何の意味もないことくらい、自分でも分かっているはずなのに……。

目を閉じても今度は何も浮かばない。泥に溺れるように眠りの世界に落ちていった。


目を覚ましたのはおやつ時を過ぎた頃のこと。すっかり眠っていたらしい。安心しているからではない。疲れているからだ。身体も気持ちも重いまま。

鏡なんて見なくても目が腫れていることが分かる。こんな顔では部屋の外には出られない。だが幸いにも食べ物も飲み物もある。おやつと水だけだが、今日一日だけなら十分だ。休みをくれた魔王様に感謝しつつ、ベッドの上でゴロゴロと転がる。

日が暮れた頃に起き上がって、パウンドケーキをもそもそと食べる。昨日よりも美味しく感じるのは少し落ち着いたからだろうか。袋の中身を食べきって、再び布団を被る。意識が遠のく中で、そういえば今日は使用人達の声やケルベロス達の鳴き声が聞こえないなと思うのだった。


眠りから覚め、むくりと起きる。外は暗いが、さすがにもう一度眠りにつくことは出来ない。眠気はすっかりどこかへ行ってしまった。なのでひとまずシャワーを浴びることにした。

髪を乾かしていると、ぐううううっと大きな腹の音が鳴った。

「お腹空いたなぁ」

考えてみれば最後にちゃんとした食事を取ったのは昨日の朝、人間界の城に行く前のこと。以降はおやつしか食べていない。大して動いていないから大丈夫だと思っていたが、一度自覚した空腹は朝まで耐えてくれそうもない。今にもお腹と背中がくっつきそうなほど。

魔王城に来てからはミギさんとヒダリさんの美味しい料理を毎日食べてきたため、早く寄越せとお腹が求めているのだろう。だが時計は昨晩キッチンへ向かったのと同じくらいの時間を指している。二人はキッチンにはいない可能性が高い。万が一、残っていたとしても今からご飯を作ってもらうのは申し訳ない。

「パンがあったらホットサンドでも作ろうかな」

机の上の食器をまとめてからドアを開く。するとすぐ隣に見慣れたキッチンワゴンがあった。私が王の間におやつを持っていく際に使っているものだ。

その上にはこれまた見慣れたバスケットが載せられている。上にかかったクロスを持ち上げれば、中にはサンドイッチとメッセージカードが入っていた。

『お腹が空いたら食べてください。下にお茶もあるので、ポットのお湯を注いでください』

『私達は今から麦茶の買い付けに向かいます。その他のものも楽しみにしていてください』

送り主の名前はない。だが名前なんてなくても誰からのメッセージかは分かる。ミギさんとヒダリさんだ。どちらも本から文字を切り抜いたような字だ。それでもカードからは彼らの温かさを感じる。

一旦(いったん)食器を空いている場所に置き、ワゴンごと部屋に運ぶ。ゴロゴロと聞き慣れた音は私の心を安らげてくれる。机の上にご飯セットを用意してから椅子に腰かける。

カードに書かれていた通り、お湯をティーポットに注ぐ。カップに注げば紅茶の香りがふんわりとする。だが普段飲んでいるものとは少し違う。何種類かブレンドされているのだろうか。

少し冷ましてから飲めば、まろやかな口当たりの紅茶であった。だが口の中に変に残る感じはない。甘みがあるおやつとの相性はあまりよろしくない。そう、このお茶は今みたいに落ち着きたい時にゆっくりと飲むのに適しているのだ。

「私がご飯を食べないかもしれないから？」

ほおっと息を吐いて、サンドイッチに手を伸ばす。たまごにハムレタス、チキンなど数種類のサンドイッチが用意されている中、私が選んだのはＢＬＴサンド。

お腹が空いていることもあり、一番お腹にたまるものを選んだ。それにこのサンドにはミギさんとヒダリさんの特製ソースが絡められている。

誰も見ていないのを良いことに、大口を開けて食らいつく。手にも口の端にもソースが付着するが、気にしない。もぐもぐと食べ進めていく。次はたまご、その次はチキン。口の中が空になる前に次々に手を伸ばす。

気付けばバスケットいっぱいに詰められていたサンドイッチを全て平らげていた。自分でもびっくりしているぐらいだ。

「はぁお腹いっぱい」

紅茶で一服していると、バスケットの底にもう一枚カードがあることに気付いた。

『全部食べてくれてありがとうございます。どれが一番美味しかったか教えてください』

「こちらこそ、ありがとうございます」

今回のお礼も兼ねて明日は和風のおやつを作ろう。何が手に入るかは分からないけれど、気遣ってくれた彼らにお返しがしたい。


翌朝、キッチンワゴンと一緒にキッチンに入る。二日ぶりの彼らに深く頭を下げる。

「サンドイッチ、ありがとうございました」

「温かい料理を出せずに申し訳ないです。どうしても自分達で買い付けに行きたくて……」

「その成果がこちらです！」

ミギさんとヒダリさんが左右にズレると今まで彼らで隠れていた調理台が見えた。上には所狭しと食材が並んでいる。麦茶をはじめとして私が頼んだものはもちろん、後々頼もうと思っていたお米や鰹節（かつおぶし）、昆布（こんぶ）まである。

これだけあれば日本のおやつどころか和食も作れそうだ。それに質も良い。前世でもこんなに立派な昆布は結婚や出産レベルのお祝い事くらいでしかお目にかかる機会はない。

「こんなにたくさんいいんですか⁉」

「私達はダイリさんが話してくれた料理をよく知りもせずに否定しました。それは料理人としてやってはいけないことです」

「だから料理人として、ちゃんと素材と向き合うことにしました」

「知らない土地、知らない食材、知らない料理がたくさん並ぶ土地は私達にとって刺激的でした」

「現地の人間から調理方法を聞いてきました。でもまだまだ足りない。私達はもっと知りたい」

「オルペミーシアにもっといっぱい異国の料理本を集めて欲しいと頼んでおきました」

「でも本で見るだけではなく、その土地に直接行ってみたいです」

国が違えば食も違う。けれど食材に向き合おうとする気持ちはあちらの人達にも伝わったらしい。

二人がポケットから取り出したメモ帳にはぎっしりと文字が書き込まれていた。二重線が引かれている箇所もある。いかに楽しかったかを興奮気味に語ってくれる。

麦茶やその他の、二人にとってはよく分からない食材のためにわざわざ遠い国に行ってもらうことに少しだけ申し訳なさを感じていた。けれど二人にとって今回の買い付けは貴重な体験になったようで良かった。

だがここで終わりではない。これらが美味しいものであることをミギさんとヒダリさん、そして魔王様達にも伝えなければならない。それは日本という国から転生し、魔王城のおやつ係を任命された私の役目である。

「美味しいものを作りましょう！」

「はい！　でもその前に聞きたいことがありまして」

「なんですか？」

「サンドイッチはどれが一番美味しかったですか？」

投げかけられたのはバスケットの底にあったカードに書かれていた内容と同じ問いだった。食器を返す時に伝えようと思い、キッチンに向かう途中で考えてある。

「どれも美味しかったですが、ＢＬＴサンドが一番美味しかったです」

「なるほど。ＢＬＴサンドは私が作ったものです」

「たまごはどうでしたか！」

「たまごも美味しかったです。いつものサンドイッチと少し違って、出汁(だし)が効いていて」

普段のたまごサンドに挟まれているのは潰したゆで卵。だが今回はたまご焼きであった。

厚さ自体はそこまでもないが、中はふんわり。スクランブルエッグのようなとろっとした部分まであった。一番を決める際に最後まで悩んだのはＢＬＴサンドとたまごサンドだった。そしてＢＬＴサンドが僅差で勝った。

出汁を使ったところがこだわりだったらしく、少しだけ表情が和らいでいく。

「本で読んだので試してみたのです。気になるところはありましたか？」

「もう少し塩味を抑えた味の方が個人的には好きですかね。でも、本当に好みの問題なので。美味しかったですよ」

「塩味ですか。なるほど」

前世でもたまご焼きの味付けには派閥があった。塩こしょう派・砂糖派・出汁派などなど。そこからさらに調味料をかける・かけない、何をかけるかと分岐していくのである。

私の好みにピタリとハマったとしても、それが誰が食べても美味しいたまご焼きかと言われればノーだ。他との食べ合わせもある。だからそこまで深く考えることでもないと思う。

何か他に話を逸(そ)らそう。話題を探して視線を彷徨(さまよ)わせると、すぐに気になることが見つかった。

「そういえば今回は分担されたんですね」

「試してみたいことが違ったので別々に作ったのです」

「言われてみれば、今まで別の料理を作ることはありませんでしたね」

「気にしたこともありませんでしたが、楽しかったです」

「感想を聞ける食事の数も増えますし、今回みたいに同じ料理でも味が違うものを作れます。ちなみにタイランはたまごが一番だと言ってくれました」

そう言いながらふふんと胸を張る。もう一人も嬉しそうだ。変わったのは別々に料理を作り出したことだけではない。二人とも、私が来たばかりの頃よりも表情が豊かになっている。

村にいた頃を思い出しながらベコベコにへこんでいた私だが、変わったのはジュードだけではないのだ。私も変わった。進んでいる。失ったばかりではない。この三年間で私はたくさんのものを得たのだと自分に言い聞かせる。大丈夫大丈夫と頭の中で繰り返す。

するとそれを遮るように、ぐうううっと大きな音が鳴った。

「お腹の音ですね」

「ついつい話し込んでしまいましたが、朝食にしましょうか」

「……お願いします」

二人が朝食を用意してくれている間に私は洗い物をする。皿を拭き終わったら今度は麦茶の準備だ。準備といっても煮出すだけだが。洋風の朝食に麦茶を添え、二人との会話を再開する。

「それで今日は早速買ってきてもらった食材を使った『抹茶と黒豆のパウンドケーキ』を作ろうと

思います。麦茶も一緒に出しましょう」

「抹茶というとお茶ですよね？　違う種類のお茶を使った料理と一緒に麦茶を出すというのは……」

「麦茶は素朴で美味しいですが、味が喧嘩しませんか？」

「それは……人によりますね」

私は和菓子に紅茶でも大丈夫なタイプだ。前世でも和菓子用の紅茶と洋菓子用の緑茶を常にストックしていた。和紅茶に中国茶、ハーブティーなど自分が好きな組み合わせで飲んでいた。

だが気になる人もいるはず。お茶の種類はもちろん、この茶葉しか飲まないという人もいる。魔王様もおやつに好き嫌いはなくとも、飲み物にはあるかもしれない。

「……魔王様達に出す前に試してもらえますか？」

「もちろん」

「念のために紅茶も用意しましょうか？」

「お願いします」

余った麦茶は冷蔵庫で冷やし、パウンドケーキ作りに取りかかることにした。といっても基本的に混ぜて焼くだけ。焼いている間に二人のメモ帳を見せてもらうことになった。

肝心の抹茶と黒豆のパウンドケーキと麦茶の相性だが「麦茶はもちろん、牛乳でも合うのでは？」という結論に至った。抹茶ラテという飲み物があると伝えれば、彼らは大きく頷いていた。ちなみに麦茶ラテというものもある。

「魔王様に持っていく飲み物は牛乳と麦茶がいいですかね」

「それがいいかと」

「ちなみに抹茶ラテなのですが」

「魔王様が抹茶のおやつを気に入られたら今度試作品を作ろうかと」

「今日でもいいですよ。材料がなくなったらまたいつでも買ってきますから！」

「ですが牛乳メインのおやつを作る時は魔牛担当にも声をかけるように言われています。彼女の予定も聞かなければ」

私の知らないところで何やら約束が交わされていたらしい。だが嫌な気はしない。私を急かさないようにとの心遣いなのだろうと予想がつく。

魔獣舎の魔人達は、魔獣から取れた素材を使ったおやつを差し入れるととても喜んでくれる。特に人気なのがたまご蒸しパンと牛乳ゼリーである。もちろんそれ以外のおやつも大好きで、届けに行くと感想を伝えてくれる。抹茶オレも気に入ってくれるといいのだが……。

「じゃあ魔獣舎の方の都合が付いたら作りましょうか」

「はい」

「早速予定を聞いてきますね」

ミギさんとヒダリさんは抹茶の入った筒を手に魔獣舎へと向かった。そして私はおやつを載せたワゴンを転がして王の間へ。ドアをくぐると目の前には魔王様が立っていた。

「待っていたぞ、ダイリ」

「昨日はお休みを頂き、ありがとうございました」

「気にするな！　それで今日のおやつはなんだ？」

「抹茶と黒豆のパウンドケーキです。それから今日は麦茶を用意しました」

「パウンドケーキは我も作ったが、まっちゃとくろまめ？　むぎちゃ？　はよく分からん。美味いのか？」

魔王様は聞き慣れない言葉に首を傾げる。だが魔王様にとって大切なのは美味しいかそうでないか、である。すでにミギさんとヒダリさんからは美味しいとの感想をもらっている。後は好みかそうでないかだが、さすがにそれは食べてもらわなければ分からない。

「はい。麦茶がお口に合わなかった場合は牛乳も用意してありますので、遠慮なくお伝えください」

皿の準備をしてからパウンドケーキを切る。すると魔王様は「色が違う！　何か入っているぞ！」と目を輝かせた。初めての和風おやつとしてパウンドケーキを選んだのは正解だったようだ。完全に未知のものではなく、知っているものが少し変わったという認識になる。

「同じおやつでもこうも変わるものなのか。ダイリは凄(すご)いな……」

「工夫次第でいくつでも作れますからね」

ほおっと息を吐く魔王様は今日も変わらずダイリと呼んでくれる。魔王様に限らず、ミギさんもヒダリさんもそうだった。だがそれは果たして彼らが今まで通りを望んでくれたからなのか。それともタイランさんが私の本名を伝えていないから？

その名前で呼ばれるのは嬉しいけれど、ほんの少しだけ不安になる。私の名前を確実に知っているタイランさんの姿が見えないからなおのこと。彼の気持ちが一番分からない。

麦茶を注ぎながら魔王様にそれとなくタイランさんのことを聞いてみる。

「ところでタイランさんは今日、いないんですか？」

「タイランならさっき来たが、しばらく部屋から出てこないと思うぞ」

「何かあったんですか？」

「人間界から帰ってきてすぐ、とある魔法の検証を始めたのだ。我と庭師に意見を聞きに来る以外は部屋の外に出ていないようだ」

「そう、ですか」

「寝ていないようだが、食事は取っているようだ。おやつなら食事と一緒にメイドに持たせるといい。それよりこのおやつについて話してくれ！」

魔王様は言葉通り、全く気にしていないようだ。以前のように引きこもりっぱなしという訳ではないからだろう。今はタイランさんよりも目の前のおやつに夢中である。

私が目を離した隙に大トロを自分の皿の上に盛っていた。一昨日タイランさんが次の大トロをもらうと言っていたのでよけておくつもりだったのだが、一足遅かった。

とはいえ魔王様も悪気があった訳ではなく、純粋に忘れていたと思われる。ニコニコしながら「大トロ大トロ」と繰り返している。今すぐにでも食べ始めたいだろうに、私の分の準備が終わるまで良い子で待っている。

幸いにもタイランさんはこの場にいない。彼の分の大トロは次回キッチンで確保しておくことにしよう。自分の分も取り分けて、空いている椅子に腰掛ける。

「これは昨日、ミギさんとヒダリさんが買ってきてくれた食材を使って作ったんです。この麦茶を売っている国に買い付けに行ってくれて」

「そういえば以前そんなことを言っていたな。うむ、美味い！　この茶もいつものと違うがおやつと合うな。ほっこりする」

「お口に合って良かったです。この他にも色々買ってきて頂いたので、今まで作れなかったおやつが作れますよ」

「それは楽しみだ！　もしやその食材を使えばこのパウンドケーキのように、今まで食べたものでも全く違うものになるのか？」

「はい。この前食べたクレープも、パウンドケーキと同様に抹茶を練り込むとまた違った味のクレープが出来上がります」

「クレープも変わるのか！」

魔王様は抹茶のパウンドケーキを頬張りながら抹茶クレープに思いを馳せる。今にもじゅるりとよだれが出そうなほどに幸せな表情をしている。

買ってきてもらった材料を使って作ってみたいおやつがたくさんあるのだ。和風のおやつも和と洋が混じったおやつも、もちろん今まで通りの洋菓子だって。だから気に入ってもらえて嬉しい。

「抹茶生地にいちごと生クリームとあんこをトッピングするとそれはもう絶品で」

「あんこ！　なんだ、それは。初めて聞く名前だぞ」

「甘い豆を煮詰めてペースト状にしたものです」

「豆というと、これか？」

「豆でも種類が違うんです。このパウンドケーキに入っているのは黒豆で、あんこは小豆という豆を使用したものになります」

「むう……難しいな」

　確かに豆は豆である。見た目も味もまるで違うのだが、魔王様が食材そのものを見る機会はほとんどない。口で種類が違うと話しても分かりづらいかもしれない。少し考えて、良い方法を思いついた。

「あんこを出す際、調理前の黒豆と小豆をお持ちしますね。今日の黒豆との味の違いも気にして頂けると嬉しいです」

「うむ！」

「あんこはパウンドケーキに入れても美味しいですし、気に入って頂ければおはぎやプリンにも……」

　作りたいものが頭の中にポンポンと浮かぶ。同時に頬がゆるゆるになっていく。まさか異世界でも和風のおやつが食べられるとは思わなかったのだ。

　麦茶とパウンドケーキを食して分かったが、品質や味も前世と大差ない。もちろんミギさんとヒダリさんが良いものを選んできてくれたからというのもあるが、そもそも美味しいものが存在しなければ購入も出来ない。生産者の方々には頭の下がる思いだ。

「そんなに美味しいのか？」

「それはもう！　麦茶ともよく合うんですよ」

「食べる！」

「では明日は抹茶クレープをお持ちしますね」

そう告げれば、魔王様の笑顔はさらに明るいものへと変わった。だがすぐにしおしおと元気がなくなっていく。

「クレープは皆で集まって食べるのが美味しいのだ。だから今はダメだ。もう少し先になってしまう……」

「タイランさんのことならまたお手紙を」

「ダメだ。今は我慢の時なのだ。そう、タイランも言っていた。だから我はずっと待っているのだ。あと少し、あと少し。それまでの我慢だ」

両手で拳（こぶし）を作り、ぷるぷると震えながら我慢我慢と繰り返す。魔王様は一体誰を待っているのだろうか。少なくともタイランさんではない。そもそもあのお茶会に来た人達でさえないのかもしれない。気になったが、我慢の邪魔をしては悪い。だがその我慢を少しだけ軽くすることは出来る。

「それなら一足先に試食という形にしてはいかがでしょうか。魔王様が先に食べて、みんなに美味しいものだと教えてあげるんです」

「それは良いな！　ダイリ、我が一番に食べるからな。コックにもあげてはダメだぞ？」

おかわりの麦茶をすする魔王様はとても上機嫌になった。

キッチンに戻ってからそのことを伝えると、ミギさんとヒダリさんはとても悲しそうな顔をした。なにせ作った人の特権である試食が禁じられてしまったのだ。だが言い出したのは魔王様。お言葉に背くわけにはいかないと肩を落とした。

「そうだ！　抹茶ラテの方はどうなりましたか？」

「それがちょうどお産に入りそうな魔牛が何頭かいるらしく、しばらく魔獣舎から離れられないそうです」

「魔牛のお産は魔獣舎総出で行いますので、短い休憩も順番で取っているくらいで」

だから昨日今日とケルベロスが静かなのか。彼らは頭が良く、魔獣舎の魔人達と仲も良いようだった。魔獣舎が新たな命を迎え入れようと奔走していることにも気付いているに違いない。夜は多めにご飯を入れておくことにしよう。

私も魔獣舎の魔人達にはお世話になっている。お産自体の手伝いは出来ずとも、何か出来ることはないだろうか。私が出来ることと考えて真っ先に頭に浮かぶのはやはりおやつ作りである。

「差し入れを持っていくことは出来ませんか？　もちろん魔獣舎の方々の邪魔にならなければ、ですけど」

「いいのですか⁉」

「ちょうど聞こうと思っていたのです」

「抹茶オレと冷めても美味しく食べられるおやつ……一口ドーナッツにしましょうか。ピックを付ければ手も汚れませんし」

お産がいつ始まるかは分からない。早速差し入れ作りに取りかかることにした。抹茶ラテとドーナッツ生地製作担当は私で、揚げるのはミギさんとヒダリさんが担当してくれることになった。抹茶ラテといっても茶室で飲むような本格的なものではない。そもそも茶筅（ちゃせん）がないので点（た）てられない。なので家でココアを作るのと同じ要領で、抹茶に少量のお湯をかけてスプーンで練ることにした。

この方法は前世でも重宝していた。ちなみにスプーンで練る以外にも、小さな泡立て器やミルクフォーム、ペットボトルを使うのもアリである。口当たりなどは変わってしまうが、気軽に楽しめるのは大きな利点である。

二人が油に生地を投下していく横で、抹茶のダマが出来ないようにひたすら練る。途中でお砂糖を入れ、さらに練る。出来上がった抹茶を用意してもらったコップに注ぎ、上から牛乳を注いでいく。くるくると軽く混ぜ、トレイごとワゴンに載せた。

「ドーナッツ揚がりました」

「ピックを取ってきます！」

「油が切れたら、何皿かに分けましょう」

三人でドタバタと準備をし、魔獣舎へと向かう。まだお産は始まっておらず、順番でおやつ休憩を取ることにしたらしい。ろくに休めていないようで、その顔には疲れがにじんでいた。彼らは差し入れに来た私達に何度もありがとうと繰り返す。

「食事はいらないと思っていたけど、おやつの聖女さんからもらうおやつは力が出るの」

「これでもう一踏ん張り出来る」

「飲み物まで付けてくれてありがとう」

「頑張ってください」

あまり長居をするのも悪い。ワゴンは後で取りに来ると告げて、キッチンに戻ることにした。

荷物はなくなったが、代わりに温かい贈り物を受け取った気分だ。三人で肩を並べて、仔牛(こうし)が無事に生まれてくれることを願った。


翌日。予告していた通り、おやつには抹茶クレープを作る。

クレープ生地自体はすぐに焼けるが、今日はあんこを用意しなければならない。冷やす時間も考えると、朝食を食べてすぐに開始した方が良いだろう。ということで朝食を済ませ、片付けが終わったら早速あんこ作りに取りかかることにした。

前世でもあんこを炊く機会は年に二回だけ。我が家ではお盆のおはぎと正月のおしるこに使うあんこは自分の家で炊いたものを使うと決まっていたのだ。その他は缶やパウチに入っているものや、和菓子屋さんで売っているものを使っていた。

同じあんこでも作り方や砂糖の種類でまるで味が変わる。舌触りが変わることも……。同じ自家製でも各家庭で味が違うというのもまたあんこの魅力である。とはいえ私は自分の家の作り方しか知らないのだが。

材料は小豆と砂糖、ひとつまみの塩。小豆と砂糖は同じ量なので覚えやすい。甘さ控えめが好みの人は砂糖を少し減らすと良い。

作り方は簡単。まず小豆をボウルに入れて優しく洗う。水を切って鍋に入れる。豆の倍以上の水を入れ、中火にかける。沸騰したら十分から十五分ほど煮る。火を止めてザルに鍋の中身を移す。ザルを持ち上げ、水気を切る。

「ゆで汁と分けるんですね」

「何に使うんですか？」

「これは渋みを除く作業なので汁は捨てて、新しい水を入れて煮ます」

「なるほど」

二人はコクコクと頷きながらメモを取る。小豆は再び鍋に入れ、豆が隠れるくらいの水を加えて蓋をする。中火にかけて、沸騰したら弱火にする。豆よりも水かさが低くなったらその都度水を足しつつ、浸かっている状態をキープ。柔らかくなるまで煮る。

大体三十分くらいで少し割れた豆が出てくる。それとは別の、割れていない豆を潰してみる。食べてもいい。小さな力でも潰れればオッケー。固いと思ったらもう少し煮る。ちょうどいい固さになった小豆に砂糖を加える。一気に全部入れるのではなく、二回から三回に分けて混ぜていく。

この際、強くかき混ぜると豆が潰れてしまうので注意が必要だ。入れた砂糖が溶けたら追加分を入れて混ぜる。少し緩いかなと思うくらいで火を止めて、ひとつまみの塩を入れる。くるりとかき混ぜたらバットに移して完成だ。

後は冷めるのを待つだけなので、その間に昼食の準備に取りかかる。昼食にはまだ早いが、抹茶クレープの試食が出来ない二人はうずうずと、とあるものの完成を待っている。とあるものとは味噌汁とおにぎり。魔獣舎の帰りにミギさんとヒダリさんから頼まれたのである。

なんでも買い付けの際に現地の人に代表的な国民食だと教えてもらったらしい。ご飯や味噌だけではなく、土鍋まで買ってくる徹底っぷりである。

前世でも鍋でお米を炊いたのは片手の指で数えるほど。そのうち二回は小学校の家庭科の時間と、その年の夏休みの宿題である。だが炊飯器に頼っていたから機会がなかっただけで、やり方は覚えている。さほど難しくはない。

あんこを炊く前にお米は洗って、浸水させてある。そのお米と水を鍋に入れ、蓋をしてから強火にかける。沸騰したら火を少し弱めて十五分。火を止めて、そのまま蓋を取らずに十五分ほど蒸らす。たったこれだけ。

鍋を火にかけようとした時、制止がかかった。つまみに手をかけたまま振り返れば、二人は何やらぼそぼそと呟き始めた。

「ハジメチョロチョロナカパッパアカゴナイテモフタトルナ」

「ハジメチョロチョロナカパッパアカゴナイテモフタトルナ」

日本で有名な言葉である。どこで知ったのだろうか。鍋に手をかざしながら繰り返しているあたり、私の知っているそれとは少し違う。目を丸くしていると、何回か唱えて満足した二人は顔をあげた。

「これはご飯を炊く時に使う魔法の言葉です。火にかける前に唱えると美味しくなるのだとか」

「料理関連の魔法は一通り使えるつもりでしたが、私達もまだまだです。オルペミーシアに聞いても知らないそうで」

「魔法の言葉という表現は間違いではないのですが、正しくは魔法ではなく注意事項でして」

なるほど。間違って伝わっていたのか。『はじめちょろちょろなかぱっぱ赤子泣いてもふた取るな』とはご飯を炊く時に注意することを示したものである。

ただしこの言葉が出来た時と今とでは、使う鍋も調理方法も異なる。前世ではこの言葉が出来た時はコンロなんて便利な物はなかった。この世界でもそうだったのではないか。なのでそのまま使うことは出来ない。だが全てが違うという訳ではない。弱火で炊いて、しっかり蒸らすというところは共通している。

ちなみにこのフレーズは一番簡単なものであり、地域によってはもっと長くなるらしい。

それはともかくとして、美味しくするための魔法ではないのは確かである。手順を伝えるものであるとざっくりとした説明をしたところ、納得してくれた。

「魔法みたいな言葉という訳ですね」

「魔法が使えずとも魔法をかけられたような物を作り上げるとは、実に人間らしい」

「ハジメチョロチョロナカパッパ」

「アカゴナイテモフタトルナ」

「良い言葉です」

「美味しくなってくださいね」

沸騰して火を弱めた鍋に再び声をかける。その間に昆布出汁を取ってしまおう。立派な昆布なので出汁を取ったら乾かしてふりかけにするつもりである。

美味しいので前世でも必ず冷蔵庫にストックしていた。お気に入りのふりかけ瓶を思い出したついでに嫌な記憶もセットでついてきてしまった。前世で恋人から「貧乏くさい」と言われた記憶を。

ジュードは幼い頃から同じご飯を食べる機会も多かったからか、そんなことは言わなかったなと紐付けされたように比較してしまう。どちらももう会うことのない相手だというのに。

「ダイリさん？」

「そろそろ時間ではないですか？」

「す、すみません。止めないと」

土鍋の火を止め、味噌汁に入れる野菜を急いで切る。二人にとって味噌汁は馴染みのないものである。せめて具材だけは慣れたものを、とじゃがいもとたまねぎを選んだ。鍋に野菜を入れて煮立たせる。沸騰し、具材に火が通ったら一度止めて味噌を溶きながら入れる。再度火にかけて、沸騰する直前で火を止めれば完成だ。

お椀はないので普段使っているスープ皿に盛り付ける。

「良い香りですね」

「これが味噌の香り」

二人は皿を手に、頬を緩ませる。そんな二人を眺めつつ、私はおにぎり作りに取りかかる。二人の強い希望で全て塩にぎりにすることになった。

お米屋さんに聞いたところ「定番といえば塩。冷めても美味しい」と熱弁されたらしい。買ってきてくれた塩もお米屋さん一推しの塩である。せっせと三角おにぎりを皿に並べていく。

「これだけでは寂しいでしょうから、おかずはたまご焼きでも……」

「いえ、まずは味噌汁とおにぎりだけで頂きます」

「定番の味を堪能したいのです」

シンプルが良いらしい。なるほどと頷いてから食器を取り出す。箸はないので私もスプーンである。それぞれの味噌汁とおにぎりを持って、隣の部屋へと移動する。

とりあえず一人三つずつ握った。足りなければ土鍋にはまだご飯が残っているので、追加で握ればいいだろう。椅子に腰掛け、早めの昼食を取る。

ミギさんとヒダリさんはすでにお米屋さんでおにぎりの食べ方を聞いていたらしく、迷わずに手で摑んで食べ始めた。もぐもぐと味を確かめるように嚙みしめている。そして二人とも同じタイミングで二個目に手を伸ばした。

口に合うかどうか不安だったが、味噌汁をすすってほっこりとした表情を浮かべているので、気に入ってくれたのだろう。安心して私も二個目に手を伸ばす。

すると入り口の方から小さな音がした。何かがぶつかるような音だ。三人揃っておにぎりに口を付けたままそちらに視線をやる。そこにいたのは見慣れた人の姿だった。

「こっちにいたのか。何か食べるものを用意してくれ……って何食べてるんだ?」

タイランさんである。以前のようにやつれてはいないが眠そうだ。今にも上と下の瞼がくっつきそうな顔をしている。食事よりも先に睡眠を取った方が……と口元まで出かかった。けれど口から出す前にタイランさんからぐううううううっと腹の虫の大きな鳴き声が聞こえた。

お腹が空いて眠れなかったのかもしれない。食事もおやつも普段通り出してはいるが、考え事をするとお腹が空くものだ。

「おにぎりと味噌汁です」

「ダイリさんが作ってくれました」

そう言いながら二人はおにぎりとスープ皿を持ち上げる。その表情はどこか自慢げである。

「タイランさんもよければいかがですか？」

味噌汁はまだまだ鍋に残っている。おにぎりも握ればすぐに出来る。だがタイランさんはミギさんとヒダリさんの皿に疑わしげな目を向ける。

私や現地に向かった二人とは違い、タイランさんにとっては完全に未知なる料理である。美味しいのか不安に思う気持ちも分かる。どう説明したものかと迷っていると、二人はタイランさんを嘲笑うかのようにフッと鼻で笑った。

「私達は今、三つ目のおにぎりを食べようとしていたところです。スープもほっこりする甘さが身に染みこみます」

「けれどタイランが他の物がいいというのなら、残りも私達が頂きます。こんなに美味しいものならいくらでも入りますから。タイランには何か別の、サンドイッチでも用意しましょうか」

「食べる！　ダイリ！」

「すぐに用意しますね」

まんまと二人の思惑にハマったタイランさんはドスッと椅子に腰掛けた。可笑しくてクスッと笑えば、ミギさん達と目が合った。

「ダイリさん」

「どうしましたか？」

「おかわりが食べたいです」

「おにぎりも味噌汁も。まだまだ食べたいです」

「お二人の分も一緒に用意しますね。とりあえず先に味噌汁だけ……鍋ごと持ってきますね」

「なら私が運びます！」

スクッと立ち上がった彼と一緒に部屋を出る。もう一人はタイランさんの横に腰掛け、味噌汁とおにぎりの美味しさを熱弁していた。

キッチンで鍋と鍋敷きを託し、私はせっせと追加のおにぎりを握る。今度は一人ずつ皿を分けることはせず、出来たものを大皿に載せていく。土鍋に残ったお米は全て使い切ることにした。おにぎりが残ったら私の夕飯に回すことにしよう。

そう思って部屋に戻ると、鍋にたっぷりと残っていた味噌汁は綺麗になくなっていた。汁一滴すら残っていない。私もおかわりしようと思っていたのだが、同じ顔をした二人は同時にスッと目を逸らす。私の分をすっかり忘れて食べてしまったからだろう。

タイランさんはといえば、私の手元、正確にはおにぎりの載った皿をじいっと見ている。おにぎりを机の真ん中に置いてキッチンへと戻る。

冷蔵庫で冷やしていた麦茶と四人分のコップを取ってきた。

「麦茶もどうぞ」

「ありがとうございます」

「冷たいのも美味しいですね」

「昨日のお茶か。美味かった。お茶もおやつも」

「気に入って頂けて嬉しいです」

「そうだ、ダイリ。今日のおやつは夕食と一緒に持ってきて欲しい。これを食べたら一度寝る」

タイランさんは次のおにぎりに手を伸ばしながらそう告げる。どれだけお腹が空いていたのだろうか。おにぎりが吸い込まれるようになくなっていく。

大きい土鍋を買ってきてくれたからと四合も炊いたのだが、残りそうもない。まさか全て塩おにぎりに消えるとは思わなかった。だが美味しく食べてもらえて良かった。味噌もお米も気に入ってもらえたことだし、今後は和食も積極的に作っていきたいところだ。

「はぁ……美味かった」

おにぎりと麦茶がなくなると、タイランさんはゆっくりと椅子から立ち上がった。お腹はいっぱいで眠さも限界らしい。ぐらりと大きく揺れるとその場から姿を消した。転移魔法を使ったのだろう。便利なものだ。

根(こん)を詰めすぎるのは良くないが、こうして食事を取ったり睡眠を取ったりするのは良い変化である。魔王城に来たばかりの頃からでは考えられない。

「ダイリさん、またおにぎり作ってください」

「味噌汁も飲みたいです」

「おにぎりも味噌汁もいろんな具材が合うので是非(ぜひ)食べて欲しいです」

「それは楽しみです」

「食べていて思ったのですが、味噌というのはトマトと相性が良いのではないかと」

「肉とも相性が良さそうです」

さすがミギさんとヒダリさん。味を楽しむだけではなく組み合わせも考えていたらしい。二人の言う通り、味噌とトマト、味噌と肉の相性はとても良い。肉味噌やトマト味噌なんてものがあるくらいだ。合わないはずがない。

「トマトと味噌をベースにしたスープにお肉とお野菜を入れると美味しいですよ」

「美味しそうですね」

「今度はそれを作ってください。おにぎりも一緒に」

「今度作るときはその味噌汁にしましょうか」

味噌汁としては変わり種になるが、美味しいのだからいいだろう。二人とも想像しながら頬をゆるゆるとさせている。

「それでおにぎりの具材は」

どうしましょうか、と続けた声はケルベロスの遠吠(とおぼ)えによってかき消された。警戒を表す声ではない。どことなく嬉しそうで、他の二頭の鳴き声も続く。まるで祝福のラッパのよう。ミギさんとヒダリさんにも同じように聞こえたようだ。

「魔牛が無事に生まれたようですね」

「良かった」

ホッと胸を撫で下ろしていた。それからすぐに話題はおにぎりの具材に戻る。

「ダイリさんはどの具材が好きですか？」

「私はしゃけが好きですね」

「しゃけは店主も美味しいと言っていました」

「季節が変わった頃に来ると美味しい鮭（さけ）が取れるのだと！」

「梅干しというのも定番だそうなのですが、まだ仕込み前ということで買えませんでした」

「なんでも梅を塩とシソに付けてから干したものらしく、とてもすっぱいらしいです」

お米屋さんは説明しながら顔の中心に皺（しわ）を寄せてこんな感じと教えてくれたらしく、二人も同じ顔で伝えてくれた。梅干しは好みが分かれるので、初めては塩おにぎりで正解だったかもしれない。

次に挑戦するならもっと無難なものがいいだろう。鮭は時期的に難しくとも、昆布と鰹節なら手元にある。

「さっき出汁を取った昆布で作ったふりかけを入れても美味しいんですよ。鰹節のふりかけもオススメです」

「ふりかけ？」

「初めて聞く言葉です」

「ご飯にふりかけて食べるものなのですが、混ぜても美味しいんですよ」

昆布のふりかけの作り方は簡単。出汁を取った昆布を乾かし、鰹節と一緒にみじん切りにするだけ。他にも出汁を取った昆布はきんぴらや佃煮にすることが出来る。こちらは酒と醤油、みりんが必要となる。みりんがないので諦めたが、砂糖でも大丈夫だろう。今度作ってみるつもりだ。

おかかも調味料を混ぜてから鰹節と一緒にフライパンに入れて炒めるだけで出来る。焼きおにぎりというのもいいかもしれない。味噌を塗ってこんがりと焼くのである。味噌汁を気に入ってくれたのならばこちらもいけるだろう。

おにぎり談義に花を咲かせていると、あっという間におやつの時間になっていた。

クレープ生地に抹茶を混ぜて焼いていく。トッピングは魔王様に伝えた通り、生クリームといちごとあんこ。それらを巻いた状態で皿に載せる。

自分の分と魔王様の分、それからおかわりも一つ作った。作っている間に煮出した麦茶を冷やしてもらい、ワゴンに載せた。王の間に到着してすぐ、テーブルセットに抹茶クレープと麦茶を用意する。

「色が違う！　パウンドケーキと同じだ。あんことやらはどこにあるのだ⁉」

魔王様は食べる前から大興奮である。隙間からあんこを探そうと、左右から眺めている。

「この隙間に見える黒っぽいのがあんこです」

「黒い豆？　昨日のと一緒では……ないな。大きさが違う。それになんだかぐちゃっとしているぞ」

「こちらが調理前のものになります」

比較用に持ってきた調理前の小豆と黒豆を差し出す。大きさも色も違う二種類の豆に、魔王様は目を見開いている。

「小さい方が小豆、こっちの黒いのが黒豆です」

「全然違うな」

「黒豆はパウンドケーキに混ぜましたが、小豆はクレープに入れる前に砂糖と一緒に煮込んだので甘いんですよ」

「確かめてみないとだな！」

魔王様の目がキラキラと輝き出した。クレープを持ち上げる際に力を入れすぎたのか、上の方から具材が飛び出してしまった。だが魔王様はおかまいなしでその中に顔を突っ込んでいく。

大きなクレープで顔のほとんどは隠れてしまったが、膨らんだ頬はよく見える。今回はなんだか気合いが入っている。試食だからだろうか。もぐもぐとそのまま食べ進め、瞬く間に欠片も残さずに食べきった。

「いかがでしたか？」

「美味い。これならきっと兄上も……」

魔王様にはお兄さんがいるのか。だが今まで一度も姿を見たことがない。それに話を聞いたのだって初めてだ。どんな人なのだろう。気になって「魔王様のお兄さんって」と口にすれば、魔王様は勢いよく首を振った。

「なんでもない。なんでもないったらなんでもない！　今のことはタイランにも言うでないぞ」

「はぁ……」

尋常ではない慌てようである。「タイランには」と念押ししてくるということは、タイランさんは何かしら知っているはずだ。何か私には言えない理由があるのか。人間嫌い、とか？　それらしい理由を考えていると、魔王様は私の服の裾を引っ張った。

「なんでもないのだ。忘れて欲しい。そ、それより他にも抹茶とあんこのおやつはないのか？　我はあんこが気に入った！　明日もこういうのが食べたい」

「えっと、考えておきますね」

「期待しておくぞ。それから今のことはくれぐれもタイランには言うでないぞ、いいな！」

「分かりました」

魔王様がそれ以上お兄さんについて話すことはなかった。空いた口はおかわりのクレープで塞いでしまう。

キッチンに戻ってからミギさんとヒダリさんに聞こうかとも思ったが、それはズルいような気がする。気にはなるものの、魔王様が打ち明けてくれる日を待とう。

寝る直前まで『兄』という存在について考えていたからだろうか。村にいた頃の夢を見た。

私は夢を見ている時にそれを夢だと自覚することはほとんどない。だが今回はすぐに夢だと気付いた。目の前の光景に覚えがあったからだ。

何の変哲もない村の日常。兄と妹は私が編んだセーターを着て、シチューを食べている。いつのことだったか正確には覚えていない。ただシチューがとても美味しかったことと、パンの数が少なかったことだけはよく覚えている。夢の中でもパンの数で兄と妹が争っている。

『こういう時は妹に譲るものでしょ！』

『お前が焦がしたんだろ！』

『兄さんには寛容さっていうものが足りないわ。そんなんだから彼女が出来ないのよ』

『今、それ関係ないだろ！』

この日は妹がパンを焼いた。普段パンを焼くのは私か母で、妹が自らパンを焼くと言い出すのは初めてのことだった。その理由が恋人に手料理を振る舞うための練習だと分かるのは翌日のこと。疲れて帰ってきた兄は当然そんなこととは知らず、この後も下手だなんだと言って、妹を泣かせてしまった。泣かれて居心地が悪くなった兄は翌日、隣町まで妹の好きなお菓子を買いに行った。

その後、妹が張り切った理由を知った兄はことあるごとにからかいのネタにしていた。

ちなみにその恋人と妹はその後無事に結婚し、子どもまでいる。結婚式に出られなかったことを今さらながらに後悔する。過去の出来事の中にいながら現在について考えるなんて、なんとも不思議な状態だ。

私の手が止まっていることに兄も妹も気付いたらしい。言い争うのを止めてこちらを見る。

『メイリーン、大丈夫か？』

『姉さんもお腹空いちゃった？　ごめん、私が焦がしちゃったから』

『ううん、なんでもないの。兄さん、パンなら私のをあげるから』

『いいのか？』

『うん。私はそんなにお腹空いていないから』

『悪いな』

あの日はなかったセリフが続き、喧嘩はそこで終了となった。代わりに兄と妹は今日の出来事を話してくれた。仕事が大変だったこと、縫い物が上手く出来なかったこと、隣村でのこと。実家にいた頃は毎日似たような話を聞いていた。代わり映えのない会話から離れてもう久しい。

これもまた私が手放したものだと実感した途端、ボロボロと涙が溢れ落ちていく。

『戻りたい。この時に戻ってやり直したい……』

戻ったところで幸せになれるとは限らない。それでも私の幸せがたくさんあった場所に戻って、全て忘れてしまいたかった。いきなり泣き出した私に兄と妹だけではなく、両親までも焦り出す。

『どうしたんだ、メイリーン』

『何か嫌なことでもあったの？』

『ずっとここにいたい』

『何を言っているんだ、ここはお前の家だろう』

『ここにいていいのよ』

優しい言葉にゆっくりと顔をあげる。けれど彼らが受け入れてくれるのとは正反対に、私の意識はここから、夢の中から遠ざかろうとしている。その証拠に回りが次第にぼやけていく。

『嫌！』

抵抗の言葉をはっきりと告げれば、完全に目が覚めてしまった。私がいるのは実家ではなく、魔王城の一室。夢だなんて初めから分かっていたはずなのに、現実を突きつけられたかのよう。心も身体も一気に冷え込んでいく。

「ラズベリーパイを食べないと」

胸に空いた風穴を埋めるにはそれしか方法が浮かばない。ベッドから抜け出してキッチンへと向かう。材料は前回と同じだが、パイ生地は残り一回分のみ。平行して生地作りも行うことにした。

生地を寝かせている間にパイを焼き、その場で食べる。涙は出ない。けれど今の時期は温かいはずなのに妙な寒さを感じる。

手の指先が冷たくて、温もりを求めるようにホットミルクを飲んだ。生まれたばかりの仔牛のことを思い出せば、少しだけ温かさが取り戻せたような気がする。それでも寂しさは埋まらない。

食べ終わったら換気をして、使ったものを片付ける。生地作りが終わった頃には日が昇り始めていた。そろそろミギさんとヒダリさんが来てしまう。

慌てて部屋に戻り、気持ちを落ち着けるために本を手に取った。眠気はなく、いつもよりも頭が冴えている気さえする。手に取ったのは私には少しだけ難しい魔法の本。チャレンジしてみるといいと、タイランさんがオススメしてくれたものである。

カリカリとノートにペンを走らせ、キリのいいところで手を止める。想像以上に集中していたようだ。窓の外はすでに明るくなっている。そろそろ朝ご飯を食べに行こうかと時計に手を伸ばし、目を疑った。

「嘘でしょ!?」

時計の針が指していたのは正午ピッタリ。変な時間に起きておやつを食べたせいで、すっかり体内時間が狂ってしまったのだろう。あやうくお昼ご飯どころか、魔王様のおやつさえも忘れるところだった。

急いで顔を洗ってキッチンへと急ぐ。するとキッチンの二人は椅子に腰掛け、ひどく落ち込んでいた。頭は垂れ、背中は丸まっている。ずううんっという効果音でも付きそうなほど。

「お二人ともどうかしたんですか?」

よほど何か落ち込むことがあったのだろう。近づいて声をかけると、二人揃ってバッと顔を上げた。そしてよく似た顔が左右からずいっと寄せられる。

「ダイリさん! 良かった、来てくれたのですね」

「朝食を食べに来ないから心配で心配で」

「ご、ごめんなさい。今日は早い時間に目が覚めてしまって。朝食まで勉強するつもりが気付けばこんな時間に……」

「お勉強でしたか」

「ならいいのです。今、食事を用意しますね」

理由が分かったからか、上機嫌でご飯を準備してくれた。思えば城に来てから朝食を食べなかったのは今日と人間界から帰った翌日だけ。あの時は休暇中という理由があったが、今日は何もない。

いつも来るはずの相手が姿を見せず、理由も分からないとなれば心配にもなるだろう。二人には申し訳ないことをしてしまった。昼食を準備してもらってから改めて頭を下げる。

「またここに来てくれたからそれでいいのです」

「生きていると分かればそれでいいのです」

「え？」

もしかして私、死んでいると思われてたの⁉　心配というレベルを通り越しているのではと考えて、あることを思い出した。彼らはすでに大切な人間を見送っているということを。そして魔族にとって人間は脆い存在だということ。

「今日はパスタソースが二種類あります」

「食べ比べてみてください」

ニコニコ笑ってはいる彼らがどれだけ心配をしてくれたのか、想像することさえも難しい。あまりにも価値観が違いすぎるから。けれど彼らがあんなに落ち込むくらい心配してくれていることは分かる。だから分かったところだけでも歩み寄りたいと強く思う。

「明日の朝ご飯は私に作らせてください。といってもおにぎりと味噌汁ですが」

「それは楽しみです。是非近くで見学させてください」

「もちろん今日のおやつも。確か今日も抹茶とあんこを使うのですよね？」

「はい。今日は抹茶とあんこのプリンにするつもりです」

一晩考えて、プリンを作ることにした。抹茶どら焼きと迷ったが、生地で包むという点はクレープとよく似ている。全く違うものの方がいいだろうと思ったのだ。プリン自体はミギさんとヒダリさんも知っている。近々、カスタードプリンを作るつもりで図書館で本を借りてきていたのだ。

「あれにも抹茶を入れるのですね」

「はい。あ、でも作り方は違うんです。牛乳ゼリーに近くて。抹茶ミルクゼリーと言った方がいいかもしれません」

「ゼリーなのに、プリン？」

「カスタードプリンと違って、たまごが入っていないんです」

ミギさんとヒダリさんは意味が分からないと左右に首を傾けている。二人の疑問ももっともだ。

プリンとは一般的にたまごを主原料としたおやつである。プリンの語源となった『プディング』という言葉も元々は焼く・蒸す・煮るなどして固められた料理の総称である。なのに抹茶プリンではたまごは使用しない。固めるという部分しか共通していない。

固めるために火を通すのではなく、ゼリーと同じ材料を使っている。それはプリンではなく、ゼリーなのではないか。なぜ今までゼリーと呼び続けていたものをプリンと言い出したのか。そう言いたいのだろう。

私も抹茶ミルクゼリーの方がしっくりとくる。抹茶とあんこのプリンという呼び名にこだわる人がいない魔界ならば、そう呼んでもいいのではないかとさえ思う。だがミルクゼリーに反応する人はいる。

「その、名前にミルクゼリーと入っているとタイランさんが勘違いする可能性が……」

「なるほど」

「それは大変ですね」

作り方はゼリーとほとんど一緒なので、手間はかからない。材料を混ぜ合わせて冷蔵庫で冷やすだけ。一つだけ違うのは混ぜ合わせた液体を入れる前のカップにあんこを敷いておくところ。

ちなみにプリンをカップのまま食べる場合、カラメルやあんこを上に載せる派もいるが、私は沈める派である。今回はミギさんとヒダリさんの試食の分も作ったので、二人とも楽しみにしている。

固まるまでの間、三人でカスタードプリンについて話し合う。オーブンで作るべきか蒸し器を使うべきか。どちらも一回ずつ試して美味く出来たものを出すべきか。トッピングの有無。それから魔獣舎への配布について。

たまごを大量に使うのであれば彼らにも差し入れは必須である。他の使用人とあまり差を付けるべきではないとは思いつつも、材料を提供してくれる人はどうしても優遇してしまう。

だがちょうど良いサイズのカップはあまり数がない。抹茶オレを差し入れた時もカップの数はギリギリだった。あの時使ったカップを使う訳にもいかない。どうしたものかと三人で頭を悩ませる。

「パウンドケーキみたいに長く作ってカットすればいいんじゃないか？」

「なるほど。その手がありましたか！　って、タイランさん、いつからそこに⁉」

「今さっき。ところで今日はおにぎりと味噌汁はないのか」

「今日は作っていなくて」

「そうか……」

タイランさんはあからさまに肩を落とす。この様子では今日の昼食を断った後なのだろう。仕事もちょうどキリの良いところで終わったからキッチンを覗いた、と。落ち込む彼に、ミギさんとヒダリさんは軽い昼食を作り始めた。だがタイランさんの表情は晴れぬまま。

「今はありませんが、明日の朝食にはおにぎりと味噌汁を作りますよ。おにぎりの具材は何がいいかリクエストはありますか？」

「昨日と同じやつ」

即答である。よほど昨日のご飯が気に入ったらしい。

「シンプル故の美味しさがありましたね」

「私達もそれが良いです」

ミギさんとヒダリさんも調理をしながらも、ウンウンと大きく頷いている。明日はそれにたまご焼きも付けることにしよう。味はシンプルに塩こしょうで。

ご飯は二回炊いた方がいいか。タイランさんは部屋に持ち帰るかもしれないし、一回では足りる気がしない。おにぎり作りはミギさんとヒダリさんにも手伝ってもらおうかな。

「ところで今日のおやつはなんだ？」

「抹茶とあんこのプリンです。今、冷やしているのでご飯を食べ終わったら王の間で待っていてください」

「プリンか。懐かしいな」

「タイランさんが想像しているのと少し違うかもしれませんが、美味しいと思うので楽しみにしていてください」

「ああ」

おにぎりは用意出来なかったが、ミギさんとヒダリさんが急いでパスタを用意してくれた。タイランさんは山盛りパスタを手に、自室に戻っていった。

それからプリン会議を再開する。タイランさんの案を採用するにしてもまだ話し合うことはたくさんある。持っていく量などを詰めていく。

話がまとまった頃、ちょうどおやつ時になっていた。固まったプリンを三人で試食する。牛乳ゼリーとは違い、生クリームを入れたからか口当たりがまろやかになっている。抹茶もしっかりとダマにならないように潰した甲斐があった。これなら満足してもらえることだろう。

今日も麦茶と一緒に王の間へと運ぶと、すでにタイランさんの姿があった。魔王様と何やら話をしている。魔法の構築方法が～とか、接着面の役割を～だとか聞こえてくる。魔法について話しているのだろう。私にはたまに聞こえてくる『付与魔法』という言葉くらいしか分からない。

邪魔しないようにテーブルセットにおやつを用意する。カップにお茶を注いだタイミングで二人がこちらへと向かってくる。

「お話は終わったんですか？」

「うむ。我が思いつかない方法で面白かったぞ」

「魔王の場合、元になる魔力量が桁外れだからな。あんな小細工する必要はない。だがこれで今晩の調整が上手くいくはずだ」

「それで、これが抹茶とあんこのプリンだな。あんこは中に入っているのか？」

「カップの底に沈めてあるので、好きなタイミングで食べてください」

どうぞとスプーンを渡す。色と味は違えど、タイランさんはプリンを知っている。迷わず食べ始めた。魔王様もそれに倣ってスプーンで掬い始める。初めは上の層を、次は一気に掘り進めてあんこまで辿り着き、口に運んだ。

「なかなか美味いな！　我はこれが気に入ったぞ」

「これも美味いが、俺は普通のプリンも食べたい」

ぱあっと顔を明るくする魔王様と、表情を硬くするタイランさん。プリンに何やら思い出がある彼としては、あまりお気に召さなかったのだろう。魔王様は「普通のプリン？」と不思議そうにしている。それでも抹茶とあんこのプリンを食べる手を止める様子はない。

「カスタードプリンのことです。そちらも今度お出ししますね」

「うむ。だが明日もこれが良い」


魔王様は抹茶とあんこのプリンにハマったらしい。数日続けて、明日も明日も、と繰り返した。

タイランさんには別のおやつを用意している。だが彼がカスタードプリンを急かす様子はない。

なにせタイランさんはタイランさんで塩おにぎりにハマっているのである。一日に一回は食べたがるので毎日ご飯を炊いている。ミギさんとヒダリさんはいろんな具材が試せると大喜びである。

もっともタイランさんが食べるおにぎりは塩おにぎり一択で、他の具材には一切手を付けようとしないが。

ハマるといえば、魔獣舎の使用人達の間で抹茶ラテが流行っている。差し入れした数日後、魔牛担当の魔人がまた作って欲しいと言いに来たのだ。そこから何人も魔獣舎の魔人が来て、今では抹茶シロップだけ渡してセルフで作ってもらう形式になった。抹茶の濃さが自分で調整出来ると、意外にも好評である。

今日も今日とて抹茶とあんこのプリンを冷やしている間に、追加分の抹茶シロップを練る。おやつが終わったらご飯を炊いて……と考えていると、久々に通信機が鳴った。

「プリンならまだ少し時間がかかりまして」

「プリンのことではない！　抹茶オレとやらを我はまだ飲んでいないぞ！」

どうやら使用人が話しているのを聞いたらしい。なぜ初めに自分の元に持ってこないのかと頬をパンパンに膨らましている。

「元々は魔獣舎で仔牛が生まれる際に差し入れとして渡したものでして」

「魔獣舎か。あやつらはおやつ作りに多大なる貢献をしているらしいから大目に見てやろう。だが差し入れたのは少し前のことだろう！　我にも飲ませるのだ」

「抹茶とあんこのプリンとの相性が良いのは麦茶だと思うので、別のおやつの時の方が……」

「それでもいいから飲ませるのだ！」

「ではおやつの時にお持ちしますね」

「うむ！」

そうしておやつの時に一緒に持っていったのだが、案の定魔王様は微妙な表情をした。抹茶ラテは抹茶と牛乳、抹茶プリンは抹茶と牛乳と生クリーム。ほとんど同じようなものから作られているため、麦茶の方がより抹茶プリンの味を楽しめる。

もちろん相性が悪い訳ではなく、抹茶好きの人ならこの組み合わせでも楽しめるはずだ。ただ魔王様も私と同じような感想を持ったらしい。私が出さなかった理由を理解してくれたようだ。しょんぼりと落ち込んでいる。

とはいえ、様々な組み合わせを楽しむのもまたおやつの楽しみである。

「……我が悪かった。抹茶オレは他のおやつの時にまた出して欲しいのだ」

「今日は麦茶にしておきましょうか」

魔王様は麦茶をすすり、ホッと息を吐く。二つ分をペロリと完食してから「そろそろ違うおやつがいい」と呟いた。こうして魔王様の抹茶とあんこのプリンブームは終わりを告げたのだった。

◆　◆　◆

「これが普通のプリンか。これもこれで美味いな」

「プリンといえばこのボコボコだよな。味も懐かしい」

今日のおやつはカスタードプリン。タイランさんからのリクエストである。カラメルは苦めで、との指定まであった。それが彼の懐かしの味であるらしい。少し焦がしたカラメルにタイランさんはご満悦である。

　魔王様もカスタードプリンを気に入ってくれて良かった。先に抹茶とあんこのプリンを出したため、食感や味の違いを気にするのではないかと心配していたのだ。

「おかわりが欲しい」

「お茶のおかわりもいかがですか？」

「もらおう」

　魔王様のおかわりを出すついでにタイランさんのプリンも出しておく。魔王様の分とタイランさんの分はカラメルが違うのでカップを変えた。

　二種類のカップを出したため、タイランさんは自分の分のおかわりも用意されたことに気付いたらしい。一瞬だけ目を見開いてから幸せを噛み締めるように小さく笑った。喜んでもらえて何よりである。

　王の間で二人がおやつを楽しんでいる間、ミギさんとヒダリさんには魔獣舎にプリンを運んでもらっている。二人のプリンはカップに入れて作ったが、魔獣舎への差し入れはタイランさんのアイディアを採用した。パウンドケーキ型のような長い容器を三つ使って作ったが足りるだろうか。

　最近はケルベロスのお世話を担当していた彼を筆頭に、他の持ち場の使用人も抹茶オレを飲みに来るそうだ。

　もちろんタダという訳ではなく、餌の運搬や片付けを手伝うことを条件としているらしい。一昨日、抹茶オレを持っていった時に彼が箒でゲシゲシと突かれているところを見かけた。

数日に一度は必ず目にする彼だが、思えばケルベロスに追いかけられるか踏まれているか、魔獣舎にいるところしか見たことがない。

だが彼は魔獣舎の所属ではなく、ケルベロスの主人も他にいる。服装も他の使用人とは違う。騎士のように見えるが剣は所持していない。本来、彼はどんな仕事をする魔人なのだろうか。

今まで気にしたこともなかったが、一度気になり出すと止まらない。今までの会話や見てきた景色の中にヒントはないかと記憶を辿る。

「どうかしたのか？」

「ケルベロスのご飯担当だった彼の本来の持ち場って……」

「ああ、あいつなら」

タイランさんが答えようとした時だった。ワオーーンとケルベロスの遠吠えが響いた。仔牛が生まれた時とは比べものにならないほど大きい。紅茶の水面が揺れている。それに呼応するように城内が騒がしくなる。

一体何事か。辺りを見回せば魔王様もなんだかそわそわとしている。この空間で、タイランさんだけが唯一落ち着きをみせている。

「帰ったか。案外時間がかかったな。ダイリ、良かったな。あいつの持ち場がどこか、すぐに分かるぞ」

「え？」

この状況と彼の持ち場に何の関連性があるのか。どういうことか尋ねようとした時、閉ざされていた王の間のドアが開いた。現れたのは大柄の魔人だった。背筋をピンと伸ばし、スタスタとこちらに向かって歩いてくる。

けれど警戒したのはほんの一瞬だけ。彼の後ろにはケルベロスと噂の彼がいた。追いかける・追いかけられる関係であった一人と一頭が、今は一人の魔人の後ろで大人しくしている。顔つきもキリッとしており、大柄の魔人こそがケルベロスの主人だと理解した。

「魔王様、ただいま戻りました」

「よく帰ったな。元気そうで何よりだ」

「人間界でのご報告をしたいのですが……」

男はそこで言葉を止め、こちらへと視線を投げる。冷たくて鋭い。けれど初日のタイランさんとは少し違う。あるのは完全なる敵意である。久々の感覚に身体がぶるりと震えた。

「俺達は外に出よう。ダイリ、行くぞ」

タイランさんに手を引かれ、王の間を後にする。背後で魔王様が怒っているような声が聞こえたが気にする余裕などなかった。カタカタと震えながら謎の男から遠ざかっていく。

私があまりに怯えているからか、そのまま部屋に連れて行ってくれることになった。その途中で、先ほどの彼について話してくれた。

彼はマイセン――魔王の側近にして実の兄。魔王様が最も信頼している相手であり、以前タイランさんが預かってきた手紙は彼からのものだったのだとか。手紙を受け取った魔王様の様子を思い出せば仲が良いというのも納得である。

人間と和平を結ぶにあたって、マイセンさんは自ら人間界行きに名乗りを挙げた。和平はおおむね友好的、というよりも人間サイドは未だ魔族を恐れている。

　和平といっても仲良くしましょうという話ではないし、魔族が優勢であることには違いない。彼が人間界を回ったのも下手な動きをするなという牽制（けんせい）の意味が強い。そしてそれを終えて今、戻ってきた。

「魔王はその意味を正確に理解していないと思うがな。実際、魔王からすれば人間なんて敵じゃない。実力が違いすぎる。マイセンも当然そのことは分かっていて人間界へと向かった。だが本当の目的はそれ以外にある。……こちらはわりと平和な理由だ。今日はダイリを警戒していたようだが、悪い奴（やつ）ではないんだ」

「平和な理由？」

「弟離れ。まぁあの様子じゃ失敗どころか拗（こじ）らせているような気もするが。何かあったら俺か魔王に言え」

　警戒されていたのは、弟を心配していたためと考えれば恐怖心も少し和らぐ。

　私にだって妹と兄がいる。離れている間に妹が知らぬ相手を連れ込んでいたら警戒するに違いない。ましてや魔王様はまだ子どもである。無力な人間とて警戒すべき相手に含まれてしまうのも仕方のないこと。彼の反応は極めて正常だったと自分に言い聞かせる。

「その前に私が言って聞かせます」

　突然の声に驚いて、思わずタイランさんの服を掴んでしまった。振り返るとそこにはシエルさんが立っていた。いつからそこにいたのだろう。足音も気配も全く感じなかった。普段は冷静な彼女だが、今は不機嫌さと怒りで顔を歪めている。

「魔王様が認められた客人を威嚇など、従者として失格ですから。同僚の非礼をお許しください」

シエルさんは深く頭を下げた。だが謝られるとこちらが慌ててしまう。

「シエルさんが謝ることでは……。いきなり知らない人がいたら警戒してしまう気持ちも分かりますし。どうか頭を上げてください」

「そういうわけにはいきません。幼少期からマイセンの教育係は私ですので」

「幼少期、から？」

「はい。生まれた時より私が」

マイセンさんは私やタイランさんと同じくらいの年齢に見える。シエルさんも同じくらいだと思っていたのだが、彼女はいくつなのだろう。人間とは寿命が違うことは理解している。魔人の年齢が見た目と同じとは限らないことも。

少し思考が止まってしまったが、シエルさんに失礼だとすぐに考えるのを止めた。タイランさんも私が何を考えていたか気付いたのだろう。気を使って話題を変えてくれた。

「ところでもう一人のメイドはどうした？　マイセンと一緒に帰ってくると思ったが」

「あの子なら帰還途中で狩りに行ったようです。……我慢出来なかったようで。あの子がいればすぐにマイセンの態度を正せたものを」

「あの性格で一年も我慢していただけ頑張った方だろう」

「それはまぁ……」

タイランさんからのフォローにシエルさんは言葉を濁す。マイセンさんと一緒に人間界に行っていた狩り好きのメイド……全く想像も出来ない。

「どんな人なんですか？」

「幼い頃から狩りが好きで、よく私も連れ回されていました。今でも休日は一日中狩りをして過ごしていて、人間界に行くと決まった時はかなり渋っていましたね……」

「以前から食事をする習慣があった魔人で、コックの二人と仲が良かったはずだ。後で聞いてみるといい」

情報が増えてもやはり想像が出来ない。本人に会ってみたいという気持ちが膨らむ。気付けばマイセンさんに怯えていたことなどすっかり忘れていた。

シエルさんの勧めで部屋で少し休憩をし、用意してもらったハーブティーを飲む。彼女はあの後、マイセンさんの元へ向かったのだろう。なんだか彼には悪いことをしてしまった気がする。

私はあと一年は魔王城で働くつもりだ。どうにかマイセンさんとも上手くやっていきたい。だがそのためにはまず相手の警戒を解かねばならない。

共通の話題として真っ先に思い浮かんだのは魔王様のこと。ただし少し間違えれば火に油を注ぐこととなる。ケルベロスのことも同じ。

「知るところから始めないと、かな」

幸いにも私はゼロからスタートするわけではない。マイセンさんからの好感度はマイナスの可能性もあるが、周りには協力してくれる人がいる。魔王様の力も借りられれば百人力である。

何か魔王様の好きそうなおやつを出しつつ、話を聞いてみることにしよう。

夕食の準備が始まる頃、キッチンに向かう。そこにミギさんとヒダリさんの姿はなかったが、調理台にメモが置かれていた。

『ケルベロスの小屋の近くにいます』

たったそれだけの短い文章。二人が自らケルベロスの小屋に足を向けるとは珍しい。だが以前、パトロール中のケルベロスと会った時用にジャーキーを常備しているのだという話は聞いたことがある。ケルベロスの普段の食事を用意しているのだってミギさんとヒダリさんだ。

私はあくまでおやつ担当に過ぎない。ケルベロスの好みだって二人の方がよく知っている。私が知らないだけで仲が良いのかもしれない。

シエルさんから話を聞いて、私の代わりに餌やりに向かってくれたのだろうか。だが主人が帰ってきたのだからケルベロスの世話はマイセンさん、もしくは餌やりを頼まれていた例の彼がするはずだ。

マイセンさんと相談事をしているのであれば、私が行くと邪魔になってしまうが……。行くべきかどうかしばらく悩んだが、結局ケルベロスの小屋に向かうことにした。遠くから見て、マイセンさんがいるようなら引き返そう。

そう決めて向かった場所にいたのは、マイセンさんではなかった。ミギさんとヒダリさんと共にいるのは見慣れぬ女性。おそらく彼女がシエルさんの幼馴染(おさななじ)みなのだろう。狩り好きという話を証明するかのように、彼女の隣には魔獣の山が出来ている。

だが魔獣なんて持ち帰ってどうするのだろう。ミギさんとヒダリさんはその山を触っているが、皮や鱗(うろこ)が何かに使えるのだろうか。少し離れた場所からじいっと見ていると、二人がこちらに気付いたらしい。

「ダイリさん、こっちですよ。こっちに鮮度の良い肉があります」

「フランミェが取ってきた肉は鮮度が良く、切り口も綺麗なのです。今夜はこれにしましょう」

「え？」

「どうかしましたか？」

「魔獣の肉、お好きでしたよね？」

「魔獣を、食べるんですか？」

私の質問にミギさんとヒダリさんは不思議そうに首を傾げた。

「いつも食べているじゃないですか」

二人の声はピタリと揃った。確かに私は毎日食べている肉料理に使われている肉が何の肉かを知らずに食べていた。美味しいなと思いつつ、知ろうともしなかった。ミギさんとヒダリさんの先生に魔獣を狩ってくるように命令した貴族は、ただのゲテモノ食いだと思ってたのである。

だがよくよく考えてみれば、私がおやつ作りに使っているたまごと牛乳は魔獣から採れたものだ。肉もまた魔獣のものであると言われても納得出来る。とはいえ魔獣を食べていたことへの不快感はない。ただ少し驚いただけ。身体に異変があった訳ではない。

美味しいご飯を食べすぎて少し太ったが、健康上は問題ない。むしろ人間界に戻った後、あちらの食生活に戻れるか心配になるほど。

魔界までわざわざ食材採取に来た先生の気持ちが少しだけ分かる気がする。魔獣の山を眺めながら、魔界のキッチンの包丁の切れ味が良いのも肉が違うからなのかなと考える。ミギさんとヒダリさんに頼んで、今度は下拵え段階から見せてもらおう。

私の思考は完全に調理に移っていたのだが、魔獣を狩ってきてくれたメイドのフランミェさんには私が今になって困っているように見えたらしい。お腹を抱えてゲラゲラと笑い出した。

「アンタ達、何も言わずに食べさせてたの⁉　それに人間も魔人の出した料理を疑わずに食べるなんて！」

馬鹿にされているとすぐに気付いた。確かに一年も知らない肉を食べ続けた私はさぞかし間抜けに見えるだろう。

だがミギさんとヒダリさんは突然やってきた人間を歓迎して、美味しくて温かいご飯を用意してくれたのだ。私と一緒に馬鹿にされたことが許せなかった。

「私が間抜けなのは否定しませんが、二人のことは悪く言わないでください」

ムスッとした声でそう言い放つ。するとフランミェさんは笑うのをピタリと止め、キョトンとした表情に変わった。

「変な人間ね」

「ダイリさんを悪く言わないでください」

「彼女は良い人間です」

「魔人にとって良い人間は変な人間でしょ。アタシがあっちで見てきた人間は、魔人っていうだけで卒倒するような奴ら。ろくに会話も出来ないのが普通なの。一緒に食事なんて出来るはずない。アンタ達だって知ってるでしょ」

フランミェさんが真顔で言い放った言葉に、ミギさんとヒダリさんは声を詰まらせた。彼女の言うことが間違っていないことを知っているのだ。言い返せず、悔しそうに唇を噛んでいる。

「別に悪いなんて言ってない。変でも何でも環境に適応出来る奴が良いに決まってる。そうじゃなきゃ生き残れないもの」

狩りを好む彼女らしい言葉だ。『変な人間』が魔界という環境に適応したことを認める言葉ならば、私は『変』を受け入れよう。ミギさんとヒダリさんはまだムスッとしているが、変は変化の変でもある。変わりゆくことは悪いことばかりではない。

「アンタ、人間の食べ物を作るんでしょ？　今度アタシにもなんか作ってよ。材料は取ってくるからさ」

「あ、はい」

「約束ね。ミギヒダリは今日のご飯よろしく」

フランミェさんは言いたいことだけ言ってその場を去っていった。ミギさんとヒダリさんは持ってきた大型のワゴンに魔獣を載せる。そのまま外を通ってキッチンの裏手に回り、中に続くドアを開ける。ここが魔獣の解体場らしい。

キッチン側のドアも外からのドアも普段は魔法で隠されているようで、私も初めて知った。解体は魔法で行うらしいのだが、危ないからと見せてもらえなかった。代わりに調理前の肉を見せてもらうこととなったのだが……。

「こちらが昨日まで使っていた肉で、こちらがフランミェが狩ってきた肉です」

「刃の入れ方と損傷具合が全然違うので、味が格段に変わります。フランミェが狩ってきた肉は段違いに美味しいのです」

「すみません。見ただけだと違いが全然分かりません……」

二つの違いも、人間界で食べていた肉との違いも。魔獣の肉と言われなければずっと気付かなかったと思う。必死で違いを見つけようとする私を見守る二人はどこか楽しげだ。

「黒豆と小豆と同じようなものですよ」

「楽しみにしていてくださいね」

しばらくしてから彼らが用意してくれたのはハンバーグ。ポテトやコーンポタージュまで揃っている。初日と同じご飯だった。フランミェさんは部屋で食べるようなので、キッチンの隣の部屋でいつも通り三人で食事を取る。

ハンバーグを一口食べて、ミギさんとヒダリさんの言葉の意味を理解した。今まで食べていた肉料理も美味しかったが、格段に質が上がっている。味や油の広がり方に差があるのだ。

「美味しいです。いつもよりもずっと」

「ダイリさんにもこれを味わってもらいたかったのです」

「フランミェに魔獣を狩ってきて欲しいと手紙を出した甲斐がありました」

二人にとって狩りのお願いは、おつかいを頼むことのようだ。今も明日は何を作ろうかと楽しげである。私はハンバーグを頰張りながら、これからどんな美味しいものが食べられるのだろうかと思いを馳せるのだった。


「魔王様、おやつをお持ちしました……って、あれ？」

翌日、いつも通りの時間に王の間へと足を運ぶ。今日のおやつはかぼちゃプリン。二種類のプリンを喜んでくれた魔王様ならきっと気に入ってくれるはず。

そう思ったのだが王の間はガランとしていた。タイランさんだけではなく魔王様もいない。少しだけ警戒していたマイセンさんの姿もない。メイドもいなければティーテーブルの用意すらない。

何かあったのだろうか。首を傾げていると、王の間のドアがバンッと大きな音を立てて開いた。思わず身体がビクンと跳ねる。

「ああ、いたいた。アンタ、魔王様のおやつを持ってきたんでしょ？　魔王様は今日からしばらく違う部屋にいるから」

大股でこちらに歩いてくるのはフランミェさんだ。そして私が手を離したキッチンワゴンを代わりに転がし始める。

「ぼおっと突っ立ってないで。こっちだよ、付いてきて」

彼女を追いかけて廊下を歩く。ガラガラゴロゴロと居住エリアと正反対の方向にワゴンを転がすことしばらく。王の間からそこそこ離れた場所にあるドアの前で立ち止まった。

初めて来る場所だ。だがこの部屋が誰の部屋かはすぐに分かった。なにせこの部屋だけドアプレートがかけられており、そこには『マイセン』と書かれていたのだから。

彼の印象とは全く違う、子どもが頑張って書いたような文字である。だからこそ違和感と印象が強く残る。そんな部屋のドアをフランミェさんは勢いよく開けた。

先ほどの登場の仕方は人間相手だからではなく、誰が相手でもこうして開けるタイプらしい。ワゴンをガラガラと転がしながら、部屋にいる二人に声をかける。

「魔王様、マイセン様。人間を連れてきましたよ」

「人間ではなく、ダイリだ！」

「そうそう、代理の人間のダイリ。この子と同じで変な名前だよね」

「フランミェ、うるさいぞ。仕事中だ。静かにしろ」

マイセンさんはケラケラと笑うフランミェさんを一喝する。仕事を邪魔されたことに対してひどく苛立(いらだ)っているようだ。舌打ちまでしている。

今回鋭い睨(にら)みが向けられたのは私ではない。けれど自分が責められたように身体が固まってしまう。その一方で怒られた本人は全く気にする様子がない。

大人用の椅子に腰かけていた魔王様は私の姿を見て目を輝かせている。

「何言ってるんですか。ちゃんと時計見てください。今はおやつの時間。仕事は休憩中。だからダイリを連れてきたんじゃないですか」

フランミェさんが壁掛け時計を指さしながら「休憩中。意味わかります？　仕事をする時間じゃないんですよ」と伝えている横で、魔王様はせっせと机を片付け始めた。おやつおやつと歌いながら書類は箱に、ペンは机の引き出しにしまって。仕事が嫌だったことがヒシヒシと伝わってくる。

「ダイリよ、今日のおやつはなんだ？」

「かぼちゃプリンです」

「新しいプリンだな！」

フランミェさんはお茶の準備を始めるが、本当におやつを出してもいいのだろうか。マイセンさんの怒りはまだ収まっていないが、フランミェさんに何か言うことは諦めたようだ。眉間に皺を寄せながら魔王様を見下ろす。

「魔王様」

「おやつの休憩は挟むという約束だ。我もダイリも悪くないぞ」

「予定の半分も進んでおりません。第一、これらは全て私がいない間に仕事を溜め込んでいたのが原因で……」

マイセンさんのお説教を要約すると、魔王様が毎日王の間にいたのはお仕事をさぼっていたから。この山の八割が一年間で溜め込んでいた分。魔王様にしか処理出来ないから進めてくれないと困るとのことだった。

つまり今の魔王様は、夏休み最終日まで溜め込んでいた宿題をやらされる小学生と同じ状態ということだ。もちろん小学校の宿題と魔王様の仕事とでは重要度がまるで違うが、状況としては似たようなものだ。

　魔王様はむうぅっと頬を膨らませるが、自分が悪かったことも理解しているらしい。すでに同じようなお説教を受けていたようだ。彼の話を途中で遮った。

「ああもう、何度も言わずとも分かっておる。仕事はするがおやつも食べる。これが約束だ。おやつは譲るつもりはない」

「本当に仕事をしてくれるのであれば構いませんよ」

「ダイリ、我のおやつはしばらくこの部屋に運んでくれ」

「分かりました」

　おやつを用意している間もマイセンさんはこちらを睨んでいる。渋々認めただけでさっさと仕事を再開させたいと視線が訴えている。魔王様もプリンを食べている間、居心地が悪そうであった。

　今日もおかわりを用意したのだが、一つ目のプリンがなくなるとすぐに、マイセンさんに皿を回収されてしまった。そして皿の代わりに書類を机にドンと置く。

「食べ終わったのですから、これを今日中に終わらせてください」

「……うむ」

「人間、明日もこの時間に来い。それ以外の時間は魔王様のお邪魔をしないように。いいな？」

「は、はい」

　仕事なら仕方ない。魔王様はしょんぼりとしているが、私は残りのプリンと一緒にキッチンへと引き返すことにした。

あれだけ厳しくしたのだから数日で終わるだろう。安易に考えていたのだが、魔王様のお仕事は十日経っても終わる気配がなかった。

私が部屋に来るとフランミェさんが半ば強引に休憩を入れる。だから魔王様はおやつを食べることは出来るのだが、あくまで仕事の休憩。

おしゃべりをすれば私が睨まれ、おやつを食べ終わったら皿はすぐに回収されてしまう。それでも私は魔王様の息抜きに付き合うことを止めない。一日にたった十五分ほどしかないのだ。

私が睨まれるだけで済むなら、おやつの時間くらい魔王様にはゆっくりとしてほしい。

「ダイリ、タイランは元気か？」

「はい。そろそろジャムがなくなるので、今度人間界に行く時に果物を見てくると言っていました」

「そうか。我もまたジャムクッキーが食べたいぞ」

「では明日はジャムクッキーをお持ちしますね」

「うむ。楽しみにしておるぞ」

魔王様が柔らかく笑うとマイセンさんの睨みが鋭くなる。睨まれることにも慣れたからか、最近彼が怒っている訳ではないのかもしれないと思い始めた。

怒っているというよりも、嫉妬(しっと)されているという方がしっくりとくるような……。

「そうだ、ジャムの種類は」

ジャムについての相談をしようとすれば、まだおやつが残っている皿が魔王様の前から消えた。

そしてマイセンさんが残りを自分の口に流し込むように食べてしまった。

「なっ！」

「話ばかりで食べないようでしたので私が片付けておきました。さぁ作業に戻ってください」

あまりに強引な方法に魔王様はプルプルと震えている。どんな理由があろうとも、こんな圧をかけるようなやり方では長くは続かない。

仕事の合間の時間こそが魔王様の唯一の楽しみだったのだ。魔王様の限界が来る前にどうにかしなければ。だがシッシッと虫を追い払うように部屋から出される私に何が出来るだろうか。


「――ということでタイランさん、良い方法ないですか？」

「新しい料理を作ったからキッチンまで食べに来いというのはそれが理由か」

「ここならフランミェさんも呼べますし」

「これ、凄い美味い。この一年で人間の料理はかなり食べたけど、こんなの初めて食べた」

自分で解決方法を見つけるのも手だが、今回は早めに解決する必要がある。なので早々にタイランさんとフランミェさんに頼ることにした。

二人に美味しいご飯を用意すると伝えたところ、その日のうちにキッチン横の部屋に来てくれた。

ちなみに作ったのはオムライス。おにぎりを気に入ってくれたタイランさんには『お米を使った料理』であることを強調した。

今も会話に参加しながらもパクパクと食べている。フランミェさんに至ってはすでに食べ終わっている。ミギさんとヒダリさんから彼女はかなりの量を食べると聞いていたがまさにその通りだった。

私が魔王城に来たばかりの頃に用意された料理はかなりの量があったが、それは彼女の食事量を基準にして少し減らしたのだと。だからフランミェさんのオムライスはかなり大きいサイズを用意したのだが、タイランさんに事情を説明している間に食べきってしまった。

フランミェさんはまだまだ足りないようで、テーブル横に置いてあるキッチンワゴンを完全にロックオンしている。タイランさんもおにぎりはかなり食べる。同じ米料理だからとおかわりを用意しておいて良かった……。

「私達が買い付けたお米を使っているのです」

「ダイリさんと一緒に作った『ケチャップ』がよく絡んでいるでしょう」

「うん、いいね。もっと食べたい」

フランミェさんはそう言いながらワゴンから目を離すことはない。今のオムライスは目をつけられた獲物と同じ。だが今は狩りのように没頭されては困る。あくまでも話に参加してもらうために用意したのだから。

「おかわりもありますが、フランミェさんも考えていただけると」

「考えてるよ。アタシもそろそろどうにかしなきゃと思ってたから」

「魔王として成長して欲しいと思ってのことなんだろうが、そろそろガス抜きさせてやらないとな」

「まぁ魔王としてっていうのもあるけど、ほとんどがマイセン様のためだよ」

「は？」

「人間界に行く前に、帰ってきたら離れた分だけ一緒にいるって約束をしていたの。なのに帰ってきたら魔王の仕事は全くしていないから一緒に遊べないし。知らない人間と仲良くしているのが気に入らないんだって」

「それは……」

単純に仕事が溜まっているから、という訳ではなかったらしい。嫉妬されているのではないかとは思っていたが、まさかそんな理由だとは思わなかった。

弟離れ出来ていないどころか完全に拗らせている。タイランさんも渋い顔をしている。だが予想外だったのはマイセンさんのことだけではない。

「ややこしくなる前に仕事が終わると思ってたけど、思っていたよりも魔王城の雇用の部分が面倒くさくて。この前新しく採用した魔人の諸々を確認している間に城で働きたいっていう希望者が追加で来たり、雇用条件を調整したり。シエルの仕事が早い分、溜まるのも早いのよ」

「希望者ってまさか」

「大体おやつ目当て。たまに他の理由の奴もいるよ、弟子入りとか。でもそういう魔人はこっちの都合関係なく押し掛けるから、こっちもそれなりの対応でいいんだよね。弱い奴は適当に相手して、強い奴が来たらラッキーって感じでさ」

魔王様の仕事が終わらない原因の一つが私だとは思わなかった。そういえば以前、シエルさんがおやつ目当ての魔人達を新たに採用することになったと言っていた。

だからこそ福利厚生の一環となったのだが、最高責任者である魔王様の仕事が増えることを失念していたのだ。おやつを作っていただけとはいえ、こんなところに繋がっているとは思わなかった。

マイセンさんが毎日睨みつけてくるのも納得である。仕事が終わったタイミングで謝っておこう。

「キリがいい時に一日休みを入れるのが一番簡単かなと思って動いてるけど、最短でも二日後。マイセン様が邪魔してこなければ、だけど」

「そこまでするか？」

「人間界にいる間、帰ってきたら魔王様とやりたいことリストを作ってたから」

「そちらを消化しながらお仕事をしてもらうというのはどうですか？」

「マイセン様は魔王様の名前に傷がつくことをよしとしないから、自分のせいで作業を遅らせるようなことはしない」

私の提案はあっさりと却下される。マイセンさんの弟愛は私が想像している以上のものらしい。おそらくそのリストもかなり長いのだろう。

弟離れのためとはいえ、よく一年も離れられたものだと感心してしまう。

「おやつの時間だけ外に連れ出すのは？」

「一緒にいられる時間をマイセン様が手放すとは思えない」

「おやつだけ置いて魔王様とマイセンさんの二人で食べてもらうというのはどうでしょう」

新しく時間が作れないなら今の時間を活用して二人きりにしよう作戦である。魔王様の息抜き時間を削ってしまうことにはなるが、魔王様はマイセンさんと仲が悪い訳ではないのだ。

マイセンさんの望みが弟との時間であるのなら、仕事以外にも二人きりの時間を作ることであの厳しさも改善されるのではないか。そう考えた。

「まぁそっちの方が無難だね。じゃあ明日はそうして。様子を見て、その先どうするか決めよう」

「わかりました」

「ということで、おかわりくれる？」

「どうぞ」

オムライスをガツガツと食べてから彼女は颯爽と去っていった。帰り際にキッチンに寄ってお茶の準備をしていたことから、魔王様の仕事はまだ終わっていないのだろう。

「これで少しは魔王様の不満が収まるといいんですけど」

「そもそも、なぜマイセンは魔王に仕事をさせる担当を城に残さずに留守にしたんだ？　あの様子じゃやらないのは分かりきっていただろうに」

「ケルベロスの餌やり担当の彼に頼んでいた、とか？」

彼はマイセンさんが帰ってきた日に一緒に王の間へとやってきたのだ。最も信頼されている部下だとしてもおかしくはない。なにより私はあの日以降、一度も彼の姿を見ていない。

「……とりあえず明日また話し合うことにしよう。夜に来る」

話し合いはこれで終わり。食器を片付けてから、明日持っていくおやつについて考える。

ジャムクッキーを持っていくとは言ったが何のジャムがいいか。またマイセンさんにおやつを出すのは初めてなので、ミギさんとヒダリさんから彼についての話を聞かせてもらうこととなった。

翌日、昼食後にクッキー作りに取り掛かった。昨日の相談で決めた通り、一種類あたりの枚数を減らして種類は多く。魔王様とマイセンさんの会話が弾むようにいろんな形を用意した。

「よしっ！　出来た」

皿に並べたクッキーの他に、小さなジャムクッキーを入れた瓶を用意した。夜遅くまで仕事をしているらしいので、夜に食べてほしいとのメッセージも添える。

「可愛らしいですね」

「魔王様もきっとお喜びになられます」

「じゃあ行ってきます」

「いってらっしゃい」

「ダイリさんが部屋に持ち帰る用のお茶は用意しておきますので」

ミギさんとヒダリさんに見送られてキッチンを出る。ワゴンを転がし、部屋に入ってすぐにフランミェさんにおやつを託す。後は空気が柔らかくなることを願おう。一度キッチンに戻り、自分の部屋に持ち帰る用のクッキーとお茶をもらう。

夕食時の報告まで自室に戻って勉強をすることにした。躓いたところの復習がメインなので数時間あれば終わるだろう。

タイランさんに教えてもらったことを自分なりに嚙み砕きながらペンを走らせる。半分が終わった頃、手を洗いに立つ。するとコンッとドアに何かが当たるような音がした。

一度なら偶然で済ますところだが、数秒とせずに再びコンッと小さな音が響く。シエルさんならノックをするし、タイランさんなら声をかける。メティちゃんもそう。ケルベロスとも違う。確認するためにドアを少しだけ開いてみた。そこにいたのは小さな来訪者だった。

「魔王様？」

「匿(かくま)ってほしいのだ」

今の時間だとすでにおやつは終わっており、仕事中のはず。この様子では仕事が終わったとも思えない。何かあったのは確実である。

「どうぞ」

元気のない魔王様を部屋に入れる。椅子を勧めたが小さく首を振った。代わりに両手を私へと伸ばした。

「抱きしめて、頭を撫でてほしい」

消えそうな声で紡がれた言葉に、自然と私の腕が伸びていた。胸の中で抱えるように抱きしめ、小さな頭を撫でる。サラサラな黒髪に、人間とは違う角が生えている。私とは違う。けれど人間界から帰ってきた日の自分と重なった。

「メビウス様さえよければ、何があったか聞いてもいいですか？」

「ダイリはまた我の名前を呼んでくれるのだな」

「メビウス様がたまに呼んでほしいと言っていましたから」

「我は兄上がつけてくれた名前が好きだ。兄上のことも。けど、兄上は帰ってきてから怒ってばかりだ。頑張っても、メビウスと呼んでくれない。兄上は我のことが嫌いなのだ」

「そんなことは……」

ないと言い切りたい。けれど私はマイセンさんのことをよく知らない。知っていることは誰かから聞いた話ばかり。私の言葉では近くにいる魔王様を安心させることは出来ない。

だから魔王様は私の場所に来たのかもしれない。言葉に詰まっていると魔王様は小さく笑った。

「本当はな、兄上が魔王になる予定だったのだ。だが我の方が強かったから。我が兄上の邪魔をしたのだ」

魔族の王様は世襲制ではなく魔力の強さで決まる。強いからこそ上に立つ。だが魔力の強さが心の強さと比例する訳ではない。小さな身体で王様として頑張っているのだ。

今みたいに悩むこともたくさんあっただろう。周りがマイセンさんは魔王様を愛しているのだと本当に思っていたとしても、厳しくされれば悲しくなる。理由に思い当たるものがあっても、なくても。

私が知っている魔王様は魔王らしくない彼だったのかもしれない。けれどそれもまた魔王メビウスの一面でもあるのだ。

「ダイリは我が魔王でなくなったら嫌いになるか？」

「いいえ。私はメビウス様が大好きですから」

「ん」

魔王様は安心したように私の服をぎゅっと摑む。背中を撫でれば小さく「我もダイリが大好きだぞ」と言ってくれた。私だけでは不安だったらタイランさんの元に一緒に行こう。彼だって魔王という立場にこだわりなどないはずだ。

「なぁダイリ」

「なんでしょう」

「クッキー、食べていいか？」

ほんの少しだけ安心したのか、お腹が空いたらしい。机の上のクッキーを指さしている。

「好きなだけどうぞ」

「うむ」

「飲み物も取ってきましょうか」

「……側にいてほしい。一緒に食べよう」

「はい。ご一緒させてもらいますね」

椅子は一つしかないのでベッドに腰かける。行儀は悪いが魔王様が笑ってくれるならそれでいい。形の違うクッキーを食べながら「美味しいな」と言ってくれる彼の頭を、クッキーを食べる手とは逆の手で撫でる。

魔王様は撫でられるのが好きらしく、撫でる度に頬を緩める。食べ終わったらマイセンさんのところに行かないと。そんなことを考えていたからだろう。部屋の外からマイセンさんの声が聞こえてきた。魔王様を探しているらしい。「メビウス」と名前を呼んでいる。魔王様はその声にビクンと身体を震わせた。

「ダイリ……。まだ会いたくない」

ちょこんと袖を摑まれ、そこから魔王様の不安が伝わってくる。

彼の手を包み込み、隠せる場所を探す。子どもが隠れられそうな場所……。布団はダメだ。ドアを開けられればすぐにバレてしまう。物陰や手洗い場だって入ってこられたら終わりだ。部屋に入ってきても見ない場所がいい。部屋をぐるりと見まわして、たった一ヶ所だけ該当する場所があった。

「こっちです」

小さな手を引き、連れて行ったのはクローゼットの前。靴を脱いでもらい、奥まで進んでもらう。さすがに女性のクローゼットを覗くようなことはしないだろう。覗かれたとしても、魔王様が用意してくれた大量の服が子どもの身体を隠してくれる。

「ちょっとの間だけ暗くなりますが、我慢してくださいね」

「光の魔法を使えるから問題ない。兄上が部屋に入ってきたら消せばいいのだろう」

「はい。マイセンさんが遠ざかったらすぐ出しますので」

ドアを閉め、引き出しに魔王様の靴を隠す。明らかに隠れられない引き出しなどは開けられることはないはずだ。念のために上から布をかけた。クッキーの乗った皿を回収し、机に本とノートを広げる。するとタイミングよくドアが叩かれた。

「おい、人間。ここを開けろ！」

ノックなんて優しいものではない。今にもドアを破壊しそうなほどに強い力だ。

ケルベロスの襲撃を体験していなければ、心臓が飛び出ていたかもしれない。小さく息を吸ってからドアに駆け寄る。

「どうかしましたか？」

「魔王様を隠したのは貴様だろう！」

「突然何を」

「初めて見た時から人間の女がいるなんて怪しいと思っていた。そしてあのクッキー！　魔族は本を読まないとでも思っていたのかもしれないが、俺は図書館にある小説は網羅している！　魔王様を自分の花婿にしようとしたお前の策略などお見通しだ」

「クッキーは今日のおやつです。それに花婿ってどういうことですか？」

図書館に魔王を攫う話の本があるのだろうか。人間の姫を攫う魔王の話なら前世でいくつも見てきた。だが魔界に姫様はいない。姫がいないなら魔王を攫ってしまおうということか。魔界で最も強い魔人を攫おうとは、創作とはいえ作者もなかなか突飛なことをするものだ。

感心しているとマイセンさんは何か勘違いしたらしい。ふっと鼻で笑ってから弟自慢を始めた。

「メビウスは魔力量も多く、まだ幼いながらも、ほぼ全ての魔法を使いこなせる。無邪気な笑みは愛らしく、その上、賢く他者を思いやる優しさまである。まさに魔王となるために神が生み出した存在と言っても過言ではない。むしろ神はあの子を魔界に送るためにいるのだ。そんなあの子を誰にも見せず、命続く限り愛でていたい気持ちは分からなくもない。だが兄であり、魔王様の側近でもあるこの俺の目の前で計画が成功すると思うな。魔王様が見つかり次第、その身体を八つ裂きにしてやる」

「私、そんな人生をかけた計画なんて考えていないのですが」

「うちのメビウスが可愛くないとでも言うつもりか！」

「可愛らしいとは思いますが、監禁計画も花婿にするつもりも全くないです。考えたこともありませんよ」

私が想像している以上にマイセンさんが魔王様を溺愛しているということは分かった。これほどの熱量で弟への愛を語られれば、誰も彼の愛情を疑うような真似はしないだろう。だがそれが当然だと他人に押し付けるのは止めてほしい。

「口では何とでも言える。事実、貴様はケルベロスまで手懐けていたではないか。名前まで付けて」

「ケルベロスの名前は餌やりの際に不便だったので、勝手に呼んでいました。これについては申し開きもなく……」

「それらしい理由を持ってきたものだな。ならあの魔法はなんだ。やけにメビウスが気に入っているからおかしいと思っていたんだ」

「魔法？」

「付与魔法だから警戒されないと踏んでいたのだろうが、続けていれば中毒性を生む！　実際、この城にいる多くの魔人がおやつを求めているではないか」

「マイセンさんにも付与魔法がかかっているように見えているんですね……」

魔王様に指摘されたあの日以前も以降も、私はおやつに付与魔法をかけているつもりはない。見えてもいない。後でどういうことか聞こうと思っていたが今の今まで忘れていたので、どういう原理で付与魔法がかかっているのかも理解していない。

自分でもよく分かっていないことについて、怒っている相手にどう説明したものか悩む。けれど付与魔法がかかっていると確信しているマイセンさんはますます苛立つばかりだ。

「しらばっくれるつもりか。メビウスには通じても俺には通じないぞ！　なにより、あの子に特別な名を呼ばせているではないか！　これこそ貴様がメビウスに特別な感情を抱いているという動かぬ証拠だ」

「特別な名前？　魔王様は私をダイリと呼んでいたはずですが」

「それが特別な名前だと言うのだ！　まさか本当の名前がダイリとでも言うつもりか？」

「オリヴィエ様の代理なのでそう呼ばれているだけで、魔王様以外の人からも同じ名前で呼ばれています」

「それはフランミェが勝手に言っているだけだろう。俺がそんな馬鹿な話を信じるとでも思っているのか」

マイセンさんは心底馬鹿にしたような目をするが、本当に代理だからダイリなのだ。とはいえ疑いたくなる気持ちもよく分かる。ここは無理に信じてもらうことはせず、命名した本人に託すことにしよう。

「タイランさんがつけたものなので、彼に聞いてみてください」

放り投げたとも言う。だがこの判断は間違いではなかったらしい。彼はタイランさんのことを信頼しているらしく、悔しそうに顔を歪めた。そして必死で次に言う文句を探す。

その時の表情はタイランさんに意地悪を言おうとした魔王様とよく似ていた。あまり似ていないと思っていたがやはり兄弟なのだ。ぐぬぬと唇を噛んで、ようやく私に投げる言葉が見つかったらしい。嬉しそうな表情で文句を捻り出した。

「貴様に弟を思う兄の気持ちなど分かるまい！」

魔王様と同じで意地悪をする才能がないのだろう。タイランさんが悪い奴ではないと言った理由がよく分かった。

「私は兄にはなれませんが、妹であり、姉でもあります」

「なるほど。貴様にも兄弟がいると」

「はい。妹と兄が一人ずつ。三年以上会っていませんが、私にとって大切な家族であることには変わりありません」

そう告げるとマイセンさんの表情が少しだけ変わった。眉間に皺を寄せ、涙を堪えるような表情だ。まるで深く傷つけられたかのよう。

「……寂しくないのか」

「寂しいと思うことはあります。でも周りに家族や優しい人達がいることをよく知っていますし、元気でやっていると信じていますから」

寂しく思うこともある。あの頃に戻りたいと思うことも。だが大事な家族を私の勝手な事情に巻き込もうとは思わない。戻りたいのは私だけ。寂しいと思うのなら魔界での勤務が終わった後に村に帰ればいいだけだ。

マイセンさんがそういう意味で言っているわけではないことは理解している。だが誰かから家族に関する問いを投げかけられて、ようやく私は一つの山を越えた気がする。

迷いがなくなった目で真っ直ぐにマイセンさんを見据える。すると彼は長く息を吐いた。

「優しい人達、か。メビウスも似たようなことを言っていたな。だから大丈夫だったと。……おい、人間」

「ダイリです」

「ダイリ、ひとまずお前の言い分を信じることにする。今後もメビウスにおやつを作る権利をやろう。あの子は貴様を気に入っているからな。だが今後、メビウスをそういう目で見るようなら容赦はしない」

「見ませんよ」

何がマイセンさんの心に刺さったのかは分からない。それでも変な勘違いをされていることを知り、訂正することが出来て良かった。

理解してくれたかどうかまでは判断出来ないが、今後は勘違いをしていると感じた時点で訂正すればいいだけ。だがその必要はないと思う。

「ふんっ、あの子の魅力が分からぬとは愚かな奴め」

「魅力は分かります。無邪気で元気いっぱいで優しくて、いつも私の作ったおやつを美味しそうに食べてくれます。この先もずっと健やかに育ってほしいですね」

「フランミェの言う通り、変な人間だな。……メビウスに会ったら、俺が謝りたいと言っていたと伝えてくれ」

マイセンさんからはもう威圧を感じない。彼が魔王城に帰ってきた日からずっと強張っていた表情と、張り続けていた緊張の糸が解けた気がする。

同時に彼は魔王様がこの部屋にいると確信していることも理解させられた。分かっていて無理に入ってくることも無理やり吐かせることもしなかった。魔王様への対応といい、不器用な人なのだろう。

「魔王様に会ったら伝えておきますね」

「ああ」

後は私が魔王様に事情を説明して誤解を解けば大丈夫。魔王様が不安に思うようなら私が付き添おう。勘違いが解けたマイセンさんは一足先に部屋に戻ろうと踵を返す。するとシエルさんの姿が見えた。彼の背中に隠れるように立っていたらしい。

「ダイリ様が話を聞いてくださる方で良かったですね、マイセン」

無表情だが怒っていることは明らかである。マイセンさんはシエルさん相手に強く出られないのか、あからさまに怯え始めた。

「シ、シエル。お前は今の時間、買い出しに行っているはずじゃ……」

「いつもなら買い出し中ですね。ですがフランミェからあなたの様子が変だと聞いていたので、他の者に代わってもらいました」

「くそっ！」

「本来ならあなたを止める役目はあの子のはずなんですがね。私にも完全に絞れなかった責任がありますから。魔王様がお戻りになるまで少しお話ししましょうか」

「い、嫌だ。謝る。謝るから許してくれ」

「はいはい。フランミェも用意していますから行きますよ。それではダイリ様。失礼いたします」

シエルさんはマイセンさんの右手首をがっしりと掴む。そしてそのまま引きずるように廊下を歩いていく。体格差があり、彼は必至で抵抗しているのに、シエルさんの歩くスピードは変わらない。

二人の姿が完全に見えなくなってもマイセンさんの叫び声だけが聞こえてくる。城内に響いていることだろう。彼の怯えようは尋常ではない。今から何をされるのかは知りたくはない。知ったらシエルの顔をまともに見ることすら出来なくなりそうだ。

シエルさんだけは絶対に怒らせないようにしよう。そう心に決めて、部屋のドアを閉める。そして代わりにピタリと閉めていたクローゼットを開く。

マイセンさんの誤解を解かねばと思ったが、その必要はなさそうだ。彼の声が大きすぎてクローゼットの中の魔王様にも聞こえていたらしい。春の木漏れ日の中でうたた寝しているような、優しい顔をしていた。

「兄上は我のことを嫌ってなどいなかったのだな」

「嫌うどころか大好きすぎますよ。誘拐を疑われているなんて思いませんでした」

もうっ、とわざとらしく頬を膨らませてみせる。驚いたけど、魔王様が元気になって本当に良かった。引き出しから靴を取り出し、魔王様に履かせてあげる。

仕事をしている部屋に戻るのは、もう少し時間をおいてからの方がいいだろう。

「魔王様、何か飲みますか？」

「牛乳がいい。安心したら喉が渇いてしまった」

「少し離れますがすぐに戻ってきますね」

「うむ」

急いでキッチンに向かい、魔王様の牛乳と追加のクッキーを用意して戻る。

「牛乳とクッキーをお持ちしました。お部屋に帰るまで私と少しおしゃべりしましょうか」

いい子で待っていた魔王様だが、まだ気になることがあるらしい。なんだかそわそわとしている。

「ダイリ、我も兄上に謝りたい。ここに来る前、大嫌いだと言ってしまったのだ。大好きなのに……何か良い方法はないか？」

「りんご飴(あめ)を渡すというのはどうでしょう？　この一年で出来たメビウス様の特別ですから」

「それは良いな！　でも、もう手元には残っていない……。兄上に大嫌いだと言ってしまった我は悪い子だ」

「でも魔王様はちゃんと謝ろうとしているじゃないですか。だから今回は特別に二本あげます」

間違えないことも大事だ。だが謝って、相手もそれを受け入れてくれるうちは戻ることが出来る。

大嫌いの言葉さえも思い出に出来るから。恐れずに進んで欲しい。

「我の分もあるのか⁉」

「マイセンさんはりんご飴を食べるのは初めてでしょうから、魔王様が教えてあげないと」

「そうだな！」

抹茶クレープの試食の時、魔王様がお茶会に呼びたかったのはマイセンさんだったのだろう。一年間、ちゃんと待つことが出来たと伝え、新たに知ったことを教えてあげたかったのだ。魔王様だって寂しくなかった訳ではない。マイセンさんと同様に、我慢していたのだ。

「これを食べ終わったら一緒にキッチンに行きましょうね」

それから二人で皿いっぱいに並べたクッキーを完食する。そろそろ戻っても大丈夫だろうか。時計を確認すれば、視線の端に見慣れたメイド服がちらついた。窓の外にはフランミェさんの姿があった。彼女はこちらに向かってグッと親指を立てている。

どうやらマイセンさんの反省は終わったらしい。ペコリと頭を下げてから魔王様に向き合う。

「りんご飴を取りに行きましょうか」

「うむ！」

魔王様の小さな手を包み、二人でキッチンへと向かう。保存魔法をかけておいたりんご飴を棚から取り出し、魔王様に渡した。マイセンさんの分と魔王様の分だ。魔王様はそれを大事そうに両手に一本ずつ持った。そしてあの部屋に向かってタタタと走り出した。転ばないか心配だが、魔王様が後ろを振り向くことはなかった。

仲直りが出来たと報告があったのは次の日の朝のことだった。

魔王様を抱っこしたマイセンさんが私の部屋までやってきた。あの後、りんご飴を食べて仲直りした二人は一緒にお風呂に入って、一緒のベッドで寝たらしい。今日は寝る前に絵本の読み聞かせをしてもらうのだと、魔王様は嬉しそうに教えてくれた。

まだまだ仕事は残っているが、顔がゆるゆるとしているマイセンさんが魔王様からおやつを没収するようなことはもうないだろう。弟離れからはますます遠ざかったように見えるが、拗らせるよりマシだ。

落ち着いた今、聞いておきたいことがある。今しかないと、とある疑問を二人に投げることにした。

「やっぱり私のおやつには付与魔法がかかっているんですか?」

「うむ。昨日のクッキーにもりんご飴にもかかっていたぞ」

「あの後、メビウスから話は聞いたが本当に無自覚だとは……呆れるな」

はぁっとため息を吐かれるが、以前のように怯えることはない。正直、呆れられることも予想のうち。それでも聞いておかねばならないと思ったのだ。

「すみません」

「ダイリが謝ることではない。兄上、ダイリをあまり虐めたらダメだぞ」

「悪かった」

「いえ、私も未だに自分がいつかけているのか分かっていないので。それで、その……マイセンさんが昨日言っていた、付与魔法がかかっているおやつの中毒性についてなのですが」

害がなさそうだからと放置していたが、中毒性があるのであればすぐにおやつ作りを止めるべきだ。魔王様とタイランさん以外にも多くの魔人に配ってしまっているので、それらの対応も考えなければならない。

悪気がなかったとか無自覚だったで済む話ではないのだ。早く動かねば。そのためには正確な情報が欲しい。私の真面目(まじめ)な表情に、魔王様もマイセンさんもきょとんとした顔をした。目をまん丸にして、何のことかと首を傾げる。そして私の言葉の意味に気付いたようだ。二人一緒に、ああと大きく首を縦に振った。

「あれは俺の勘違いだ。付与魔法がかかっていること自体はすぐに分かったから、てっきり魔法によって効果が付与されたものだと思ったんだ。悪かったな」

あまりに軽い調子で謝られ、どういうことか理解出来ずにいる。中毒性はなかったということでいいのだろうか。考えていると自然と眉間に皺が寄っていたらしい。魔王様はマイセンさんの腕の中からめいっぱい手を伸ばし、私の頭を撫でた。

「そう心配せずともよい。兄上はダイリのおやつがあまりにも美味しいから、この美味しさは魔法によって付与されたものではないかと勘違いしていたのだ。だが実際にかかっているのは回復の付与魔法。たまに強化が混ざっているくらいだな。味を変化させるような魔法はかかってはおらん。だからどんなにたくさん食べても何の問題もない」

つまりマイセンさんは私のおやつを気に入ってくれたということでいいのだろうか。あの怒りは美味しかったからだなんて……。まさかの理由である。真っ先に魔法を疑うという点は魔法が身近にある魔族ならではの発想だ。加えて食事をする習慣がないから、というのもあるのかもしれない。

なぜ魔法が付与されているかの謎は解けぬまま。だが怪しい効果などないと分かり、ひとまず安心した。ホッと胸を撫で下ろす。

「メビウス。おやつを食べるのはいいが食べすぎはダメだと、昨日兄上と約束しただろう」

「こ、これはダイリのことを思ってだな……」

「メビウス」

「……ちゃんと兄上と分けて食べる」

魔王様はほっぺを膨らましてむくれているが不機嫌という訳ではない。マイセンさんに愛されていることを理解している。それに魔王様は好きなものを誰かと分け合うことが好きなのだ。微笑(ほほえ)ましさに思わず強張った顔が緩む。

こうして魔王様とマイセンさんのすれ違いは幕を閉じたのだった。

◆　◆　◆

「うん、美味しそうに炊けてる」

炊き上がったお米は艶々(つやつや)としている。今日も土鍋のご飯はおにぎりにする予定だ。オムライスの時のように別のお米料理を作りたいのだが、タイランさんの塩にぎりブームはまだ続いている。

今日もキッチンにあったお米を使い切ってしまった。これで何袋目だろうか。

私がおやつを運んでいる間にミギさんとヒダリさんが補充してくれているので、どのくらい食べたのか覚えていない。だがかなりの量だ。正直、ここまで気に入られるとは思っていなかった。

「今日は何の具にしますか？」

「おかかをもう一度作り直したいです」

「私は肉を味噌で炒めたものを」

「じゃあ私は醤油の焼きおにぎりにしますね」

炊きたてのお米を四等分して、各々おにぎり作りに取りかかる。それぞれが作りたい具材と定番の塩にぎりを加えた四種類が、おにぎりの日のメニューである。これにたまご焼きやおひたし、味噌汁などが付く。

すでに味噌汁とほうれん草のごま和えは作ってあり、タイランさんがいつ来ても大丈夫だ。ただしフランミェさんが来たら足りないかもとは思っている。

といっても彼女も毎食顔を見せる訳ではない。休みが一定ではないらしく、空いた時間に顔を見せる。そして食い溜めするかのようにそこにある料理を平らげて去って行くのである。

一応フランミェさん用の料理は保存魔法をかけて、ある程度ストックしているそう。何もない時はそれを食べていくらしい。だが彼女も人間と同じで、作りたてのものがあればそちらを欲する。

数日前も私がキッチンに来た時には、皿どころか鍋の中にも何も残っていなかった。そんな彼女だが狩りに行けば必ずお土産を持ち帰ってくれるし、豪快かつ美味しそうに食べてくれるので作り手としては嬉しいものである。

初めこそ驚いたものだが今ではすっかり慣れたものだ。今も彼女が来たら追加で炊けばいいかと軽く考えている。ミギさんとヒダリさんもおにぎりを食べ終わったら、追加のお米を食料庫に取りに行ってくれると言っていた。

具なしのおにぎりに醤油を薄く塗ってフライパンに並べる。これで両面がカリッとするまで焼いていく。焼きおにぎりというと醤油派と味噌派に分かれると思うが、私は両方好きだ。

醤油の焼きおにぎりはわかめスープに沈めても美味しい。わざわざ作らずとも、前世では冷凍食品やインスタントスープがあった。面倒くさい日や食欲がない日によく食べたものだ。

日本で一人暮らしをしていた頃を思い出しながら、焼きおにぎりをひっくり返す。醤油の香りに思わず頬が緩む。

「美味しそうですね」

「美味しいですよ。気に入って頂けたら今度は味噌の焼きおにぎりも作るつもりです」

「味噌もあるのですね」

驚く二人はすでに四人分のおにぎりを作り終えていた。塩にぎりを合わせた三種類のおにぎりが皿の上にキチンと並んでいる。その横に完成した焼きおにぎりを並べる。

四種類もあるので、私の分のおにぎりは三人と比べてやや小さい。数を減らすという選択肢はない。少しずつでもいろんなものが食べたいのである。ほうれん草のごま和えを盛り付け、味噌汁をよそう。隣の部屋に移動しようかとトレイをワゴンに載せる。

するとポケットに入れた通信機が鳴った。今日のおやつについてだろうか。通信機を取り出す。

「話があるから、いつもの部屋まで来て欲しい」

詳しい用件は告げず、それだけ言うとプツリと通信が切れてしまった。魔王様の顔が映ったのは短い時間だったが、表情は明るかった。何かあった、というよりは早く伝えたいことがあるといったところだろう。まだ食事を始める前だし、待たせるのも悪い。

「すみません。お二人は先に食べていてください」

「お気になさらず」

「魔王様からのお呼び出しは大事ですから」

「フランミェさんが来たら私の分をあげちゃっていいので」

「分かりました」

「それではお言葉に甘えて。お先に頂いていますね」

ぺこりと頭を下げてから、マイセンさんの執務室へと急ぐ。もう何度も足を運んでいるので迷うことはない。あの部屋だけネームプレートがかかっている謎も解けた。あれは魔王様が字を習い始めた頃に書いてもらったもので、マイセンさんの宝物らしい。一昨日、本人から自慢された。

そして魔王様が「ダイリの分も」と言い出したのだが、辞退させてもらうことにした。理由は言わずもがな、マイセンさんの睨みが怖かったから。睨まれなくても誰かの特別を取ろうとは思わないけれど。代わりに魔王様には、マイセンさんの新しいプレートを書いてもらうことにした。

マイセンさんのやりたいことリストには『メビウスと一緒にプレートを選ぶ』が加わったらしい。

私が帰った後、魔王様の分はマイセンさんが書くと約束したそうで、マイセンさんはよくやったのひと言を言うためだけに夜中に私の部屋を訪れた。名前を書いてもらったドアプレートは寝室に飾るそうだ。

話ってプレートのことだろうか。買いに行くとの話だったがマイセンさんのことだ。オーダーメイドに切り替えたのかもしれない。相談が始まるようだったら先にご飯を食べてくるべきだったかも、と少しだけ後悔する。

だが考え事をしているうちにマイセンさんの執務室前に立っていた。結局、待たせるのも悪いかなと初めの考えに戻り、ドアを軽く叩く。

「ダイリです」

「よく来たな。入れ」

「失礼します」

部屋に入ると、正面にはマイセンさんの膝（ひざ）に乗る魔王様がいた。今日は書類の代わりに絵本を持っている。話の内容は本に関係することだろうとすぐに察した。

「それでお話とは」

「ダイリにはこの目を作ってもらいたいのだ」

魔王様が指さしたのは絵本に出てくる目だった。ひと言断ってから絵本を見せてもらうと、どうやら小人さんがおやつの島を旅する話らしい。様々なおやつが登場する。

中でも魔王様が気に入ったのは、小人さんが飴風を凌（しの）ぐために入ったおやつの家。ドアには侵入者を見極めるための大きな目がついている。目と言ってもぎょろっとした怖いものではなく、黄桃のような目だ。ドアは真っ白で、ゼリーのようにぷるぷるとしているらしい。

「ぷるぷるだから降ってきた飴を吸収して、内部の家具に作り直してしまうのだ！」

凄い設定だとは思うがこの目がどんなおやつなのかはよく分かった。目玉焼きゼリーだ。魔王城の定番おやつの牛乳ゼリーをベースに、黄桃やあんず、オレンジゼリーなどを置けばいい。

オレンジゼリーの場合は立体感を出すため、小さなオレンジゼリーを固めてから牛乳ゼリーを固める必要がある。手間はかかるが作品内のイメージに合っているような気がする。

「今日はこれが食べたい。出来るか？」

「少し時間がかかっても大丈夫ですか？」

「夜でもよいぞ！」

「では今日はこのおやつにしますね。ミギさんとヒダリさんにも伝えたいのですが、この本を少しお借りしてもよろしいでしょうか」

「構わぬぞ」

呼び出した理由はこの本を見せるためだったらしい。魔王様は通信機で伝えようとしたのだが、マイセンさんが分かりづらいだろうから呼ぶといいと提案したのだとか。ただ単にマイセンさんが一生懸命説明する弟が見たかっただけではないかとも思う。そのくらい彼は楽しそうに魔王様を見守っていた。

説明出来た後は「ちゃんと出来て偉いな」と頭を撫でている。魔王様も褒められて嬉しそうだし、私も本を見せてもらった方が分かりやすかったので良しとしよう。

「時間によっては部屋に帰っているかもしれないから、用意が出来たら連絡をくれ」

「分かりました。それではまたおやつの時に」

手をブンブンと振る魔王様に手を振って部屋を出る。キッチンに戻ったらタイランさんにもおやつの変更を伝えないと。牛乳ゼリーを使ったおやつだし、喜んでくれることだろう。

「ただいま戻りました……ってあれ？　隣かな」

キッチンにはいないようだ。隣の部屋に顔を出す。ミギさんとヒダリさんの姿はなかったが、食器は残っている。

机の上にある二人分の食器の他に、ワゴンには空になった二人分の食器がある。フランミェさんとタイランさんが来たらしい。皿が残っているため、タイランさんもこの場で食べたはずだ。長く離れていたつもりはなかったのだが、そんなにお腹が減っていたのだろうか。

フランミェさんが来たということは、ミギさんとヒダリさんは食料庫へお米を取りに行ったのだろう。この様子では味噌汁も残ってはいないと思うが、私一人だからわざわざ作り直すのも面倒くさい。代わりにおかずを増やそうかな。何がいいかと考えながら机の上に残っていた食器をワゴンに載せる。

二人が帰ってくる前に洗い物を済ませてしまおう。キッチンに戻り、食器を流しに移す。スポンジに洗剤を付けて洗い物に取り掛かる。

するとブツブツと呟くような声が耳に届いた。

「まさかこんなことになるとは……」

「料理人失格です……」

ミギさんとヒダリさんの声だ。ぐるりと見回すが姿が見えない。一旦スポンジを置き、キッチンの奥を歩けばすぐに二人の姿が見つかった。床に膝をついていたのだ。良い感想がもらえなかったのだろうか。凄い落ち込みようである。私が戻ったことにさえ気付いていないようだ。

「お二人とも大丈夫ですか？」

「ダイリさん、申し訳ないです……」

「何があったんですか？」

「実は……」

二人はピタリと声を合わせ、私が留守にしていた時に起こった出来事を話してくれた。

私がキッチンを出た直後、フランミュさんがやってきたらしい。今日は休暇をもらったらしく、これから狩りに出るとのこと。まだ起きたばかりでお腹が空いていないけど、あっちに着いてから食べる用のお弁当が欲しい。そこにあるおにぎりをちょうだいと言われた。私の分のおにぎりだが、部屋を出る前にあげていいと伝えてある。二人はそれを包んで渡すことにした。

そして彼女を見送った後、新たなお米を取りに向かった——と。ここまでは聞いても落ち込むところなんてないように思う。二人にとってもここまでは問題ではなかった。

問題はこの先。食料庫に着いた後に起こったのだ。

「小麦袋とお米袋は全然違うのに、見間違えるなんて……」

お米が残っていなかったのである。どうしたものかと頭を抱えながら戻ってくると、タイランさんのおにぎりもなくなっていた。彼らがお弁当を包んでいるうちにフランミュさんに食べられていたのである。

「冷静に考えれば、いくらお腹が空いていないと言っていてもフランミェはフランミェ。ダイリさんのおにぎりだけで足りるはずがないのです」

彼らが落ち込んでいるのは、お米袋と小麦袋を間違えて認識していたこと。それからフランミェさんがタイランさんのおにぎりを食べていたことに気付かなかったことの二点。だが私も残りのお米の量を全く考えていなかった。完全に二人に任せっきりにしていたのだ。

残っていないと伝えられてからも、にわかに信じられずにいる。なにせ彼らは一度目の買い出し後にすぐ、お米だけ追加で買いに行ってくれた。その際、次は新米の時期に買い出しに行くからと、かなりの量を買ってきたのだ。そんなに食べられるかと不安になるくらいには。

まさか全部食べ終わっていたとは……。毎日の消費に加えて、フランミェさんがお米を気に入ったことで消費スピードが加速したのだろう。

「今日買いに行けば明日の分は用意出来ます。けれどタイランはもうすぐ来てしまう」

「おにぎりがないととてもショックを受けてしまう」

「タイランさんも事情を話せば分かってくれますよ」

「これでまたご飯を食べなくなってしまったら」

「せっかくダイリさんが頑張ってくれているのに」

なければ代わりを。そう簡単に割り切れないのは彼らが優しいから。そして料理と食べる人を大切にしてくれているから。だが私も、多分タイランさんも彼らを責めたりしない。毎日美味しい料理を作ってくれて感謝しているのだ。

私にはこの場で新たなお米を用意することは出来ないが、ご飯を用意することなら出来る。ミギさんとヒダリさんが元気を取り戻してくれる料理を作ってみせよう。彼らが食べたことのない料理——日本の料理がいいだろう。

あの国で彼らが買ってきてくれたのはお米だけではないのだ。そして小麦粉が残っていることは先ほどの会話から把握済みである。

「そういえば以前、お二人が買ってきてくれたものの中に山芋がありましたよね？」

「植物の根っこみたいなやつですね」

「美味しいとは聞いたのですが、何に使うのか分からず食料庫に入れたままになっています」

「それを使っておにぎりと同じくらい美味しいあの国の料理——お好み焼きを作ります！」

「おにぎりと同じくらい美味しいあの国の料理」

「私達の知らない料理」

お好み焼きとはその名の通り、好きなものを混ぜて焼くだけのお手軽料理である。

落ち込んでいる中で興味を持ってくれるかどうか心配だったが、無事に食いついてくれた。表情も少しだけ柔らかくなっている。後一押しだ。彼らの不安を取り除く言葉を添える。

「その上、タイランさんが来る前に彼の分を用意出来ます」

「見ていてもいいですか？」

「はい」

タイランさんが塩にぎりと同じくらい気に入るかどうかは分からない。だがそれ自体はあまり重要ではない。今日の一回だけでも美味しいと思ってくれればそれでいい。あくまで穴埋めだ。

なのでサクッと作ってしまうことにしよう。まず鰹節で出汁を取る。ボールに入れて粗熱を取っている間に、キャベツをザク切り、ねぎは小口切りにする。山芋は皮をむいてすりおろす。出汁の入ったボールにすりおろした山芋を入れ、ふるいにかけた小麦粉を入れる。だまが残らないように泡だて器で混ぜたら、キャベツとねぎ、たまごを入れて、空気を含ませるようにさっくりと混ぜる。

他に食べたい具材があればこの時一緒に入れるといい。今回は初めてなので最小限に収めたが、チーズやコーン、乾燥エビを入れても美味しい。

フライパンに生地を入れ、上にバラ肉を乗せる。縁の部分が乾いてきたらひっくり返して蒸し焼きにする。四、五分経ったらひっくり返して、少し焼いたら完成だ。

とても簡単。山芋を入れるとふっくらとするのであって良かった。ちなみに他の具材同様、バラ肉も好みの問題なので、なければないで構わない。好きにカスタマイズ出来るところもこの料理の魅力なのだ。

続けて二枚、三枚と焼いていく。

「なんだかパンケーキみたいですね」

「でも香りが全然違う」

「出汁と野菜、肉の組み合わせは最高なので、是非食べてみてください」

「ですが、これはタイランのために……」

「俺がなんだって？　……美味そうな匂いがする。今日はおにぎりじゃないのか？」

ミギさんとヒダリさんが居心地悪そうに視線を逸らすと、ちょうどよくタイランさんが現れた。スンスンと鼻を動かしている。普段とは違う香りに不思議そうではあるものの、怒っている様子はない。二人はタイランさんの元に駆け寄り、深く頭を下げた。

「すみません。タイラン。お米は切らしてしまって」

「ミスしてしまいました。食べ終わったらすぐに買いに行きますが、今日の分は用意出来ず……」

「気にするな。前よりも食料庫も広くなったし、買い付けも管理も大変だろう。いつも美味い料理を作ってくれて感謝している」

ミギさんとヒダリさんはタイランさんの言葉にとても感動している。タイランさんは恥ずかしそうに頬を掻いた。そして話を逸らそうと少しだけ声を張る。

「ところで今日は何を作ったんだ？」

「お好み焼きです」

「お好み焼き、聞いたことがないな」

「私が作りました。美味しいので食べてみてください」

「運ぶのを手伝います」

大皿にドドンと載ったお好み焼きを持って、四人で隣の部屋へと移動する。

パンケーキとよく似ているからか、三人とも食べ方に迷うことはなかった。ナイフで切り分けながら器用に食べている。私も同じように切り分けて、前世ぶりのお好み焼きを楽しむ。

「美味いな」

「出汁が効いていますね」

「野菜の歯ごたえもいいです」

上手く出来たので喜んでもらえて良かった。タイランさんはともかく、すでに一度昼食を終えているミギさんとヒダリさんも食べきってくれた。タイランさんの分と同じ大きさにしてしまったので残すかもと思っていたのだ。綺麗になった皿に思わず頬が緩んだ。

「専用のソースがあるともっと美味しいんですよ」

「専用のソース……。あの国で聞いた話の中に思い当たるものがあります」

「特定の小麦粉料理にかけると格段に美味しくなるという、特別なソース」

「多分それです」

「そのソースも探してきますね」

「お好み焼き、また食べたいです」

二人はそう言いながら皿をまとめ始めた。重ねた皿を持って立ち上がる。お先に失礼します、とぺこりと頭を下げた。この後、あの国へと向かうつもりなのだろう。

「もう行くのか？」

「はい。魔王様にお伝えしたらその足で向かいます」

「国に行くまでは転移魔法が使えますが、国の中で使うと目立つので」

「片付けは私がやっておきますよ。それと魔王様への連絡なら通信機があるので、それを使いましょう」

「いいのですか？」

「連絡用に渡されているので大丈夫だと思います」

マイセンさんの部屋まで行って帰ってきてから用意するとなると、地味に時間がかかる。すでに時刻は昼過ぎ。時間を短縮出来る道具があるのならば使うべきだ。

ということで本日二度目となる通信機の出番だ。袋から取り出して接続すると、すぐに魔王様とマイセンさんの顔が映し出された。

「もう出来たのか⁉」

「いえ、おやつはまだなのですが、ミギさんとヒダリさんが抹茶とあんこを買った国にお買い物に行くので、その連絡を」

「おお、また行くのだな！　なら抹茶をもっと買ってくるのだ。それからあんこも。我はあれを気に入った」

「いつも通り、使った金額は後でまとめて提出するように」

「承知いたしました」

二人は画面に向かって深々と礼をして通信を切る。少し緊張していたらしい。終わった後に深く息を吐き出していた。だがすぐに気持ちを切り替える。

「ダイリさんも何か欲しいものはありませんか？」

「なら、もち米を」

新米が出るのもそろそろなのでそれまで待ってもいいのだが、その際、お米を大量に買い込むことだろう。その時に頼むと荷物が増えてしまう。鮭も時期が同じなのでなおのこと。

名前に米とつくからか、隣で聞いていたタイランさんの目が少しだけ大きく開いた。

「もち米ですね。お米屋さんに聞いてみます」

「お願いします」

もち米が手に入ればおもちやおはぎ、おこわが作れる。食料庫にクルミもあったはずなので、五平もちもいいかもしれない。五平もちを作るなら網が欲しい。焼きおにぎりもフライパンで作るより網で焼いた方が美味しい気がする。

だが新たなキッチン用品の導入は誰に頼めばいいのだろうか。目玉焼きゼリーを作った時にマイセンさんに聞いてみることにしよう。

私が考えている間に二人はキッチンコートを脱いで、お出かけの準備を整える。

「それから帰りが遅くなってしまうので、タイランの夕食をお任せしてしまってもいいですか?」

「はい。ミギさんとヒダリさんの夕食はどうしましょう」

「私達はあちらでいくつか料理を食べて味を覚えてきますので、タイランとダイリさんの分だけで大丈夫です」

「分かりました。お気をつけて」

そう告げると彼らはスッと姿を消した。長距離の転移は魔法陣が必要になると聞いていたのだが、魔人である二人には関係ないらしい。

タイランさんに手伝ってもらいながら残された食器をキッチンへと運ぶ。

「今日の夕食は何がいいですか？」

「パスタ。サラダは俺が作る」

「タイランさん、料理出来るんですか⁉」

「簡単なものならな。自分だけならそもそも料理をしないから、簡単なもの以外作ったこともない」

「そうなんですね。あ、そういえば今日のおやつなんですが、変更になりまして。目玉焼きゼリーになりました」

「目玉焼きゼリー？」

首を傾げるタイランさんに魔王様から借りてきた本を見せる。オレンジゼリーを囲むように牛乳ゼリーを固めたおやつですと伝えれば、感心したように息を吐いた。

「牛乳ゼリーにも色々あるんだな」

「オレンジゼリーをある程度固めてからになるので、夕食時に出すことになるかもしれないのですが」

「構わない。ところでゼリーが固まるまでの予定はあるか？」

「いえ」

元々その時間はミギさんとヒダリさんとのおやつ会議の予定だった。本を借りてきたのも目玉焼きゼリーのイラストを見せるためというのはもちろん、絵本に描かれたその他のおやつについて話すつもりだった。

魔王様が一番気に入ったのは目のついたドアだが、他のおやつも作れば喜んでくれるだろうと。

なので二人が不在の今、予定がぽっかりと空いてしまった。図書館にでも行こうかとふんわりと考えているくらいだ。

もう少し詰めたいところがあったので、その魔法に関する本があればいいのだが……。

「勉強で躓いているところがあれば見てやる」

「いいんですか⁉」

「最近あまり見てやれていないからな」

お言葉に甘えて、オレンジゼリーを固めている間に勉強を見てもらうことにした。タイランさんはオレンジゼリーを作っている間、じいっと私の手元を見ていた。おやつ作りを見るのは久しぶりらしく、どこか楽しそうだ。

ジュースを作って固めるだけなのが少し申し訳ない。タイランさんに見守られる形でオレンジゼリーを冷蔵庫に入れ、勉強道具を取りに自室に戻る。今日の勉強場所はキッチンの隣の部屋だ。ここならちょこちょこと冷蔵庫を確認出来る。

私が部屋に戻っている間にタイランさんも自分の部屋に行き、本を持ってきたようだ。私が一人で進めている間は本を読み、躓いたらすぐに教えてくれる。家庭教師みたいだ。

オレンジゼリーがある程度固まって崩れなくなったら、カップから皿に移す。深めの平皿を選んだ。オシャレなレストランでコーンスープが入っているあの皿だ。

オレンジゼリーを囲むように牛乳ゼリーの液を流して込んでいく。オレンジゼリーの目玉部分が飛び出して見えるよう、牛乳ゼリーは少なめにした。だがタイランさんにはお気に召さなかったらしい。眉間に皺を寄せている。

「牛乳ゼリーが少ない」

「タイランさんの分はもう少し増やしますか？」

ああ、と短い返事するタイランさんの眉間にはもう皺がなくなっていた。

普段は大体魔王様と同じものを出しているが、今日はキッチンに一緒にいるのでその場でリクエストに応えることが出来る。オレンジゼリーが隠れそうなほどひたひたに注げば、彼は上機嫌で自分のゼリーを冷蔵庫にしまった。

量が増えた分、固まるまで魔王様のゼリーよりも時間がかかることだろう。食べるのは夕食後になりそうだ。その後は勉強を再開する。躓いていた部分はタイランさんのおかげで少しずつ解消されていった。一人でも間違えずに解けるようになったら次のステップに進めそうだ。

魔王様のゼリーが完全に固まったのは日がすっかり暮れてからのこと。言われた通り、通信機を繋いで完成の連絡をする。画面に映ったのはパジャマを着た魔王様とマイセンさんだった。

普段はきっちりとした服を着ているので少しだけ違和感がある。だが魔王様の瞳と同じ色のお揃いパジャマなところがなんとも二人らしい。

ちょうどお風呂から上がったところだったようで、タイミングが良かった。

「どちらにお持ちすればいいですか？」

「今は自室にいるから、キッチンまで取りに行く」

その言葉で通信はプツンと切れた。画面に映る映像は途切れたが、代わりに画面は後ろにいる人物を映していた。パジャマ姿の二人は転移魔法を使ってやってきたらしい。魔王様はおやつを探してきょろきょろしている。

「ゼリーはどこだ？」

「ご用意しますので少し待っていてくださいね」

魔王様は冷蔵庫に入っているゼリーを見つけることは出来なかったが、代わりにタイランさんを見つけた。彼の元へとトコトコと歩いて行く。

「タイランもゼリーを食べに来たのか？」

「ゼリーが固まるまで隣で勉強していたんだ。このまま夕飯も食べていく」

「夕飯、か」

タイランさんの言葉に魔王様は何やら考え事を始めた。そして魔王様についてきたマイセンさんはちょうどタイランさんに話があったようで、声をかけている。

「魔法使い、先日頼んでおいたものはどうなっている」

「あれならもう完成して、後は細かい調整をするだけだ。一回使ってみたいんだが」

「なら……」

お仕事の話らしい。先に魔王様に絵本を返すことにした。そして冷蔵庫から出したゼリー皿に大きめのスプーンを添える。

すると魔王様は考え事をするのを止めたらしい。ドアのイラストが載っているページを開き、私が作った目玉焼きゼリーと見比べている。その目は爛々（らんらん）と輝いている。

「おお、絵本の通りだ！　タイランの分も並べてドアにする！　ダイリ、タイランの分も出してくれ」

「タイランさんの分は魔王様とは少し違うのでドアにするのは難しいかと」

「どういうことだ？」

魔王様はこてんと首を傾げる。するとちょうどマイセンさんとの話が終わったらしい。タイランさんがこちらにやってきた。

「俺の分は牛乳ゼリーが多いんだ。ちょっと待ってろ」

そう言って冷蔵庫から自分の分のゼリーを取り出した。そして比較するために魔王様のゼリーと並べた。なみなみと入れられた牛乳ゼリーはやはりまだ完全には固まってはいない。だがすでに見た目にははっきりと違いが出ている。自分の皿とは全く違うゼリーに魔王様は怒り出した。

「これでは目ではなくなってしまうではないか！　目はこう！」

絵本を見せつけるように掲げている。魔王様にとってこのおやつは絵本を再現したもの。どれだけ似せるかが重要だった。けれどタイランさんにとってはそうではなかった。

「ある程度牛乳ゼリーだけ食べ進めれば出てくる。どうせ食べる時には崩すんだから多めに食えた方が嬉しい」

「なっ！　我はなんともったいないことを……」

タイランさんが平然と言い放った言葉は、魔王様の心に刺さってしまった。ほんの少し前まで絵本と同じだと喜んでいたのに、いっぱい食べたかったと落ち込んでしまっている。

「でも魔王様、これはマイセンさんに読み聞かせてもらった絵本と同じですよ。ほら、そっくり！」

必死で絵本を見せるが、魔王様はしょぼんとしてしまっている。タイランさんにじっとりとした視線を向ければ、さすがに大人げなかったと理解したらしい。悪かった、と小さく謝った。するとマイセンさんが魔王様の背中をポンポンと撫で始めた。

「メビウス、魔法使いにこの本を貸してやったらどうだ？　メビウスとダイリはこの本の楽しいところや面白いところをたくさん知っているが、魔法使いはまだ知らないんだ」

どうやら助け船を出してくれたらしい。暴走気味な溺愛部分ばかりを目にしてきたが、こうしたお兄ちゃんらしい一面もあるようだ。

マイセンさんの言葉に、床を見ていた魔王様はおずおずと目線を上げる。そして大好きな絵本をタイランさんに差し出した。

「……タイラン、貸してやるからちゃんと読むのだぞ」

「今日寝る前に読ませてもらう」

「どのおやつが気になったか後で聞くからな？」

「ああ」

タイランさんが絵本を受け取ると、魔王様は満足げに頷いた。元気が戻ったようだ。

目玉焼きゼリーの皿を手に、マイセンさんと共に自室に戻っていく魔王様を見送る。二人の姿が見えなくなると、タイランさんはホッと息を吐いた。

「さて、夕飯にしましょうか」

「そうだな」

私がミートソースを作っている間に、タイランさんはサラダを用意してくれる。ドレッシングは冷蔵庫にあるものを使った。ミギさんとヒダリさんのお手製ドレッシングである。

ちなみにミートソースも彼らから教えてもらったレシピだ。おやつを作る回数の方が多いが、料理の方も魔王城に来てから上達している。特に二人が得意とする肉料理の腕は格段に上がっていた。

といっても普段は彼らが作ってくれるので披露するタイミングはないのだが。

食後のデザートに目玉焼きゼリーを食べていると、タイランさんが疑問を口にした。

「そういえば多めに作っていた分は魔王に渡さなかったんだな」

「あれはミギさんとヒダリさん、それからフランミェさんの分です。三人とも何時頃に帰ってくるかは分かりませんが、ゼリーなら明日も食べられますから」

どうやら多めに作っていた分が気になっていたらしい。なるほどと頷いて、立ち上がった。たくさんあったゼリーはすでにない。もしかして食べないならもらおうと思っていたのだろうか。スッと視線を上げれば、タイランさんはバツが悪そうに笑った。

「食べないから安心しろ」

やはり狙（ねら）っていたらしい。皿を洗ってから、冷蔵庫にあるゼリーを食べて欲しいと伝えるメモだけ残して、二人でキッチンを後にする。タイランさんと別れてすぐ、フランミェさんに遭遇した。

「ミギヒダリはまだキッチンにいる？　魔物を解体して欲しいんだけど」

「二人はあの後、買い出しに向かいました。帰ってくるのは遅くなるそうです」

「そっか。解体は二人の方が上手いんだけど、仕方ない。アタシがやるか。ダイリ、冷蔵庫に詰めるの手伝って」

私はまたキッチンへと戻り、フランミェさんは外に置いたままの魔物を取りに向かった。

魔法で解体部屋まで運び、魔法で解体を済ませるまで、ご飯を炊くよりも短い時間で終わらせてしまった。細かいところは二人に任せるつもりらしく、肉の塊はかなり大きい。

冷蔵庫自体も大きいが、さすがに中を少し整理しないと入らない。彼女もそれが分かっていたから私の手を借りようとしたのだろう。せっせと冷蔵庫のスペースを確保していく。

ミギさんとヒダリさんもフランミェさんが狩りに行ったことは知っているが、肉のこともメモに書き加えておくことにした。

「助かったよ。あ、それからおにぎり美味しかった」

「それは良かったです。そうだ、フランミェさん。ゼリー食べませんか？」

「ゼリー？」

「今日のおやつに作ったんです」

冷蔵庫整理の際に取り出しておいたゼリーを見せると、フランミェさんは大きく瞬きをした。そして「これがゼリー？」と不思議そうに眺めている。

「変な形。ゼリーなら人間界でも何度か食べたけど、こんなの見たことない。ダイリのオリジナル？」

「魔王様の読んでいた絵本に出てきたものを真似て作ってみました。真ん中がオレンジゼリーで、

「そういえば前にシエルが、ダイリの作るおやつは見た目がどうのこうのって言ってたっけ。こういうのも作れるんだね。ありがと。部屋に戻ったら食べるわ」

フランミェさんを見送って、私は今度こそ部屋に戻った。


翌朝キッチンに行くと、大興奮のミギさんとヒダリさんが出迎えてくれた。目玉焼きゼリーを気に入ってくれたらしい。また朝早くにフランミェさんが皿を返しにやってきたらしく、美味しかったと言葉を残していったそうだ。

朝食後は昨日の買い出しの戦果発表から始まった。二人が買ってきてくれたのは主にお米ともち米、抹茶と小豆。味噌汁をよく飲むということで、昆布と鰹節、それから調味料も買い足してくれたようだ。その中に混ざって一つだけ予想外のものがあった。

「これって寒天、ですよね？　今の時期によく売っていましたね」

寒天は冬の寒さを利用して凍結乾燥を繰り返すことで作られる。麦茶と同じで時期限定で出回っている商品だと思っていた。まさか手に入るなんて……。

目を丸くする私に、ミギさんとヒダリさんはゆらゆらと揺れ始める。

「さすがダイリさん。気付きましたか」

「小豆を購入した際に店主がおすすめしてくれたのです」

「ゼリーが好きなら是非試してほしいと」

「似ていて、けれど少し違うのがいいのだと」

今回の買い付けで一番の発見がこの寒天だったそうだ。ふやかしてから茹でるといい・小豆との相性もいいなど、二人のメモには寒天に関する情報が増えていた。

買ってきたものを三人で食料庫へと運ぶ。その際、昨日フランミェさんの狩ってきてくれた魔獣が豚のような魔獣だと教えてもらった。なので昼食の汁物は豚汁にすることにした。

こんにゃくがないのは少し惜しいが、その分野菜をゴロゴロと入れることにした。おにぎりは塩にぎりと焼きおにぎりの二種類だが、今日の焼きおにぎりは昨日とは一味違う。なんと七輪焼きなのである。

ミギさんとヒダリさんはお米を買い足す際、お米屋さんに焼きおにぎりを食べたことを伝えたらしい。すると網で焼くともっと美味しくなると、七輪を勧めてもらったのだとか。一緒に買ってきてくれた炭をセットし、早速使わせてもらうことにした。

タイランさんにとっては二日ぶりのお米ということでご飯は普段の倍炊いたのだが、フランミェさん登場により、ペロリと平らげてしまった。

「どんなに食べてもまだまだありますからね」

「もうミスはしませんよ」

空になった土鍋を前に、ミギさんとヒダリさんは胸を張っている。

二人が買ってきたお米はかなりの量で、お米屋さんにも持ち帰れるか心配されたという。さらに同じミスを防ぐためか、冷蔵庫の横にお米ボードなるものが設置されていた。

その名の通り、お米の残量を確認するためのボードである。食料庫にある袋の数とキッチンにある袋の数が一日で分かる仕組みとなっている。一番上のページを捲ると、今までの消費量も書き込まれているという徹底ぷりである。

魔王城で初めてお米を炊いた日から記載されていたのには驚いた。聞けば、過去に作った料理とおやつの量を全てノートに書き記しているらしい。先生に教わった方法なのだと。

最新版のノートを見せてもらったところ、びっちりと書き込まれていた。以前見せてもらった買い出しの際のメモとは比べものにならない。

彼らの料理へのこだわりを改めて感じさせられたのだった。

「買ってきてもらった小豆であんこを炊いてもいいですか」

「もちろん」

「もち米もあるので、明日のおやつはおはぎにでもしようかな……」

昨日ミギさんとヒダリさんがあんこの材料を買いに行ったことは魔王様も知っている。今日はあんこの用意が間に合わなかったので、りんごの蒸しパンをおやつに出した。するとあからさまにガッカリされた。あんこが出てくると思っていたのだろう。だから明日はあんこを使ったおやつにすると決めていた。

「おはぎ！　知っています。甘いおにぎりですよね」

「え？」

「もち米で作ったおにぎりに甘い物を付けて食べるのだと聞きました」

二人にこんな変なことを教えたのはお米屋さんだろうか。おそらく悪気はない。主な違いは形なので間違っているとも言えない。タイランさんがこの場にいなくて良かった。おにぎり好きの彼がいたら説明するのが大変になる。

「おはぎっていうのは蒸したもち米を楕円型に丸めた後、きな粉やあんこをまぶしたもので」

「蒸す？　炊かないんですか……。あのふっくら感がいいのに」

「形も三角ではないのですね……」

私の説明で、彼らはしおしおと元気をなくしていった。知っているなら説明せずに作り始めたら大変なことになっていたに違いない。

もち米と普通の米は食感が違い、調理工程にも差が出ると説明するのは簡単だ。土鍋で炊いてはいけないという訳ではないが蒸し器で作ると美味しいのである。

形についても、私は丸くする理由を知らない。おはぎが丸いことに今まで疑問を持ったことすらなかった。私が魔王城で作るおにぎりは三角だが、三角である必要はない。丸いおにぎりだっておにぎりである。それと同じで、おはぎは丸いものというのは先入観によるものなのではないか。三角でもいいのではないかと思い始めてきた。

三角のおはぎは見たことがないが、菱形のもちならある。ひな祭りの時に飾る菱もちである。だがおはぎの名前の由来が萩である場合、楕円であるのが正しい。

ぐるぐると考え込んでいると、ミギさんとヒダリさんの表情も硬くなっていく。

「ダイリさん、大丈夫ですか？」

「すみません、私達が変なことを言ってしまったために」

「形などにこだわるべきではありませんでした」

「既存にこだわっていては美味しいものは出来ませんよね。蒸すことで食感を変えるというのもありだと思います」

「すみません。つい考え込んでしまって……。上手く説明出来ませんが、美味しいのは確かなので」

三人でぺこりと頭を下げ合ってからあんこ作りに取りかかることにした。完成したあんこは冷蔵庫に入れる。

またメインとなるもち米だが、こちらは寝る前に浸水させておく。通常のお米と違い、もち米は一晩ほど浸水させる必要がある。炊飯器や鍋を使って炊く場合はここまで長く水を吸わせる必要はないのだが、蒸し器を使う場合は多めに吸わせた方がいい。

浸水時間を考えると夕食後すぐにセットしては長くなりすぎる。朝食後に作り始めることを考えると、寝る前がベストだった。日が変わる少し前に三人でキッチンへと集まって、もち米の用意をする。といってももち米を洗って、ボウルの中にお米と水を入れるだけだが。

ラズベリーパイを焼く以外の目的でこんなに遅い時間にキッチンへとやって来るのは初めてだ。それも今回はミギさんとヒダリさんがいる。温度を一定に保つため冷蔵庫に入れたそれに「頑張ってくださいね」とエールを送っている。パウンドケーキを焼いた時の魔王様と同じだ。

翌朝。一晩浸水させたもち米を冷蔵庫から取り出す。一度ざるにあげて水気を切る。

蒸し器の下段の水を沸騰させている間に、濡らして絞った布巾を蒸し器の二段目にセットする。

そこにもち米を広げる。まんべんなく蒸されるように平たく、真ん中は少しへこませるといい。

布巾の端っこは軽く包むようにして、蒸し器の下段の水が沸騰したら重ねて約三十分蒸す。

蒸しあがったもち米はバットに移し、お湯をかけて軽く混ぜる。上に布巾をかぶせて三十分から一時間ほど蒸らす。

「こうしてみると全く別の食べ物を調理しているみたいですね」

「もち米はおはぎ以外でもこうして調理するのですか？」

「そうですね。おもちにする時もおこわにする時も蒸し器を使うとふっくらとします」

「おこわ？」

「味付けをしたもち米に肉や野菜を混ぜて蒸した料理で、おにぎりにすると美味しいんですよ」

栗おこわや赤飯もあるが、二人にとっては栗も小豆もおやつの材料である。おはぎと混同してややこしくなりそうなので、おこわのおにぎりを作った時に説明すればいいだろう。ミギさんとヒダリさんにとって一番身近なお米料理の名前が出たからか、二人はとても良い反応を返してくれる。

「もち米のおにぎり、興味あります」

「今度作ってください」

「朝浸けておけば夜には食べられますから、今度は朝にセットしましょうか」

そんな話をしている間にもち米が蒸らし終わった。出来上がったお米を二十等分にしてから楕円型に丸める。半分は昨日炊いたあんこで包み込み、残りの半分はきなこに砂糖と少量の塩を混ぜたものをまぶしていく。

予定では二種類を五人分、合計で十個作るつもりだったのだが、それだと私の拳よりも大きいものが出来上がってしまう。自分が思っていた以上におにぎりを作る時の量が身体に染み込んでいたらしい。やや減らしたとはいえ、おやつの量ではない。なので素直に数を倍にした。それでも私が普段食べているおにぎりと同じくらいの大きさがある。

私の分は二つにして、残りの二つはフランミェさんにおすそ分けするつもりだ。食事をする習慣がある彼女だが、おやつを食べる習慣はないようだ。おやつを作っている間にキッチンに来てもスルーしている。ゼリーは食後のデザートという認識らしく、あれば食べる程度。だからいつも彼女にはおやつは用意していないのだが、受け取ってくれるだろうか。断られた時は明日自分で食べようと思う。

「ここまで作っておいてなんですが、タイランさんって甘いお米は大丈夫なんでしょうか」

他の三人については全く心配していない。魔王様はあんこ好きで、お米は初体験。おにぎりを食べたことがないので、抵抗感もないはずだ。量に関しても、マイセンさんと一緒に食べるので二個ずつでちょうどいいくらいだ。

ミギさんとヒダリさんはこれらを皿に載せても余裕の表情だ。だがタイランさんはおにぎりにこだわりがある。

「朝食を運ぶメイドに『今日のおやつは甘いお米です』とタイランに伝えるよう頼んでおいたので、

トレイの返却の際に何かあると思っていましたが」

「まだトレイが返ってきていませんね。何かあったんでしょうか」

「お仕事が忙しいんでしょうか。この前、マイセンさんと何かお話ししていましたし」

「なら変に声をかけて邪魔するのもよくないですね。タイランが食べなかったら私達が食べます」

「お米の話をするとフランミェがやってきそうな気もします」

三人で笑っていると、フランミェさんがひょっこりと現れた。お米の匂いに釣られた、なんてことはなく、たまたま休憩時間だったようだ。

おはぎを渡す際、それはお米だが甘いおやつだと伝えた。だが彼女が特に気にしている様子はなかった。そんなことよりも空腹が限界らしい。冷蔵庫に入れてある料理のストックを自分用のワゴンに載せられるだけ持って行った。わずか数分で冷蔵庫の中に大きなスペースが空いた。

「こんなに食べるなんて、狩りの帰りでしょうか」

「でもお土産がありませんでした。それにとても疲れていました」

「なら打ち合い後ですね。魔人相手に剣の稽古をすると殺さないように加減しないといけないから疲れるのだと、以前ぼやいていました」

手加減の理由がなんともフランミェさんらしい。それにしてもメイドが手加減をしながら打ち合いをするという状況が思い浮かばない。

ミギさんとヒダリさんはそれからすぐにフランミェさんの追加のご飯を作り始めた。あの様子では足りなくて追加を取りに来るかもしれないからと。私も一部のおかずを担当させてもらうことにした。

　おかずといっても彼らが凄いスピードで作っているような立派なものではなく、サラダなどの常備菜がメインだ。二人が少し分けてくれた鶏ガラスープで作ったナムルだとか、ピーマンとにんじんのきんぴら、魔獣肉のそぼろ、大根のかつお醤油漬けなど。

　作っている途中、ミギさんとヒダリさんの視線をヒシヒシと感じた。手は止まっていないのに、完全に意識がこちらに向いている。

「美味しそうな香りがしますね」

「フランミェが来なかったら、少し分けてもらいましょう」

　こそこそとそんな話をしている。二人とも声を潜めているつもりなのだろうがバレバレである。

「今度ミギさんとヒダリさんの分も作りますね」

「楽しみにしています！」

「出来ればお米もつけてほしいです」

「あ、確かにお米のお供ばっかりですね。今からお米炊くので、後で具なしおにぎりも一緒に保存魔法かけてもらってもいいですか？」

「もちろん」

　魔獣肉が入った冷蔵庫はあっという間に元のパンパンな状態へと戻った。フランミェさんはあれで満足したらしく、もう一度やってくることはなかった。なので私達は安心して遅めの昼食を取ることにした。

おやつのおはぎがたくさんあるので、お昼ご飯はホットサンドで軽く済ませる。タイランさんは昼食を取りに来ることもなかった。

普段はメイドに頼んで運んでもらうが、今回はトレイの返却がない。心配なのでおやつの時間におはぎと一緒にホットサンドを持っていくことにした。魔王様におやつを出す前にタイランさんの部屋に寄ったのだが……。

「タイランさん、お昼とおやつを持ってきました。タイランさん？」

いくら声をかけても返答がない。ドアも何度か叩いてみたがやはり返事はない。中からは物音さえしない。人間界に行く時は声をかけてくれるし、昼間に寝る時も同じ。ご飯がいらない時はちゃんと声をかけてくれるのである。

部屋を留守にしているのだろうか。魔王様のおやつが終わったらもう一度来よう。そう決めてマイセンさんの執務室に向かった。けれどそこでもまた、普段いるはずの人の姿がなかった。

「あれ、魔王様一人ですか？」

今日はマイセンさんの姿がないのだ。いつもはピタリとくっついているのに、魔王様は一人で大きな椅子に座っている。書類もなく、画用紙にお絵描きをしていた。

「うむ。兄上はタイランと共に魔法道具の試験をしている」

「タイランさんも一緒なんですね」

部屋にいないと思ったらマイセンさんと一緒にいたのか。この前話していたのはこのことだったのかもしれない。魔王様が空けてくれたスペースに温かい麦茶とおはぎを置く。あんこだな、と喜んだものの、食べ始めるとすぐに「こんなに美味しいのに」と頬を膨らまし始めた。

「おやつには帰ってくると言っていたのに……」

むうっとしながらもフォークを止めることはしない。その調子でマイセンさんのおはぎも食べていく。麦茶もおかわりして、ほおっと息を吐いた。

「そうだ、我はいいことを思いついたぞ」

「いいこと？」

「兄上を迎えに行ってあげるのだ。そうと決まったらダイリ、一緒に行くぞ」

魔王様は椅子から降りて、私の手を引いた。ワゴンは残したままだが、後で取りに来ればいいだろう。魔王様に手を引かれるまま外に出る。

ずんずんと進んだ先は魔王城門前。ケルベロスの住処（すみか）がある場所だ。そこにマイセンさんとタイランさんとケルベロス、そしてケルベロスの餌担当だった彼がいた。

タイランさんとケルベロスが見守る中、残りの二人が打ち合いをしている。マイセンさんが使っているのは普段腰から下げている剣だが、相手が使っている剣は見たことがない。青だったり赤だったり、不思議な色に光っている。

その光はマイセンさんの剣に弾（はじ）かれると火花のようなものを散らす。ケルベロスに向かってバチッと飛んで行った。だがそれがケルベロスに届くことはなかった。空中に六角形を組み合わせたような模様が浮かび上がり、火花を打ち消してしまったのだ。

「さすがはタイランの魔法道具。結界の精度が高いな」

「なんだ、魔王も見に来たのか」

「兄上がなかなか帰ってこないからな。ダイリと一緒に迎えに来た」

「ダイリも、ってことはもうおやつか。ああ、悪い。昼食を取りに行く時に食器を下げるつもりだったんだ」

朝食を食べてからすぐに魔法道具の使用確認を始めたらしい。これは近々魔王城に建設予定の鍛錬場に使うための魔法道具のようで、音と魔法が外に漏れないよう、綿密な調整が必要だそうだ。

午前中はフランミェさん、午後からは例の彼がマイセンさんの相手をしているのだとか。

「あのメイドが結界を破壊しまくったおかげで問題点が分かったまではいいが、午後からはマイセンが白熱してきてなかなか終わらない。まぁ防音効果が高いことは証明されたわけだが」

「そういえばマイセンさん、ずっと何か話していますね」

「あいつ、マイセン直属の部下の騎士なんだが、この一年で剣の腕が衰えていたらしい。扱きなおすと張り切っていた」

「騎士だったんですね。でも普段は剣を持っていなかったような」

「奴はああして魔法で剣を作り出して戦うのだ。だから消耗すればするほど剣が脆くなる。その点、兄上の剣はぶれていない」

私はマイセンさんの弟馬鹿なところばかり見てきた。もう一人の彼に至っては格好悪いところしか見ていない。だが実際戦っているところを見ると騎士というのも納得である。魔法で剣を作っているからか、戦い方が独特だが格好いい。

普段は箒でゲシゲシと突かれていたり、ケルベロスから土をかけられているとは思えない。マイセンさんも今は兄ではなく、一人の騎士だ。彼らの剣がこちらに向かってくることはないと分かっているからこそ、観戦者気分の感想が口から出る。

「魔王様のお兄さん、カッコいいですね」

「なにせ我の兄上だからな！」

魔王様は胸を張り、自分のことのように喜ぶ。そしていかにマイセンさんが凄いのかを語ってくれた。剣だけではなく、魔法の腕もかなりのものであるらしい。

私は攻撃魔法や剣のことはてんで分からない。どんな魔法が展開されていて、と細かい説明をされても右から左に通り抜けてしまう。詳しいところは何も理解出来ない。それでも魔王様がお兄さんを尊敬していることはよく分かった。

タイランさんも魔王様を肯定するように首を縦に振っているため、魔王様は上機嫌である。もしも結界に防音効果がなかったら、マイセンさんは迷わず魔王様を抱きしめていたことだろう。だが彼は未だ魔王様がやってきたことにも気付かない。それほどまでに目の前の相手に集中していた。

「まだ時間がかかりそうだが、魔王はまだ見ていくか？」

「我はダイリと帰る。兄上の邪魔はしたくないからな」

「そうか。ダイリ、後で取りに行くからおやつはキッチンに置いておいてくれ」

「分かりました」

魔王様と手を繋ぎ、マイセンさんの執務室に戻る。廊下を歩きながら、魔王様はいろんな話をしてくれた。話は主にマイセンさんとのこと。彼が魔王様をいかに溺愛しているかが伝わってからというもの、一日のほとんどを兄弟で共に過ごしてきた。そして会えなかった一年のことをお互いに話しているらしい。

「それでな、仕事が片付いたらまた庭に集まっておやつを食べたい」

「また一緒にお茶会の招待状を書きましょうか」

「お茶会でなくてもいいぞ。兄上が人間界でいろんなご飯を食べたと話してくれたのだ。でも嫌な気持ちになることもあったから、我はダイリとコックが作ったもの以外食べてはいけないとも言っていた」

「嫌な気持ち……」

「そう落ち込むでない。タイランとダイリとはすぐに仲良くなれたが、別の場所で暮らしていた者達が仲良くなるにはずうっと長い時間が必要になるものだ」

魔王様はなんてことないように告げるが、私を警戒していた頃のマイセンさんの様子が頭に浮かんだ。彼は私が魔王様と結婚したがっていると思い込んでいたが、あれはまだ私が好意的であることが伝わっていた分マシだったのではないか。

人間にとって魔族は未だ怖い存在だ。一年も人間界にいたマイセンさんはきっといろんな感情を向けられてきたのだろう。多分、私を警戒していた理由は読んだ小説のせいだけではない。もっとずっと深い溝があったはずだ。それでも今は私が作ったおやつを食べてくれるし、信頼もされている。

信頼、というよりも弟自慢をする相手認定された、という方が正しい気もするが。

「我もおやつとホットサンド以外も食べてみたい。だが何から食べればいいか分からない。本や兄上の話からでは食べたいものを見つけられないのだ」

「何か興味をひく食べ物はなかったんですか？」

「それが我もよく分からないのだ。でも食べてみたい」

食べ物自体には興味があるが食べたいものが分からない、か。参考にしようとマイセンさんの話に出てきた料理はどんな物だったか聞いてみたのだが、『肉があったぞ』とか『丸かった！』とか、ざっくりとした情報しか得られなかった。

なので執務室に戻ってから読み聞かせてもらった本を教えてもらうことにした。魔王様がお絵描きに使っていた画用紙に書いてくれたタイトルは意外にも多い。

子ども向けの本だからか、私も読んだことのないものばかりだ。オルペミーシアさんに頼ることにしよう。紙をたたんで、ポケットに入れる。

「頼んだぞ、ダイリ」

「最後に聞いておきたいことがあるのですが」

「なんだ？」

「マイセンさんの好き嫌いはありますか？」

「兄上に嫌いなものなどない。好きなものはダイリのおやつだな」

「ありがとうございます。いいものが思い浮かんだらお話ししますね」

「うむ」

甘いものが好き、か。魔王様もおやつが大好きなので、料理には何か一品デザートを添えることにしよう。メインは肉かな。マイセンさんがどんなものを好むのか、絵本の中にヒントがあればいいのだが。

キッチンワゴンを転がしながらキッチンへと戻る。ミギさんとヒダリさんにタイランさんからの伝言を告げる。仕事に熱中していてお昼が過ぎたことに気付いていなかったらしいと伝えると、ホッとしたように息を吐いた。二人にタイランさんのホットサンドとおはぎを託し、私は図書館へと向かう。

魔王様に教えてもらった本を借りるためだ。大きなドアをくぐり、本の森の中からオルペミーシアさんを探す。そして彼女のふわふわな羽を見つけて声をかけた。

「オルペミーシアさん」

彼女は私と目が合うと微笑んだ。けれどすぐに何かに気付いたようにむうっと頬を膨らました。

何か悪いことをしただろうか。彼女が下りてくるまで、必死で過去の行動を振り返る。

お礼はちゃんとしているつもりだったが、足りなかったのかな。またマカロンを、いやジャムクッキーがいいかと考える。そしてふとオルペミーシアさんにぴったりなおやつが思い浮かんだ。今までは作れなかったが、寒天が手に入った今なら琥珀糖(こはくとう)が作れる。キラキラなおやつだ。ジャムクッキーを渡した時の反応を思い出し、思わず頬が緩んだ。

「何笑っているのよ」

へらへらとする私に、オルペミーシアさんはむっとした表情を浮かべる。やはり不機嫌そうだ。

こんな顔をしていたら悪いと思うのに、私はなかなか真面目な顔には戻れない。正直に訳を話すことにした。

「実は今、オルペミーシアさんにぴったりなおやつが思い浮かんだんです。琥珀糖っていうおやつなんですが……」

「私に？」

「宝石みたいなおやつでオルペミーシアさんもきっと気に入るかと！」

乾燥させるのに一週間ほどかかってしまうのが難点だが、自分だけの食べられる宝石が作れる。包丁で綺麗にカットしてもいいが、手でちぎると鉱物感が増す。型抜きを使ってお花の形にしても可愛い。それに琥珀糖はおやつ本体の見た目以外にも、容器もこだわることが出来る。箱に入れても瓶に入れてもおしゃれで、いくらでも愛でていられる。

こうして話しているだけで、どんなものを作ろうかと想像が膨らんでいく。私が楽しくなっていくのと比例して、オルペミーシアさんの不機嫌が治っていく。膨らんでいた頬も今や普通のサイズに戻っていた。

「おやつの聖女さんはズルいわ。私、怒っていたのに」

「あ、すみません。私ばかり興奮しちゃって」

「そうじゃないわ。……最近、前ほど来てくれなくなったから寂しかったの」

ぽつりと溢されたのはあまりにも意外な言葉だった。だが思えば最近は勉強の難易度も上がり、一冊の本にかける時間が長くなっていた。おやつも最近では和菓子を作ることが増えたので、図書館に足を運ぶ回数が減っていたかもしれない。

今日足を運んだのだって魔王様の本を探すためだ。頼ってばかりでオルペミーシアさんのことを考えていなかったと、少しだけ反省する。

「今度からもっと顔を見せますので」

「ええ。私ともっとお話ししてちょうだい」

オルペミーシアさんは少しだけ恥ずかしそうに「おやつも好きだけど、あなたのことだって好きなんだから」と付け加えてくれた。

これからは今までよりも多めに図書館に足を運ぼう。その時読みたい本がなくても、オルペミーシアさんに会いに来るという目的で来ればいい。

「またお邪魔しますね」

「ええ、待ってるから。それで今日は何しにきたの？」

「この本を探しに」

魔王様から預かったメモを見せる。すると彼女はああこれね、とすぐに案内してくれた。魔王様が借りた本は全て特設スペースに置いてあった。

料理本コーナーの隣に大きく作られている。だが少し前までなかったはずだ。不思議そうに見ていると、マイセンさんの要望で作ったのだと教えてくれた。

「彼が帰ってきてから図書館の予算が増えて嬉しいわ。この調子で部屋も広げてくれないかしら」

ニコニコと笑いながらメモにある本を渡してくれる。魔王様が読んだ本は魔人達に人気らしく、全てを借りることは出来なかった。借りられている本は返却されたらよけておいてくれるらしい。

琥珀糖が出来たらまた来ると約束して、私は図書館を後にしたのだった。

キッチンに戻り、ミギさんとヒダリさんに琥珀糖について話す。といってもすぐに琥珀糖作りに取り掛かれるわけではない。二人が買ってきてくれた寒天は糸寒天。もち米同様、しばらく水に浸けておく必要があるのだ。美味しいものは時間がかかるのである。

だが時間がかかるだけで、作り方は簡単。材料も極めてシンプルだ。

主に使うのは寒天と砂糖。それに加えて、色を付けるものが必要となる。

食紅を使えば簡単に鮮やかな色が出せるのだが、残念ながら魔王城にはない。そこで今回はオレンジジュースとりんごジュース、アプリコットジャムを使うことにした。色が綺麗に出ることと、いずれも冷蔵庫に入っているということでこの三つを採用した。

ふやかした寒天は水と一緒に鍋に入れ、火にかけて混ぜながら溶かす。この時、しっかりと溶けていないと琥珀糖が固まらないので注意が必要だ。また溶けた後は火から下ろして一度漉すといい。透明感が増すので、琥珀糖作りでは大切な工程だ。

鍋に戻したら砂糖を入れてから火にかけて煮詰めていく。それを三つに分け、それぞれにジュースやジャムを混ぜる。色を混ぜてもいいが、今回は別々に作ることにした。それらをバットに入れて冷蔵庫で固める。固まったら好きな形にカット。

カットしたものはクッキングシートのような、琥珀糖がくっつきにくいものの上に間隔をあけて並べていく。後は風通しのいい場所で乾燥させる。表面が結晶のようになったら完成だ。

一週間後、オルペミーシアさんに琥珀糖を渡すと、途端に目を輝かせた。瓶を光にかざして楽しみ、不安そうに「本当に食べられるのよね？　嘘じゃない？」と何度も聞かれた。

ちなみに瓶を用意してもらったお礼としてシエルさんの分も用意したのだが、彼女も似たような反応だった。保存魔法をかけて部屋に飾りながら少しずつ食べることにするらしい。見た目を楽しんでもらえて何よりである。

残った琥珀糖はその日のおやつに回すつもりだったのだが、瓶詰めが終わった直後にやってきたフランミェさんに食べ尽くされてしまった。

「触感の違いがいい」

満足げに去っていった彼女の横で、ミギさんとヒダリさんは固まっていた。お茶の用意をしているわずかな間の出来事だった。

「フランミェ、自重(じちょう)してください！」

「せめてもっと大事に食べてください！」

二人はこの数日、毎日琥珀糖を見てきた。今日は食べられるか、明日なら、とずっと様子を見てきたのである。簡単に摘(つ)まめるサイズにしたそれが、鷲摑みにされて食べられるのは面白くないらしい。彼らが怒るところを初めて見た。フランミェさんも驚いている。

「ごめん」

「分かればいいのです」

「ほら、ダイリさんにまた作ってほしいと一緒に頼みますよ」

二人に背中を突かれたフランミェさんは困惑しつつも、ぺこりと頭を下げる。

「ダイリ、ごめんね」

「今度はみんなで食べましょうね」

そう返せば、フランミェさんはすっかり元気を取り戻した。

「うん。正直、あれじゃあ足りなかったんだよね」

そう告げた彼女が、再びミギさんとヒダリさんに怒られたのは言うまでもないだろう。私が図書館から帰ってきてもまだ彼らの怒りは収まっていなかった。そろそろ許してあげて、と声をかけようとすれば会話の内容が聞こえてくる。

一週間の琥珀糖の様子であったり、魔法を使うことが出来ないもどかしさであったり。二人からすれば怒っているのだろうが、側で聞いている限り、琥珀糖の魅力を語っているようにしか聞こえない。フランミェさんも真面目に聞いている。

魔法が使えることが当たり前の魔人らしい感想なので、私からしても興味深い。声をかけるのは止めて、ミギさんとヒダリさんの言葉に耳を傾けることにした。

琥珀糖はなくなってしまったが、おやつならストック分から出せばいい。すでに魔王様たちには他のおやつを出してある。時間もたっぷりと残っている。なので私はすぐ近くでお茶を飲みながら、なるほどと頷くのであった。

◆　◆　◆

しばらく経ってようやくオルペミーシアさんに頼んでいた絵本が全部揃った。今までも五冊の本とにらめっこしてきたが、最後の一冊を組み合わせれば魔王様の食べたいものも見つけ出せるはず。そう信じていたのだが、計画は難航している。

三人で腕を組みながら唸る。マイセンさんが魔王様のために、と借りた絵本は様々な国をモデルとしたものだった。人間界の国をいくつも回ってきた彼からすれば、どれも人間界の料理なのだろう。だが同じ『人間』という種族が暮らす国で、同じ材料を使ったとしても出来上がる料理が同じものとは限らない。

たまごのみを使用した料理でも目玉焼きに茹でたまご、スクランブルエッグなどがある。材料が増えれば増えるほど選択肢は分岐していくのである。

そして絵本というものは小説やレシピ本と比べて文字情報が少ない。その分、イラストで楽しめるようになっている。読む分にはあまり気にならないこの点が、料理を知りたい私達にとって大きな障害となってしまったのである。

「丸い肉料理、ここにもありました。ですが色味が先ほどのものと違いますね」

「もしかして肉ではないのでは？」

「どちらもそれに関する情報が載ってないんですよね……」

魔王様が覚えていた『丸い』『肉』の料理をメインに据えようというところまではすぐに決まった。

だがその候補は一つではなく、三冊に分散している。そしてどれも同じという訳ではなく、微妙に違うのが厄介である。

特に最後の絵本に載っていたハンバーグらしき料理も、私達が知るものよりもかなり白い。豆腐ハンバーグによく似ているのだが、この絵本が発売された地域では豆腐は食べられていない。つまり別物ということになる。

見た目だけなら豆腐ハンバーグを作ってしまえば済む話ではあるのだが、魔王様のリクエストということでミギさんとヒダリさんはかなり力が入っている。私も喜んでもらえるものを作りたい。

「この本に載っているオムレツも中に何かが入っているのか、はたまたプレーンオムレツなのか」

「ドレスみたいにひらひらとしているこのイラストもオムライスかもしれません」

「困りました。まだデザートも決めなければいけないのに。全く進みませんね」

いっそマイセンさんに相談して……なんて考えが頭に浮かんだ。けれどすぐに首を振って打ち消した。確かにそれが最短ルートではある。私達がここで頭を抱えてばかりでは思いつかないようなアイディアをくれるかもしれない。

けれど魔王様はマイセンさんがいない時に私に相談してくれたのだ。本人も食べたいものが分からないという気持ちがあったからかもしれない。同時にマイセンさんへのサプライズでもある気がする。

愛する弟が自分とご飯を一緒に食べたいと言っているのだ。マイセンさんは絶対に喜ぶ。喜ばないはずがない。だからその喜びを分散させないためにも、出来るまで内緒にしておきたい。

「おいダイリ」

「分かるものでも書き出してみますか」

「そうですね。分からないものでもモデルの国さえ分かれば、参考になる本をオルペミーシアに頼めるかもしれません」

「彼女は料理には詳しくないですが、多くの本を読んでいますから」

「おい、無視するな」

「タイランさん、さっきおにぎりたくさん食べたじゃないですか。おやつまで待ってください」

視線は絵本に向けたまま、八つ当たりするようにそう告げる。

タイランさんの塩にぎりブームは未だに続いている。だが最近は焼きおにぎりにもハマった。焼きたてがお気に入りらしく、焼くのも自分でやると言い出した。具なしおにぎりに味噌や醤油を塗ったものをタイランさんに渡すと、七輪の上でせっせと育て始めるのである。

毎日かなりの量を食べているのだが、彼が太る様子はない。使用魔力が増えるとその分消耗するらしく、食べた分はエネルギーに還元されているのだとか。その上、食後一時間と経たずにおやつまで要求するとは……。全く以(もっ)て羨(うらや)ましい話である。

けれど背後に立っていたのはタイランさんではなかった。

「俺は魔法使いじゃない」

「マイセンさん？　いつからそこにいたんですか？」

「先ほどからずっと声をかけていた。手伝って欲しいことがあるんだが、取り込み中か？」

「えっと……」

まさかマイセンさんがキッチンにやって来るなんて。広げている絵本が魔王様に読み聞かせたものだとバレると都合が悪い。背中に隠すように振り返る。ミギさんとヒダリさんは私の考えを汲み取ってくれたようで、気付かれないようにせっせと本を片付けてくれた。

「大丈夫ですよ」

「マイセン様の用事を優先してください」

「それで、何の用事でしょうか」

「ケルベロスを風呂に入れる手伝いをして欲しい」

マイセンさんは私達の行動を気にすることなく用件を告げた。

彼の話をまとめると、雨期に入る前に一度ケルベロスを風呂に入れて、綺麗にしておきたい。だがケルベロスは大のお風呂嫌い。それを分かっているマイセンさんは、タイランさんに捕獲を頼んだらしい。

ケルベロスは私の部屋を襲撃して以来、タイランさんの言うことをしっかりと聞いている。それは主人であるマイセンさんが帰還してからも同じこと。動物の中で出来た上下関係はほとんど変わることはないのだろう。私から見ても適任だと思う。

だが見事に逃げられてしまったらしい。その上、危機感を覚えた彼らは三頭に分かれてしまったという。そう語るマイセンさんはわなわなと震え始めた。確かに分かれて逃げられると大変だ。

ケルベロスは毎朝例の彼を追いかけることが日課となり、ますます足が早くなったのだ。最近は隠れて襲いかかるという技も覚えたので、たちが悪い。

マイセンさんとタイランさんだけでは捕まらないから、私も呼びに来たのだろう。呼び寄せるためのおやつでも用意した方がいいかなと考える。だが私はおやつ用意担当ではなかったらしい。

「逃げられただけならともかく、魔法使いは魔獣を風呂に入れる必要はないのではないかと言い出した！　野生にはそんなものはないと」

「言いたいことは分からなくもないですが、魔王様とメティちゃんが触れることを考えると綺麗にしておきたいですよね。ブラッシングだけではちょっと心配ですし」

「そうだ！　さすがはダイリ。兄弟がいる奴は考えることが違う」

兄弟の有無は関係ないと思うが、マイセンさんは自分の考えを分かる相手がいて嬉しそうだ。タイランさんも悪気がある訳ではなく、本気でそう思っているのだろう。自分のことすらわりと無頓着なのだ。仕方がないこととも言える。マイセンさんも、言っても無駄だと早々に諦めてこちらに来たらしい。

三頭に分かれたケルベロスを一人でお風呂に入れるのは大変だ。ミギさんとヒダリさんもマイセンさんの用事を優先してと言ってくれたので、ここは手伝うことにしよう。

「分かりました。でも二人だと捕まえてきてもお風呂に入れる際に逃げられる気がします」

「それなら問題ない。俺が風呂の準備をするから、ダイリはメビウスとタイランと共に、逃げたケルベロスを探し出して欲しい。ケルベロスの小屋まで連れてきてくれれば、見つかった奴から順番に入れていく」

「タイランさんも協力してくれるんですか？　お風呂入れなくてもいい派だったんじゃ……」

「ケルベロス探しだと張り切るメビウスに誘われて、断れる奴がいると思うか？」

「いませんね」

「メビウスは楽しいことが大好きだからな。あの子が楽しんでくれるような絵本を探すのが今の俺の楽しみだ」

ケルベロスが三頭に分かれるのは生存するためである。つまりそれほどまでにお風呂を嫌っている訳だが、魔王様からすればかくれんぼのようなもの。最近毎日執務室でお仕事をしている魔王様には絶好の遊びである。

そんな魔王様にキラキラとした目を向けられれば、タイランさんが断れるはずがない。魔王様に服を摑まれ、諦めて参加するタイランさんの姿が目に浮かぶ。

「魔王様とタイランさんはどこに？」

「王の間だ。メビウスが首輪とリードを持っている」

「分かりました」

キッチンを出てマイセンさんと別れてから王の間へと向かう。そこにはるんるんな魔王様とリードを持たされたタイランさんが待っていた。

「ほら魔王。ダイリが来たぞ」

「来たか。それでは三頭とも見つけるぞ」

魔王様は私の元に駆け寄り、頑張るぞと両方の拳を固める。気合いいっぱいである。すでに二人でケルベロスがいそうな場所の目星は付けていたらしい。

植え込みの陰や魔獣舎、荷物の陰など。階段を上がることはないので、どれも一階である。城内にいた場合は探すのが大変になってしまうが、まずは簡単なところから見ていこう。ということで初めは魔獣舎に向かうことにした。

「あそこは大型の魔獣がいるからな。ケーキを隠すのはケーキの部屋が良い、と絵本に書いてあった。隠れ場所にはピッタリだ」

「それを言うなら木を隠すなら森の中、だな」

「木といえば、この前図書館に行った時、オルペミーシアが人間界には木によく似たおやつがあるらしいと言っていた」

「木によく似た野菜があるらしいという話なら聞いたことがあるが、おやつは知らないな」

「野菜もあるのか⁉」

「俺も聞いたことがあるだけだが、美味いらしい」

おやつはバウムクーヘンで、野菜はブロッコリーかカリフラワーかな。バウムクーヘンは魔王城にある材料でも作ることが出来る。ホットケーキと大体同じだ。

ただし使用するオーブンは通常のものとは異なる。バウムクーヘン用のオーブンには生地を巻き付けるための芯（しん）と、芯を回転させるための装置がついているのだ。

とはいえ、魔王城で絶対に作れないという訳でもない。フライパンを使って、たまご焼きの要領でくるくると丸めていけばそれらしいものは出来る。ただしお店で売っているもののように薄くて綺麗な層にはならない。

バーベキューセットがあれば炭火焼きバウムクーヘンなるものが出来るそうだ。私は作ったことがないが、作成動画は見たことがある。竹にホイルを巻き付けたものを芯として、それに生地をかけてからくるくる回せば出来るらしい。意外と時間がかかるようで、アウトドアの趣味もなかったのでやらずじまいだったが。

フライパンで作る時も芯を使えばそれっぽく出来るのだろうか。二人の話に相づちを打ちながら、綺麗に出来たら盛り付けも少し凝っておやつに出したいなと考える。

目的地付近に到着すると、魔獣舎のすぐ横に白い固まりを見つけた。

「あれって……」

「ケルベロスだ！」

「逃げるのが面倒くさくなったんだな」

遠目から見ても分かる。あの子はのんちゃんだ。お風呂が嫌で逃げてきたものの、疲れて眠ってしまったらしい。首輪を付けてもうとうととしている。魔王様が引っ張っても歩き出す様子すらない。さすがのんびりさんでマイペースなのんちゃんだ。

もう一眠りしようと瞼を閉じ始めた。これでは連れて行くことも出来ない。困った魔王様がタイランさんを見上げた。

「はぁ……面倒くさい」

彼はため息を吐いてケルベロスを抱きかかえた。リードは魔王様が持ったまま。その状態でマイセンさんの元へと向かう。

ケルベロスの小屋付近まで来ると水音が聞こえたからか、のんちゃんはようやく目を覚ました。

一瞬逃げるようなそぶりをしたが、抱きかかえているのはタイランさんである。彼が腕にグッと力を込めると、観念したらしい。いや、逃げるのも面倒くさいと思ったのか、風呂を受け入れることにした。

足が水に浸かってすぐは虚ろな目をしていたのんちゃんだが、洗われるのは嫌いではないようで、大人しくもこもこの泡に包まれていった。

「あと二頭だな」

「さすがに同じ所に隠れているはずがないだろうから、次は物陰を探すか」

「なら騎士の彼の隠れていた場所にいいところがありますよ」

「あいつ、隠れ場所をダイリにも知られているのか……」

「上手く隠れてはいるんですが、おやつを配っている時に声をかけてくるので」

魔王城でかくれんぼ大会を開催したら間違いなく彼が優勝することだろう。そのくらい隠れるのが上手い。誰もいないと思っていた場所から声をかけてくるのでよく驚かされる。といっても鼻の良いケルベロスにはすぐ見破られてしまうらしいが。

「ケルベロスなら知っているはずだな。案内してくれ」

「こちらです」

いくつかある隠れ場所を順番に回っていると、キャンキャンと鳴く声がした。私が案内した道からは外れているが、確かにケルベロスの声だ。お風呂から逃げている間に彼を見つけたのだろうか。

三人で顔を見合わせて声の方へと向かった。そして目を丸くした。

「わふっ」

なにせその場にいたキラちゃんはドヤ顔をして、小型の魔物を咥えていたのだから。普段から魔王城を見回って、自力では逃げ出せない魔物を外に逃がしてあげているのは知っていた。

事情を知っているシエルさんも、キラちゃんの声にすぐに駆けつけてくれた。そしていつものように木の隙間に挟まった小型の魔物を取ってあげたらしい。まさかお風呂が嫌で逃げている最中にも仕事をするとは……。

「おお、魔物を捕まえたのか。お前は賢いな」

魔王様はキラちゃんの頭をよしよしと撫でている。褒めてもらえて嬉しそうだ。だがすぐにタイランさんの手の中にリードがあることに気付いたようだ。じりじりと後ろに下がっていく。けれど完全にもふもふを楽しんでいる魔王様が逃がす訳もない。首輪をはめられてしまった。

「一緒に兄上の元に行くぞ」

「キャン！」

「そうか、お前も兄上が大好きか」

「……くぅん」

必死の抵抗は魔王様に通じることはなかった。今度はちゃんと歩いてくれるわんこと共に、魔王様は廊下をずんずんと歩き出す。魔王様もマイセンさんから頼まれたお仕事が出来て嬉しそうだ。

キラちゃんはどんどん元気を失っているが。キラちゃんの発見と捕獲に居合わせたシエルさんは全てを察したらしい。

「ケルベロスのタオルは私が洗っておきましょう」

「お願いします」

ありがたい申し出に深く頭を下げてから、キラちゃんもマイセンさんに託した。

残すところはリタちゃんのみ。すぐに見つかるだろうと思っていたが、これがなかなか見つからない。私が挙げた場所もタイランさんが挙げた場所も全滅。マイセンさんにも相談したが、私達が行った場所以外では思い当たる場所がないらしい。

「移動している可能性もあるな」

「もう一度同じ場所を探してみますか？」

「なぁダイリ、タイラン」

「なんだ？」

「庭はどうだ？　あそこには隠れる場所はないがメティトゥールがいる」

いくらリタちゃんがメティちゃん大好きとはいえ、逃げている最中に向かうだろうか。そう思う一方で、のんちゃんもキラちゃんもちゃんと隠れていなかったよな……とも思う。タイランさんも同じ考えに行き着いたらしい。

「……行ってみるか」

リタちゃんを探しながら庭へと向かうこととなった。だがそこにいたのはメティちゃん一人。グウェイルさんの姿はない。メティちゃんは彼女専用の小さなじょうろでお花に水をあげている。私達の姿を見るとぱあっと表情を輝かせた。

「みんなでお花を見に来たの⁉」

「ケルベロスを探しに来たのだ。残り一頭なのだが、メティトゥールは見ていないか」

「見てないよ。でもそっか、お花を見に来たんじゃないんだね」

グウェイルさんは出かけていて、メティちゃんは一人でお留守番をしているようだ。遊びに来てくれたのだと思って期待した彼女は、水を失った花のようにしぼんでしまった。寂しいようだ。少し前の魔王様の姿と重なった。魔王様は少し迷ってから、メティちゃんに声をかけた。

「そういえばダイリとタイランの花はどうなっているのだ？」

「魔法使いさんのお花はね、パンパンに膨れて、昨日周りに氷が出来たのよ。大事なものを守っているみたい。でね、ダイリちゃんのはうねうねしてるの」

「うねうね？」

「頑張っている証拠だっておじいちゃん言ってた」

「我が見てやろう」

「魔王様、こっち。こっちよ」

マイセンさんからの頼まれごととメティちゃんのことを天秤にかけて、メティちゃんを選んだらしい。なんだかお兄ちゃんみたいだ。マイセンさんといる時は甘えたがりなのに、微笑ましくなる。

メティちゃんもグウェイルさんと育てているお花を見てもらえて嬉しそうだ。彼女の話通り、タイランさんの花は青い風船のような実が氷漬けになっていた。元々は小さい実で、そこから少しずつ大きくなったが、中身はずっと見えないままらしい。

私の植えた花に至っては土から顔を出してすらいなかった。もしも自分で世話をしていたら、魔力を込める段階で失敗していたのではないかと思ってしまうほどに変化がない。

「これは大きくなるな」

「そうなの！　だからとっても楽しみなのよ」

私にはただの土にしか見えないが、魔王様とメティちゃんには何かが分かるらしい。その場にしゃがみこんで、頑張れ頑張れと二人で応援している。可愛らしい光景だ。

ほんの一瞬、土が動いたように見えたのは気のせいだろうか。表面が揺れたような……。土の下に埋まった球根も応援に応えようと頑張っているのかもしれない。

しばらく応援してから魔王様はすくっと立ち上がる。

「花が咲いたらすぐに連絡するのだぞ」

「うん、分かった！」

そろそろケルベロス探しに戻ることにしたようだ。メティちゃんは少しだけ寂しそうだ。だが笑って見送ろうとしてくれている。そんな彼女の肩に、魔王様の小さな手が載った。

「メティトゥールよ、良かったら我らと一緒にケルベロスを探してくれんか？」

「いいの⁉」

「うむ。なかなか見つからず、困っていたのだ。メティトゥールも一緒にいれば出てくるかもしれん。あやつはメティトゥールを気に入っているからな」

「やったぁ！　じょうろ置いてくる！」

トトトと走り出したメティちゃんに「焦らなくてもよいぞ」と声までかけてあげている。マイセンさんがいたら感動すること間違いなしである。そう思ったのはタイランさんも同じだったらしい。

「あいつに後で伝えてやろう。悔しがるぞ」

氷を溶かしてしまいそうなほど温かい笑みで二人を見守っていた。

そして私とタイランさんは、どこかな～どこかな～とケルベロス探しを始めた子ども達の後ろを保護者のように歩く。魔王様はメティちゃんの希望を尊重して、彼女の行きたいところに付いていってあげる。一緒に覗き込んで、走り出そうとしたら手まで繋いであげるのだ。

多分、マイセンさんが魔王様に同じことをしてくれたのだろう。可愛くてたまらない。

「いないね」

「いないな」

「あっちの陰にいるかもしれないよ」

メティちゃんがそう言って振り返った時だった。足下のマットに引っかかってしまった。手を繋いでいる魔王様も引っ張られる形で転んでしまう。危ない、と私とタイランさんが手を伸ばす。けれど二人を受け止めたのは私達ではなかった。

「わん！」

白いもふもふの背中が二人を包み込んでいた。リタちゃんである。私達が全く気付いていない方向から光の速さで飛んできた。初めて会った時の、キラちゃんのジャンプと同じ。

上手く隠れていたのに、魔王様とメティちゃんを助けるために出てきてくれたらしい。タイランさんの顔を見て自分のミスに気付いたようで、マズいという顔をしている。だが逃げ出すことは叶(かな)わなかった。

「ありがとお」

メティちゃんが抱きしめながらお礼を告げた。するとリタちゃんの顔は緩んでいく。大嫌いなお風呂よりも大好きなメティちゃんからのお礼が勝ったらしい。メティちゃんに顔をスリスリとしている。そしてメティちゃんの手で首輪を付けられ、リードを引っ張られる。

なんとも複雑な気分だろう。だがお風呂は大事である。抵抗することなく、あっという間にマイセンさんの元までやってきた。

「メティちゃんメティちゃん」

「なに、ダイリちゃん」

手招きをしてメティちゃんを呼び、耳元でとある言葉を囁(ささや)く。すると彼女は分かった、と大きく頷いてくれた。リードを持ったままリタちゃんに目線を合わせる。

「メティのために綺麗になってね」

「きゅうん……」

大好きなメティちゃんに頼まれたリタちゃんはついに腹を括(くく)ったようだ。泣きそうな目で洗われていくのであった。だが今にも泣きそうなのはケルベロスのご主人様も一緒だ。もっともマイセンさんの場合は弟の新たな一面を見られた嬉しさで、だが。

タイランさんが庭での様子を聞かせると、その場にいられなかったことを悔しがった。けれどすぐに兄である自分がいないからこそ頑張ろうとしたのではないかと気付いたらしい。タイランさんに新たな魔法道具の依頼をしていた。

組み合わせる魔法の種類や材料を聞いてもよく分からなかったが、作ろうとしている物は大体予想がついた。カメラかビデオカメラだろう。それも前世にあったドローンのような、自動で飛んでいくタイプのものだ。

話をしながらも、ケルベロスを洗う手を止めないところはなんともマイセンさんらしい。無事三頭ともお風呂に入り終えたケルベロスはすぐに一頭に戻るかと思われたが、おろしたてのタオルの上でゴロンと転がっている。

大嫌いなお風呂から逃げるのも別々だが、その後のブラッシングも個別にやって欲しいらしい。マイセンさんに甘えるように綺麗になっていった。今日はそれにメティちゃんのもふもふわしゃわしゃまで加わり、彼らは大層ご満悦な表情であった。

こうしてケルベロスのお風呂は無事に終了したものの、キッチンの悩みは未だ解決していない。

直近の問題である今日のおやつは、夜でいいという話になった。ケルベロスが日向(ひなた)ぼっこをしている間に各々仕事をするらしい。メティちゃんもグウェイルさんに頼まれたお花の世話をするために帰っていった。今日のお礼として、メティちゃんとグウェイルさんにもおやつを差し入れるつもりだ。

私もキッチンへと戻る。そして再び頭を抱えることとなった。そう、問題は魔王様の食事である。

ミギさんとヒダリさんは夕食のハンバーグを作りながら、私はカスタードプリンを作りながらうんうんと唸る。

「ダイリさんがいない間、絵本を眺めていたのですが、見た目が楽しめる料理がいいと思うのです」

「一目でたくさんの料理が楽しめるプレートなんてどうでしょう」

「確かに最初だったらそんなに量は食べないはずなので、いろいろあった方がいいですよね」

「ということで今日のハンバーグは小さくしてみることにしました」

「メインの肉料理のサイズ感を確認したいのです。盛り付けの際、是非ダイリさんの意見も聞きたいです」

盛りつけた時のバランスで野菜をどうするか決めるらしい。葉物の野菜を生で盛り付けるか、茹でたものにするか、サラダにするか。ハンバーグのソースもデミグラスにするか、ケチャップにするか悩みどころである。

今日は試作の意味も込めてとにかく品数が多い。だが私が気になったのは品数ではない。調理台に載せられた肉の量である。

「ところでその山盛りの肉は全部ハンバーグにするんですか？」

「はい。といってもほとんどはフランミュ用ですが」

「出かけたようなので準備をしているのですが、今日はなんだか様子がおかしかったですね」

「様子がおかしい？」

「お土産がないかもしれないと言っていました」

「でも凄いものが手に入るかもしれないとも言っていました。今までこんなことはありませんでした」

強い魔物に挑みに行ったということだろうか。それとも今回の目的となる魔物は肉が美味しくないとか。フランミェさんの目的はあくまで狩りであり、食料調達ではないのでそんなこともあるかもしれない。

ミギさんとヒダリさんはフランミェさんの様子こそ気になっているようだが、怪我などの心配はしてないようだ。彼女はかなり強いみたいだし、そんなに心配することもないだろう。

出来上がったプリンを冷蔵庫に入れてから、オニオンスープ作りに取り掛かる。材料となる玉ねぎは十字に切りこみを入れ、コンソメスープで煮る。

今日はおかずがいっぱいあるので、ベーコンなどの肉類は入れない。これだけでも甘味が出て十分美味しいのである。じっくりコトコトと煮込んでいく。

「何か手伝うことはありますか?」

煮込んでいる間は暇なので二人の手伝いを申し出る。それでは……とミギさんとヒダリさんが冷蔵庫を覗いた時だった。

「ミギヒダリダイリ、喜びなさい!」

フランミェさんがキッチンへと入ってきた。いつもは魔獣の肉を外に置いているが、今回はなにやらクーラーボックスのようなものを肩から下げている。しかもクロスさせるように二つも。

「フランミェ、もう少し静かに入ってきてください」

「何かいいことがあったんですか？」

「今日のお土産は魔海老よ！　いっぱい取ってきたんだから」

ボックスを床に下ろし、パカっと蓋を開く。中には大ぶりの海老がみちみちに詰まっていた。私の知っている海老とは違い、緑色透明だが。

これも魔獣の一種なのかもしれない。この海老も肉と同じように美味しいのだろうか。見た目の違いよりも美味しさの方が気になる。

「こんなにたくさん……。どこで手に入れたんですか？」

「私達でもここまで大量に買い付けることは出来ません」

魔海老は生息地が特殊らしく、普通の魔人では辿り着くことが困難なため、依頼を出してもなかなか手に入らないのだとか。ミギさんとヒダリさんも両手で数えられるほどしか食べたことがないらしい。そんな激レア食材がボックス二つ分手に入ったのである。

しかも透明度が高ければ高いほど美味しく、ボックスの中の魔海老は二人が今まで食べたものよりも透き通っているのだと。二人が驚くのも無理はない。私も今から食べるのが楽しみだ。

「アタシが釣ってきたのよ」

「フランミェに釣りなんて無理です。あなたは静かに待つことが出来ませんから」

「沼まで行くのは簡単でしょうが」

「頑張ったの！　ほら、この前琥珀糖食べちゃったでしょ。だからそのお詫び」

どうやらあの後もしばらく気にしていたらしい。喜んでもらえるものを考えて、魔海老に辿り着いたそうだ。ミギさんとヒダリさんは感動でフルフルと震えている。

「まぁアタシも久しぶりに魔海老食べたかったし。人間界に行った時にフライが出てきてさ、美味しかったんだけど、魔海老ならもっと美味しくなると思うんだよね」

「油で揚げればいいんですか？」

「でもただ揚げるんじゃないわ。カリカリしたのがついてた」

「カリカリ？」

「それってエビフライのことですか？」

「そうそれ！」

首を傾げるミギさんとヒダリさんに簡単に説明する。エビフライは初めて聞いたそうだが、肉のフライは何度も出してもらっている。二人もすぐに理解してくれたようだ。

「それで、ですね。お二人に相談したいことがありまして。実は作りたい料理があるんですが」

エビフライと聞いてある料理が頭に浮かんだ。ハンバーグ、プリン、エビフライの載ったプレート料理——お子様ランチなら魔王様も満足してくれるのではないかと。

メモとペンを借りて、これらにオムライスを加えたお子様ランチのイラストを描いて説明する。オムライスには旗をさした。お子様ランチと言えば旗は必須。ここにはそれぞれに合ったイラストを描くといいかも、とぼんやりと考えている。

「こんな感じのプレートで、子ども向けの料理なんですが、大人が食べても美味しくて」

「この料理、絵本にあったものと似ていませんか？」

「海で漂っていたもこもこですね！」

彼らが指を差したのはエビフライだった。絵本のイラストはもふもふしていて気付かなかったが、言われてみればエビフライにそっくりだ。

「これにしましょう」

「私達の作ったハンバーグも載せてもらえて嬉しいです」

予定を少し変更して、夕食にはエビフライとオムライスも加わった。まずはお米を炊くところからスタートしなければいけない。エビフライの下拵えをしている間に土鍋を火にかける。

フランミェさんがたくさん食べるからと買ってきてくれた追加の土鍋も使って、大忙しだ。

だがずっと探していた『魔王様を楽しませる料理』の手がかりに辿り着けそうで心が躍る。ミギさんとヒダリさんも楽しそうだ。プレートに使えそうな皿を取ってきてくれる。それに旗用のピックも用意してくれた。

エビフライにオムライスと作った後は二人がイラストを参考に盛り付けてくれる。その間に私はピックに付けた紙にイラストを描いていく。

「これはダイリさんにしか出来ませんから。私はおたまの絵がいいです」

「重要な役目ですね。私は泡立て器がいいです」

リクエストまで受けて責任重大である。魔王様とマイセンさんの旗はケルベロス、タイランさんのはおにぎり、メティちゃんとグウェイルさんのはお花を描くことにした。

フランミェさんは私達の調理姿をずっと眺めていたので、彼女にもリクエストを聞くことにした。

「そうだ、フランミェさんはどんなイラストがいいですか？」

「アタシはプレートじゃなくていいよ。旗もいらない。アタシだけ持っていたらシエルが寂しがるからさ」

「そう、ですか？」

「その代わり、オムライス大きくしてよね」

「それはもちろん！」

グッと拳を固めれば、さすがダイリと楽しそうに笑った。ちなみにエビフライもハンバーグも特盛である。多めに作っていたカスタードプリンもつけるつもりだ。

お子様ランチの盛り付けが終わり、大人たちのプレートにはプラスで作ったサラダなどが盛り付けられていく。ちなみにマイセンさんは魔王様と同じ料理で、大きさだけが異なっている。やはり同じ内容が良いだろう。

私達の分のオニオンスープをよそうと、タイミングよくタイランさんがやってきた。

「腹減った。そろそろ出来たか？」

「ちょうど出来たところですよ」

最近、ご飯の香りに釣られてやってきているのではないかと思うほどだ。本人曰く、キリが良い時に来ているらしいが。温かいうちに食べてもらえてミギさんとヒダリさんも嬉しそうだ。

タイランさんは並べられた料理を覗き込み、頬を緩ませる。

「今日はプレートか」

「お子様ランチです」

「夜なのにランチなのか。いろいろ載っていて豪華だな」

「ダイリさん考案ですよ」

「タイラン、見てください。私達の旗です」

ミギさんとヒダリさんのお気に入りは旗らしい。タイランさんに自慢している。彼もおにぎりが描かれた旗をじいっと見つめている。あれが自分のだとすぐに気付いたようだ。

「こういうのいいな」

ぼそりとつぶやいた言葉に、私は心の中でガッツポーズをした。

魔王様とマイセンさんも喜んでくれるといいのだが……。今から持っていくとだけ連絡して、マイセンさんの執務室へと向かう。二人とも食べているのはおやつだけだからお腹がいっぱいということはないだろうが、少しだけ緊張してしまう。

深く息を吸って、吐いて。そしてゆっくりとドアを叩いた。

「ダイリです」

「うむ、入れ」

「今日はご飯をお持ちしました」

キッチンワゴンを転がしながら中に入る。私の言葉にマイセンさんは首を傾げ、魔王様は目を輝かせた。ずっと楽しみにしていたらしい。

「出来たのだな！」

「はい。気に入ってもらえるといいのですが」

綺麗になった机に、魔王様とマイセンさんのお子様ランチを並べる。魔王様は早速旗を抜き取り、マイセンさんに自慢する。

「旗があるぞ！　兄上と一緒だ」

「本当だ。お揃いだな」

「うむ！」

次に魔王様が目を付けたのはカスタードプリン。デザートだが、順番関係なく食べられるのがお子様ランチの良いところだ。

「これはカスタードプリンといって、とても美味しいのだ」

「絵本にもあったな」

「兄上も食べてみてくれ」

魔王様に促され、マイセンさんはオムライス用に付けていたスプーンを手に取る。そのスプーンでプリンをいっぱい掬ってパクリと食べた。

「ああ、美味いな」

「そうだろう」

「メビウス、これはエビフライ。兄上が人間界で食べた人間の料理だ。美味いぞ。食べてみるといい」

魔王様もマイセンさんも、お互いが知っている料理をオススメしながら食べ進めていく。魔王様はとても楽しそうで、何を食べていいか分からないと悩んでいたことなどすっかり忘れている。

魔王様はきっと、特定の何かが食べたかった訳ではなく、マイセンさんと味以外も共有しながら何かを食べたかったのだろう。喜んでもらえて良かった。

料理を楽しむ二人に断ってから部屋を出る。キッチンに戻った後はメティちゃんとグウェイルさんにもお子様ランチを持っていく。二人もやはり旗が気に入ったらしい。

「お花だ！」

「これはもらっていいのか？」

「はい。どうぞ」

大したものではないけれど、ここまで喜んでもらえれば嬉しいものである。お礼にもらったお花を抱きしめながらキッチンへと戻る。するとタイランさんまでもが旗をポケットに入れていた。

食べ終わった後は全員が笑顔で皿を返しに来てくれた。皿を洗いながら、作ってよかったとミギさんとヒダリさんと一緒に喜んだ。

今日はいい夢が見られそうだ。幸せな気持ちでベッドに入った。

『お母さん、お花あげる』

『わぁ綺麗なお花ね』

『絵本読んで』

『ちょっと待ってね。あれ、お父さんは？』

『まだお休み中』

『昨日遅くまでお酒飲んでたからだよ』

『そっか。じゃあ寝かせてあげよう』

昨日は美味しいお酒が手に入ったからって、村の男の人達で酒盛りをしていたんだっけ。女性陣は先月、お茶会を開いたのだ。王都にいるお貴族様の真似をして。といっても並ぶのはおしゃれなお菓子なんかじゃなくて、いつも通り、木の実で作ったケーキだけど。楽しかったなぁ。

ジュードによく似た娘からもらったお花を瓶に入れて、私によく似た息子から絵本を受け取る。

私が椅子に腰かけると、二人とも一斉に私の膝を狙いだした。二人とも読み聞かせの時は決まって膝に載りたがるのだ。私が俺がと競い合っている。

『昨日はお兄ちゃんがお膝に座ったんだから譲ってよ』

『いや！』

『喧嘩しないのよ』

『喧嘩じゃないよ』

『俺達いい子だもん』

子ども達がそんな言い訳をすると、二つの頭に大きな手が載った。ジュードだ。まだ眠そうで、髪はぼさぼさとしている。

『お母さんを困らせちゃダメだ。ほら、俺の膝もあるぞ』

『お父さんの膝、固いから嫌』

『お母さんの膝が良い』

『なんだと⁉』

散々な評価だ。ジュードはわざとらしく驚いて見せる。そして息子の脇に手を入れて天井付近まで一気に持ち上げた。

『どうだ！』

『やあああ』

息子は叫びながらも、その表情は嬉しそうだ。その様子に、娘もジュードに向かって両手を上にあげた。

『私も！　私もやる！』

『おお、やるか』

いつもの幸せな光景。そのはずなのに、何かが違うと私の中の記憶が訴えている。そういえば子ども達の名前はなんだったか。二人のことは心から愛しているはずなのに、名前の部分に靄がかかってしまったような気がする。思い出したい。けれどそう思った途端、目の前の光景に違和感を覚えていく。

机にこんなマットを敷いていたっけ。寝室は二階だっけ。木の実のケーキを最後に焼いたのはもう何年も前ではなかったか。お酒を飲んだのは本当にジュードだった？　起き抜けに酒臭いとさんざん言われたのは兄さんじゃなかったっけ？

そもそも、私はなぜここにいるんだろう。村にはいつ帰ってきたの？　子どもを産んだ記憶すらない。何が正しいのか分からなくなる。ぐちゃぐちゃになった記憶を整理するために、ジュードに問いかける。

『ねぇ』

けれど声をかけた瞬間、ジュードと二人の子ども達は煙のように消えてしまった。そしてその煙は家具なども包み込み、私の目の前から様々なものを奪っていく。止めて、といくら叫んでも止まることはない。失っていくそれから目を背けたくて、両手で目を覆う。

『これは夢だ』

そう繰り返して蹲る。そう、これは夢。だがいつから夢なのだろう。目の前から大切なものがなくなっていくところ？　それとも目の前にあった光景全てが嘘なのか。正解が分からず、手の中には涙ばかりが溜まっていく。

そんな愚かな私の名前を呼ぶ人がいた。幼い子どもの声だ。

『ダイリ。そんなところで座り込んでいないで帰るぞ』

『帰るってどこへ？』

前を見るのが怖くて、手を外さずにそう投げかける。声の主は困ってしまったようだ。うーむと長く考え込むような声を漏らす。そして座り込む私に合わせるようにしゃがみ込む。

『なぁ、ダイリ。ダイリが行きたいのはどこだ。魔法を使えばどこへでも連れて行ってやれるぞ。好きな場所を言うといい』

『好きな、場所？』

『どこでもいい。我が連れて行ってやろう』

私の好きな場所はどこだったか。穏やかでゆっくりと時間が流れる村や、忙しいけれど毎日がやりがいに満ちていた王都の教会？　どちらも私の大切な場所だった。けれど今は好きだと素直に口にすることが出来ない。それでも魔王城だけは、美味しそうな香りと優しさで満ちたあの場所だけは今の私を受け入れてくれる気がするから。消えそうな声で『魔王城』と口にした。

『そうか。じゃあ行くぞ。ほら、我に摑まるのだ』

声の主は私の手を引いた。そして私は両手で覆っていた目でようやく前を見た。魔法をすぐに展開してしまったから、顔はよく見えなかった。けれど繫がれた手はとても小さくて、じんわりと温もりが伝わってくる。この温もりを私はよく知っていた。


眩い光に包まれて、目を覚ませばそこは魔王城の私の部屋。全て夢だったと理解して、ようやくあれが悪夢であったことを知る。私をあの場所から救い出してくれた小さくて温かな手の持ち主はここにはいない。きっとまだベッドですやすやと眠っていることだろう。

だからボロボロと涙を流す顔なんて見られずに済む。魔王様には見せられるはずがない。だってあの夢は私が求めていたものだから。

目が覚めたからこそ分かるのだ。女の子から差し出された花がメティちゃんからお礼としてもらった花だったこと。読んでほしいと言われた絵本は、マイセンさんが魔王様に読み聞かせた絵本だった。ミギさんとヒダリさんと何度も何度も繰り返し読んだ。内容もイラストも頭に入っている。

知らず知らずのうちに魔王城での生活を、自分が得られなかった未来に重ねてしまっていること が恥ずかしくてたまらなかった。そしてまだなお、ジュードとの未来を摑もうとしていた自分が惨めでたまらない。

恥ずかしさと惨めさと悔しさを流すため、シャワーを浴びる。少しだけ綺麗になった後でキッチンへと向かう。

そして私はまた懲りずにラズベリーパイを焼くのだ。ラズベリーパイを紅茶で流し込む度、胸が苦しくてたまらない。不毛なことだと、自分でも思う。

それでも何度も焼くのは、パイと一緒にジュードとの思い出を消化してしまいたいから。終わりなんていつ来るのか分からない。終わりが見えずとも、私はこの行為を繰り返す。それが今の私が唯一思いつく、過去と決別するための方法なのだから。

§三章§ ラズベリーパイはもう焼かない

「ああ、上手くいかない！　どうやったら綺麗な三角になるんだ」

「片手を皿に、もう片方でお山を作りながらこうやるのです」

「美味しくなってくださいと願うのも忘れてはいけませんよ」

「簡単に言うなよな……」

「慣れですよ」

「作っているうちに上手くなります。料理とはそういうものです」

タイランさんはミギさんとヒダリさんに挟まれ、おにぎりを握っている。昼食を作り始めようとした頃にキッチンへとやってきて、今日は自分もおにぎり作りに参加すると言い出したのだ。

先日、ミギさんとヒダリさんが買い付けに行った際に夕食作りを手伝ってくれた彼は、その時何らかの心境の変化があったらしい。

ということで、タイランさんを本日の焼きおにぎり担当に任命した。焼きおにぎりに塗る醤油ダレはこちらで用意するが、それ以外は任せるつもりだ。塗ることと焼くことはすでに経験済みなので難しくはないだろう。

私はすぐに自分の担当分のおにぎりを握り終え、味噌汁作りに取りかかる。ミギさんとヒダリさ

suterareta seijoha okosama maou no oyatsugakari ni narimasita

んは先におかずを作り、喜々としておにぎりの作り方を説明している。タイランさんが七輪で焼きおにぎりを焼くようになった時も嬉しそうだった。

料理仲間が増えた感覚なのだろうか。それとも彼が食事というものへの興味を強くしたことが嬉しいのか。

「こうか？」

「初めより上手くなってきましたよ」

「その調子です」

タイランさんには悪いが、今のミギさんとヒダリさんは完全に子どもに料理を教える大人のふるまいだ。魔王様がパウンドケーキを手伝ってくれた時の、私と魔王様の関係のよう。

タイランさんは難しい本もスラスラと読んでしまうので、ここまで苦戦している姿を見るのは初めてだ。しかもその内容がおにぎりの握り方とは……。

「こうなると初めのおにぎりの形も直したくなってきたな」

「握りすぎはよくないです」

「お米が潰れてしまいます」

「だが食べづらくないか？」

「多少食べづらくても構いませんよ」

「タイランが頑張って握ってくれたものですから」

「そうか」

料理において最も重要なのは食べる相手のことを考えることだ。食べる相手がいない料理は存在しない。自分自身でもいい。誰かしらがそこにいるはずなのだ。

今回ならタイランさんとミギさんとヒダリさんと私。相手の顔を想像しながら作られたものほど美味しいものはない。だからミギさんとヒダリさんは私やタイランさんが作った料理をとても喜んでくれるのである。私も焼きおにぎりが完成するのがとても楽しみだ。

タイランさんを微笑ましい気持ちで見守りながら、鍋に味噌汁の具材を投入した。

「出来た！」

昼食が揃ったのはいつもよりも少しだけ遅い時間。いつもよりも楽しみな食事を前に、みんなお腹はペコペコである。各々自分が作った料理を盛り付けて、隣の部屋に運んでいく。

「初めはタイランの焼きおにぎりから食べましょう」

「焼きたてが美味しいですからね」

「なら私も……」

三人で焼きおにぎりに手を伸ばす。タイランさんはどこかソワソワとしている様子でこちらを見つめている。けれどすぐに恥ずかしくなったのか、スッと視線を逸らして焼きおにぎりに手を伸ばした。

「美味しいです」

「焼き目もバッチリですね」

手の中に収まるサイズのおにぎりは私が普段食べているものと同じ。けれどミギさんとヒダリさんとタイランさんが食べているおにぎりは私のよりも大きい。私の分だけ別の大きさで作ってくれている。そんな小さな気遣いが嬉しくて頰が緩んだ。

「そこまで喜ばなくてもいいだろうに」

タイランさんはおにぎりの隙間からムスッとしたような声を出す。耳が赤くなっているのを私達は見逃さなかった。三人で顔を見合わせて、再び焼きおにぎりにかぶりつく。

「今度は味噌の焼きおにぎりも作って欲しいです」

「また手伝ってください」

ミギさんとヒダリさんはユラユラと揺れながら次を求める。タイランさんも褒められて恥ずかしそうではあるものの、悪い気はしないようだ。

「今度はもっと綺麗に握る」

そう小さく溢した。

しかも昼食後は皿洗いまで手伝ってくれた。こちらは開発中の魔法道具作成に役立てるためらしい。モコモコと泡立てたスポンジを見下ろしながらブツブツと呟いていた。最近は魔法道具作りに力を入れているようだが、またマイセンさん絡みなのだろうか。

モコモコした泡を見ながら、ケルベロスのお風呂用だったりして……なんて私なりに予想を立ててみる。魔法道具を使っても手で洗った時と変わらずケルベロスは嫌がるのだろう。死んだ魚のような目をした彼らの顔が目に浮かぶ。

食器を片付けた後、タイランさんを見送る。そして彼の姿が見えなくなってから、ミギさんとヒダリさんの元へと戻る。

「ミギさん、ヒダリさん。少しお話ししたいことがありまして」

「タイランが来る前に言っていたことですね」

「はい」

タイランさんがキッチンに来る少し前。私は二人にとある話をしようと思っていた。だがタイランさんに聞かれてしまうと都合が悪い。その話というのはお米関係のことである。

この短期間でおにぎり、オムライスと来て、おはぎも受け入れてもらえた。ならば！　と私は次のステップに進むことにした。

「おもちという料理を作りたいんです。もち米を潰したおはぎみたいなものなのですが、とても美味で！」

おもち作りをしたいという主張である。正直、おこわ作りにするかとても迷った。おこわならおにぎりに出来る。だがせっかくタイランさんが焼きおにぎりを気に入って、自発的に作ろうと言い出したのにまた違うおにぎりを作ってしまうのはあまりにももったいない気がしたのだ。

タイランさんはおこわのおにぎりも焼きおにぎりも食べると言ってくれると思うが、両方食べてくれるとは限らない。焼きおにぎりはもういらないと言い出す可能性もゼロではないのだ。

もちろん彼がそんな刺々（とげとげ）しい言葉を吐くとは思っていない。だが好んで食べていたものに手を付けなくなってしまったら同じなのだ。

ならばおもちという、おにぎりと同じお米の料理であっても見た目も食感も全く異なるものを作り、焼きおにぎり担当と焼きもち担当を兼任してくれた方が嬉しい。

そしておにぎりの代わりに出てきたものではなく、おもちはおもちとして受け入れてほしいと思う。

わがままが過ぎるかもしれないけれど、試してみたいと思ったのだ。

「米を潰すのですか？　ふっくらしていて美味しいのに」

「でもおはぎはおにぎりと食感が違いましたよね。粘り気があるというか」

「そうなんです！　温かいうちに潰すことでよりもちっと感が楽しめて」

おもちは美味しい。おはぎも美味しい。正直、おはぎを食べてもらった時点で満足しても良いような気がしている。だがおはぎとおもちは別物である。同じきなことあんこをトッピングしたとしても食感がまるで違う。

特につきたてのおもちというのは他のものとは比べることが出来ない。完全にジャンルが違う。温（ぬく）もりの残ったおもちをのびーっとさせながら食べる時特有の、特別感というか贅沢（ぜいたく）感がある。

ちなみに前世の実家では白もちの他に、エビもちとごまもちを作っていた。白もちに砂糖を混ぜると長持ちすると聞いたこともあるが、我が家は皆、できたてのおもちを食べたいという欲が強かった。長期保存方法など試す機会はなかったのである。

なので親戚が集まる時以外は一気に大量に作ることはしなかった。そのせいで毎回、これだけしか作らなかったっけ？　と首を傾（かし）げていた。それも自家製のおもちの醍醐味（だいごみ）の一つである。

今回はおはぎやおにぎりと比較してもらうためにもシンプルに白もちを作ろう。きなことあんこを付けるのもいいが、砂糖醤油をつけたもちを七輪で焼くのもいい。スープに浮かべて雑煮風にするというのもまた美味しそうだ。ならおしることというのも……。

魔王様はあんこを気に入っているので、きっとおしるこも喜んでくれることだろう。私の中のおもちを作ろう計画がもくもくと膨らんでいく。後はミギさんとヒダリさんにいかに興味をもってもらうか、である。

「あの国でお団子を食べたのですが、あれと似たような感じですか？」

「お団子は団子粉という、おにぎりのお米ともち米を混ぜて挽いたものを使っていると聞きました」

団子も知っているのか。ミギさんとヒダリさんは買い付けに行く度、あの国のご飯やおやつを食べて帰ってくる。今まで知らなかった料理を知り、味を知るために。料理人としての探究心であることは分かっているが、日本によく似た国を知ろうとしてくれていることが嬉しい。

だから最近の私は以前よりも、食べたい・作りたいという欲が前に出てしまう。

「おもちはお団子よりさらにもちっとしていますよ」

「お団子より！　それは凄いですね」

「ダイリさんが教えてくれるものは美味しいものばかりなので楽しみです」

もっと自重した方がいいのかなと思うこともあるが、毎回ミギさんとヒダリさんは喜んでくれる。新しい料理に関する情報が増えることが嬉しいようだ。だから次はこれも、と試したいものがどんどん増えていく。

「どのくらい潰すかで食感も変わってくるので、調整しながら作れるところも魅力です。後、しょっぱいのと甘いの、両方作れます」

「ますます気になってきました」

「早く食べたいです。でももち米は浸すところから、ですよね」

おやつと夕食を済ませ、寝る前に三人でキッチンに集まる。もち米を洗って浸水させたものを冷蔵庫に入れた。


翌朝。前回同様、もち米を蒸し器にセットして蒸していく。ちなみに臼と杵なんてものはない。大量に作るならまだしも、数人分作るだけならそんな立派なものはいらない。

木製の麺棒と簡単に壊れない器があれば十分。前世の感覚だと炊飯器のお釜やすり鉢、ボウルあたりが無難だ。使わなくなった炊飯器の釜を取っておくと意外と役に立つものである。といっても魔王城に炊飯器のお釜はないので、今回はボウルを使用することとする。

タオルを巻いたボウルに蒸したてのもち米を入れ、少量の水をかける。麺棒には付与魔法をかけた。半分くらいまで湿らせるのを忘れてはいけない。臼と杵を使ったもちつきでも濡らした手でもちをひっくり返したり、杵を濡らしたりしている。あれと同じだ。もちがくっつかないように、そしてもち自体に水分を含ませる目的がある。

麺棒でついてこねて。水気が足りなくなったら、少量の水を追加する。少量ずつというのがポイントだ。入れすぎるとべちゃべちゃになってしまう。

もちつきと考えると分かりづらいかもしれないが、白玉で考えると分かりやすいと思う。前世で売っていた白玉粉には大抵『水を複数回に分けて入れてください』と書かれているのだが、説明を読まずに失敗してしまった人は簡単に想像がつくと思う。

私が前世で初めて白玉を作った時、見事に失敗した。あれはまだお菓子作りを本格的に始める前のこと。それよりも前に、祖母や母の手を借りずに作ったお菓子はあったが、盛大に失敗したのは白玉が初めてだった。

練っても練っても粉は水っぽいまま。ボウルの中の水を捨てても白玉は綺麗に丸くなることはない。なんとか丸めて鍋に入れたとしても、お湯の中に吸い込まれるように延びていくのである。結局、母に泣きついてもう一袋開けることとなった。

そんな懐かしい話はさておき、水は入れすぎると後で取り返しがつかなくなるものである。少ない分には足せばいいので、慣れるまでは少ないかなくらいで止(や)めておく。

ペタペタとついてはたまに形を整えるように練る。もちろん手でひっくり返すのもアリだ。そしてまだお米の形が残っているところは積極的に潰していく。

「なんだかパン生地みたいになってきましたね」

「ふっくらツヤツヤですね」

「ミギさん、ヒダリさん。あんこときなこの用意をお願いしてもいいですか?」

「皿も出しておきますね」

「ありがとうございます」

おもちを食べ慣れない彼らが喉(のど)に詰まらせないよう、おはぎの時よりも小さなサイズに丸めていく。今回は三種類に分けることにした。あんこときなこ、そしてそのままのおもちである。白もちは七輪で焼いたものに醤油を付けて食べる。しょっぱいおもち枠である。

今まで魔王様に出したおやつはどれも甘いものばかり。ホットサンドだけが例外だが、醤油の塩味はまた種類が違う。お子様ランチも気に入ってくれたようなので、こちらも受け入れてもらえるといいのだが……。

あんこときなこのおもちを作ってから、魔王様とマイセンさんのおもちだけ先に焼く。醤油を入れた小皿と三種類のおもち、それから温かい麦茶をワゴンに載せる。

ミギさんとヒダリさんは自分で焼くそうだが、タイランさんはどうだろう。魔王様達におやつを届けた帰りに声をかけてみることにしよう。

ワゴンと一緒にマイセンさんの執務室に入る。魔王様は私の顔を見て、せっせと机の上を片付け始めた。マイセンさんは自分の椅子を用意している。二人ともおやつを食べる準備は万端だ。空けてもらったスペースに本日のおやつをセットする。

魔王様は皿をじいっと見つめる。そして輝いた目を私へと向けた。

「おはぎだな！」

「いえ、これはおもちです。おはぎと似ているんですが、こっちのほうがもっちもちです」

「もっちもっち……」

「喉に詰まらせないように、少しずつ、ゆっくりと食べてくださいね」

魔王様はフォークを手に取り、背の部分でツンツンとしている。押してもゆっくり戻るのが楽しいのか、あんこときなこと来て、焼きもちにもフォークを伸ばす。そして前の二つにはあったはずの弾力が少ないことに肩を落としている。そしてまたあんこときなこに戻っていった。

　食べ物で遊ぶのは良くないが、ぐちゃぐちゃやボロボロにしている訳ではなく、あくまで感触を楽しんでいるだけ。なにより魔王様は毎回ちゃんと残さず食べてくれるので気にしないことにした。

　あまり長く遊んでいるようならマイセンさんが注意してくれるだろう。

「マイセンさんも気を付けて見てもらえると嬉しいです」

「この俺がメビウスから目を離す訳がないだろう。ところでこの白いのはなんだ？　おはぎの時は二種類だけだっただろう。きなことあんこ、だったか？」

　彼も焼きもちが気になっていたようだ。それに醤油も。魔王様も手を止めて「我も気になるぞ！」と声をあげた。

「それはきなことあんこを絡める前のおもちを焼いたもので、そこの小さな皿に入っているお醤油をつけて食べてください。前の二つと違って塩気が効いてきて、こっちもオススメです」

「なるほど」

「今日は麦茶を用意しておりまして、こちらのポットにおかわりもあるので飲んでくださいね」

　そう説明しているうちに、魔王様は焼きもちにフォークを突き刺し、醤油の皿に浸し始めた。そして醤油が垂れないように顔を前に出してかぶりついた。もち～と伸びることに目を丸くしたが、気に入ってくれたらしい。んん～と声を漏らしながら、左手をぶんぶんと振っている。

「メビウス、美味いか？」

「うむ！　これは麦茶と合う味だ。兄上も早く食べてみるといい」

「分かった」

マイセンさんも魔王様と同じく、焼きもちに醤油を付けて食べ始める。

「うん、美味いな」

「ダイリ、我は甘いおやつも好きだが、こういうのも好きだぞ！」

すでに焼きもちを食べ終えた魔王様は、自分の好きを主張することも忘れない。マイセンさんも醤油を付けながら黙々と食べている。気に入ってもらえてよかった。ホッと胸を撫で下ろす。

二人の喜ぶ姿に満足した私は部屋を出た。キッチンに戻る前、タイランさんの部屋に立ち寄る。もち米を蒸して丸めたものを七輪で焼いて醤油を付けて食べるのだと説明したところ、すぐに返事が返ってきた。

「片付けが終わったら行く」

さすがタイランさん、お米の食べ物には目がないようだ。キッチンに戻ると、すでにミギさんとヒダリさんが七輪の用意を済ませていた。麦茶とおもちと七輪を持って、隣の部屋に移動する。七輪の炭に火をつけた後、窓を開けるのも忘れない。異世界でも魔界でも換気は大事なのだ。

タイランさんが来る前に焼きもちを始めるのも……と思い、先にあんこときなこのおもちを食べることにした。

「おはぎとは食感がまるで違いますね」

「よく伸びます。美味しいです」

「焼きもちも期待していてくださいね」

そこからしばらく普通の会話をしていたのだが、七輪が温まり始めるとミギさんとヒダリさんはそわそわとし始めた。すでにあんこときなこのおもちを食べ終わり、白もちだけが大皿に山を作っている。

「タイランはまだでしょうか」

「焼きもちも早く食べたいです」

食べ始めてもいいのでは？　とその目が訴えている。そしてワゴンからスッと一枚の皿を取り出した。焼けたもちを取り分けるために用意した皿である。これにタイランさんの分を取り分けておけばいいのではないかと言いたいのだろう。

最近食にわがままになってきた私だが、ミギさんとヒダリさんもなかなかのものである。

「……先に食べちゃいましょうか」

そう告げれば、二人とも目を爛々と輝かせた。大皿に載っているおもちの四分の一を空いている皿に取り分ける。そして大皿に残った白もちをせっせと七輪の上に並べ始めた。

「実は一度やってみたかったのです」

「私もひっくり返したいです」

どうやら彼らも七輪を使ってみたかったらしい。思えば準備をしてもらうことはあれど、焼くのは私かタイランさんがやっていた。待てなかったのは焼きもちが早く食べたかっただけではなかったようだ。

「私の分もお願いしちゃっていいですか？」

「もちろんです」

「いつも見ていましたから、しっかりと焼いてみせますよ」

トング片手に凄い気合いの入りようである。焼く係は二人に任せ、私は焼き目の付くおもちを見守ることにした。

「そういえばまだ炭ってありましたっけ？」

「そろそろなくなるので、買ってきてくれるよう頼んでありますよ」

「ありがとうございます」

ほどほどに焼き目が付いたおもちは七輪からおろされ、各々の皿に移される。焼いてすぐには食べられないのは焼きおにぎりで履修済みである。

麦茶を飲みながらほどよい熱さになるのを待つことにした。すると外からタタタと誰かが走る音が聞こえてきた。タイランさんにしては音が軽すぎる。そもそも走っているところを見たことがない。

魔王様かケルベロスかメティちゃんが妥当だろうか。立ち上がり、廊下に顔を出す。すると足音の主、メティちゃんが私の元へとダッシュしてきた。

「ダイリちゃん、大変、大変。大ニュースなの！」

「何かあったの？」

「これ見て！」

差し出されたのは一冊の絵本。最近似たようなことがあったが、子ども達の間で絵本が流行っているのだろうか。オルペミーシアさんが、マイセンさんに頼まれて子ども向けの絵本を増やしたと言っていたことを思い出す。

あの時の魔王様と今のメティちゃんの違いは息が乱れていること。私に仕入れたばかりのニュースを伝えるため、どこかから急いでやってきたらしい。興奮した状態でペラペラと絵本を捲り始めた。そしてとあるページの端っこを指さした。

「ここにね、メティの知らない草があったの！　おじいちゃんのお手伝いいっぱいしてるのに」

「ああ、道ばたによく咲いている花だね。黄花っていうんだよ」

村にいた頃だけではなく、王都に来てからも度々目にしていた。教会の脇にも生えていて、わりとどこにも咲いている花である。名前の由来は黄色い花だから。前世では黄色い花全般に使われる言葉だったが、今世では黄花といえばこの花を指す。見た目はタンポポに似ている。もっとも咲く時期は違うのだが。

久しぶりに見るその花に懐かしさを覚える。けれどそんな私とは正反対に、メティちゃんは口を開いたままふるふると震え出した。

「ダイリちゃん、これ知ってるの？」

「人間界では有名な花で、この花が咲くとそろそろ寒くなるよって言われてたんだ」

「そうなんだ……」

メティちゃんは肩を落とした。この反応を見るに、魔界では見られない花らしい。

「この花なら多分、タイランさんに頼めば人間界から摘んできてもらえるよ。頼んでみようか」

「ううん。いい。人間界と魔界だと土が違うから、あっちのお花がちゃんと育つか分からないっておじいちゃん言ってた。枯れちゃったら可哀想だもん」

「そっか」

タイランさんの使っている素材のように採取してきてもらえればと思ったのだが、メティちゃんはこの花を育てたかったらしい。内緒で持ってきてもらっても、植えた後に枯れてしまえば今みたいにしょんぼりとさせてしまうだけ。

でも落ち込んだままなのも可哀想だ。なんとか出来ないだろうか。それに人間界の花を植えたいと思うのはメティちゃんだけではない。私もその一人なのだ。

魔王城の庭に植えられている花はどれも景観を意識したもの。だが以前から人間界の花があればいいのになぁと思っていたのだ。その思いはケルベロスの捜索の時、メティちゃんに庭を見せてもらってからますます強くなっていった。

メティちゃんとグウェイルさんが育ててくれる花はどれも生き生きとしていて幸せそうだ。花以外でもいい。もっといろんなものを見てみたい。

けれどあくまで植物を育てるのはあの庭を任された二人である。新たな料理やおやつが作りたいと伝えるのとは訳が違う。だから私の心のうちに秘めておいた。だが今、メティちゃんと私に『人間界の花を育てたい』という共通の望みが生まれた。

黄花を育てるなんて今まで考えたこともなかった。だがあの花は人間界のどこにでも咲いている花であり、最も有名な花でもある。あの花が魔界に咲いたらどんなに素晴らしいことか。

なんとか実現出来ないかと考えていると、先ほどメティちゃんがやってきたのと同じ方向からグウェイルさんが走ってきた。

「メティ！　いきなり走り出すから心配したぞ」

「おじいちゃん。ごめんなさい……」

頭を下げるメティちゃんが、絵本を胸の前で抱きしめていることに気付いたらしい。グウェイルさんは事情を理解したようで、短くため息を吐いた。

「その花なら諦めなさいと言っただろう」

「……うん」

グウェイルさんだって可愛い孫の願いを叶えてあげたいのだろう。彼女が欲しているのがお花だからなおのこと。とても悲しそうな表情をしている。まるで大事に育てていた花が枯れてしまったかのよう。

「嬢ちゃん、うちのメティが悪かったな」

メティちゃんの手を取って、グウェイルさんはキッチンから去ろうとする。けれど『枯れる』というワードで、それとは正反対の植物を思い出したのだ。

「メティちゃん。このお花じゃないんだけど、人間界の植物にね、魔界でも育ちそうなものがあるんだ」

「本当に⁉」

「魔界で育てたことはないんだけど、すっごい強いハーブなんだよ」

前世ではアパート暮らしだったため、本格的なガーデニングはしたことがなかった。だがベランダではいくつか植物を育てていた。

まず初めに手を付けた植物は枯らすのが難しいと言われ、実際に手をかけずともぐんぐん育っていった。そしてあまりにも立派に育ちすぎてしまったため、育てたことを後悔することとなった。

地道に消費していたものの、一人で消費するには限界がある。あまりの多さに結局ほとんどを捨てることとなったが、罪悪感が凄かった。だがそこまで生命力が高い草なら魔界の土でも育つのではないかと思ったのだ。

「ハーブ、というと料理に使うあれか？」

「そうです。『ミント』というハーブで、おやつ作りにも使えるんですよ」

その植物とはミントのことである。前世の私はハーブなら料理に使いやすいと育て始めた。確か魔王城の食料庫にもあったはずだ。だからグウェイルさんも知っていたのだろう。メティちゃんは『おやつ』と聞いて目を丸くしている。

「食べるの⁉」

「うん。おやつに添えてもいいし、フルーツと一緒に水に入れておくとスウッとして美味しいんだよ」

「だが人間界の植物なんて上手く育つか……。やってみるのは面白いとは思うが、歴代の庭師が何度か試して全部枯らしたとか。水を差すようで悪いが、正直難しいと思う」

「ミントは生命力も高いので試すならピッタリだと思うんです！　すぐに手に入りますし」

枯れてしまったら可哀そうだが、歴代の庭師が育てた植物がどんな植物なのかグウェイルさんも知らないらしい。ただ『人間界の植物は魔界では育たない』という結果だけが受け継がれていたそうだ。

食事の文化がない魔界で植えたとすれば花である可能性が高い。ミントは見た目が華やかではないので、試されていないことだろう。グウェイルさんと歴代の庭師とでは育て方が違うかもしれない。なによりグウェイルさんは育てるのが難しいと言われた魔占花(ませんか)を見事育て上げたのだ。やってみなければ結果は分からない。

「私も手伝いますので！」

グッと拳(こぶし)を固めて後押しをすれば、グウェイルさんは諦めたように息を吐いた。けれど彼の表情は晴れ晴れとしている。

「嬢ちゃんがそこまで言うなら。俺だって人間界の植物を育てるのは初めてなんだ。手伝ってもらうからな？」

「もちろんです」

「それからメティ、上手く育たなくてもガッカリするんじゃないぞ」

「うん！」

メティちゃんも一緒にタイランさんにお願いしてくれるそうだ。彼が来るまでの間、ミギさんとヒダリさんが待つ部屋に戻ってメティちゃんとグウェイルさんにも焼きもちを振る舞うことにした。

二人にもハーブを育てることを伝えると大喜びでおもちを焼き始めた。

いくつかにきなこをまぶしていると、ようやくタイランさんが顔を出した。片付けに手間取っていたらしい。彼ももっと早く来られると思っていたのだとか。

グウェイルさんとメティちゃんも一緒におもちを食べていることに驚きながらも、いつもの席に腰を下ろした。横目でおもちが残っているのを確認して、心底安心したようだ。小さく息を吐いて、自分の麦茶を用意し始めた。するとメティちゃんが椅子から降りて、彼の横に移動する。私もメティちゃんの横に立つ。

「魔法使いさん。メティね、人間界の植物の種が欲しいの」

「今度人間界に行った時にミントの種を買って来てもらえませんか？」

「それは構わないが、人間界の植物は魔界では育たないと思うが……」

「ミントは強い子なんだって。魔界でも育つかもしれないの！」

「強い子？」

頭の上に大量のクエスチョンマークを浮かべるタイランさんに経緯を伝えた。育つ保証はないけれど、と。タイランさんは少し悩んだように空を見て、そしてグウェイルさんの方を向いた。

「土もいるか？　薬草を育てる時に使ったのでよければ合わせて買ってくるが」

「ああ、頼んだ」

「分かった。食い終わったら行ってくる」

「いいの⁉」

「これくらい大した手間じゃない」

タイランさんは「ちょうどやりかけのものは片付けてきたしな」と付け足しておもちを焼き始めた。

メティちゃんはぱあぁっと花が咲いたような笑みを浮かべる。そしてグウェイルさんの元に向かい、服の裾を引っ張った。

「おじいちゃん、早く準備しなきゃ」

「そうだな。端っこの空いているスペースに植えよう」

「うん！」

「それじゃあ庭に戻るか。お嬢ちゃん、美味いもんをありがとうな」

「おもち、美味しかった！　バイバイ、ダイリちゃん」

「またね」

二人を見送ってから、魔王様とマイセンさんにも報告することにした。

「では私は魔王様に報告してきますね」

タイランさんはまだおもちを食べている途中だが、彼が出かける前に伝えておいた方がいいだろう。彼も気にした様子はない。

「ついでにこの後、俺が出かけると伝えておいてくれ」

タイランさんはおもちを食べながらそう告げた。ミギさんとヒダリさん、タイランさんも「早い方がいいですからね」と頷いている。

私は席を立ち、マイセンさんの執務室へと向かった。そして魔王様とマイセンさんにキッチンでの出来事を伝える。

「それでこの後、タイランさんがミントの種を買って来てくれることになりまして」

「人間界で出されたデザートの上に載っていた葉っぱか」

「兄上、それは美味しいのか？　いや、ダイリが教えてくれたもので美味しくなかったものなどないからな。美味いに違いない」

「皿に載っていたからとりあえず食べたが、美味くはないな」

「美味くないものをわざわざ育てるのか。メティトゥールが満足するならまぁ……。花の世話を頑張っているようだしな。いいと思うぞ。我は美味しいものがよいと思うが」

魔王様の期待は大きかったらしく、すっかりしょげてしまった。唇を軽く噛みながら、自分の指を弄っている。だがマイセンさんが食べたのは飾りとして載せられたミントである。あれは彩りのために添えられたもの。

「果物を入れてフルーツ水、ハーブティーにしても美味しいですし、ミントシロップにすればいろんな飲み物で割れます。あとお風呂に入れてもいいと聞きます」

「お風呂？」

「目の粗い袋に入れてもみもみすると、ミントの良い香りが広がるらしいですよ」

「ふむ。それはいいな。ミントシロップというのは何と合うのだ？」

「そのまま水で割ってもいいですし、牛乳とも相性がいいみたいです。一番有名なのはお酒ですが」

すっかり機嫌が直った魔王様の後ろで、マイセンさんは何か考え込んでいる。「酒……酒……」と呟いている。もしや私が魔王様にお酒を出そうとしていると勘違いされているのではなかろうか。

「安心してください。魔王様にはお酒なんて出しませんので！」

話の流れで出しただけで、子どもに酒を飲ませるような真似はしない。魔人の年齢が見た目と比例しないとはいえ、見た目が子どもである以上ダメだ。飲みたいと言われても絶対に死守してみせる。そのためならりんご飴や他のおやつで釣るつもりだ。私が固い意思を表明すると、魔王様も私に続いてくれた。

「酒というのはよく分からんが、我は牛乳が好きだぞ！」

「私もまだミントミルクは未経験なので、ミントが育ったら一緒に飲んでみましょうか」

「うむ！」

「そうか……」

ミントを楽しみにしてくれる魔王様と打って変わって、今度はマイセンさんが肩を落とした。もしかして……。

「マイセンさんはお酒、好きなんですか？」

「昔は好きだったが、メビウスが生まれてからは止めた。何かの間違いでメビウスの口に入ったら大変だからな。それ以降だと人間界に行った際に出されたものを飲んだくらいだな」

「なるほど」

魔界でも子どもに酒は厳禁のようだ。それにしても禁酒の理由がなんともマイセンさんらしい。

私は酒を飲まないので今まで一度も気にしたことはなかったが、魔王城に来てから一度も飲むための酒を見なかった。キッチンにあった酒も食料庫にあった酒も料理用。合わせて数本ある程度。

魔人達に食事の習慣がないとはいえ飲み物は飲むのだ。シエルさんがハーブティーを嗜むように、酒を好む魔人がいてもおかしくはない。むしろ牛乳もオレンジジュースも紅茶もストックしてあるのに酒だけがないのは不思議である。

だがマイセンさんが魔王様の目から徹底的に避けたから、と言われればしっくりと来る。ではなぜこんなにも落ち込んでいるのか。彼はその訳を話してくれた。

「好きなのはフランミェだ。人間界で気に入ったものを魔界にもいくつか持って帰っていたはずだ。割って飲むとかで。その中にミントを使った物があったなと」

割る、というとミントリキュールのことだろうか。私は前世でも今世でもお酒を飲まなかったので、あまり詳しくはない。ワインはワイン、ビールはビールである。銘柄も産地も全く分からない。

今世でもそれは変わらず。私の酒の知識のほとんどは前世で培われたもの。それもスーパーかコンビニに陳列されていたもの、広告で見たもの、家族か友達が飲むものとごくごく限定されている。

ミントリキュールは友人の家にあったものだ。それもお手製である。私があげたミントで作ったらしい。リキュール作りに適した酒がスーパーで売られているらしく、わりと簡単に作れるのだと教えてくれた。だが詳しい材料と作り方は聞いていなかった。私が作るとしたらミントシロップだ。

フランミェさんがミントの酒が好きなら、ミントシロップを作れば貰ってくれるかもしれない。

ミントリキュールでなくとも、モヒートのように葉っぱのまま使うお酒もあるかもしれない。といっても私はモヒートくらいしか知らないのだが。それもビジュアルのみの知識なので、ミントの葉っぱとグラスに刺さっているライム以外何が入っているかよく分かっていない。

ミントが上手く育てられたら、とりあえずフランミェさんにも声をかけてみよう。それからシエルさんにも話しておかないと。お酒の方は分からないが、ミントティーは美味しい。ハーブティーをよく出してくれる彼女なら気に入ってくれることだろう。

「それで、いつ植えるのだ？」

「まだ正確な日取りまでは……」

「そうか。分かったら我にも声をかけるのだぞ。今度こそ一緒に植えるのだ」

以前、自分だけ魔占花の植え替えと球根植えに参加出来なかったことを気にしているらしい。絶対声をかけるのだぞ、と念押しまでしてきた。メティちゃんも魔王様が一緒だと伝えれば喜んでくれるだろう。グウェイルさんは少し緊張してしまいそうだけど。

マイセンさんはマイセンさんで「よくやった」と目で訴えている。魔王様に関係することはとても顔に出やすい。

ミントの種を蒔(ま)くのもマイセンさんにとっては魔王様の可愛らしい一面を見られるイベントのようなものなのだろう。ケルベロス捜索の際、お花を応援する姿を見られなかったことを気にしていたのかもしれない。

何はともあれ、楽しそうで何よりである。

「ところでダイリよ、おもちはもうないのか？」

魔王様はおもちが気に入ったらしい。皿もすっかり綺麗になっている。

「今日の分はもう終わりですが、明日はあんこの汁の中におもちを入れたおしるこというのを作ろうかなと思っています」

「おしるこ！　なんだ、それは。美味そうだな」

「美味しいですよ」

「楽しみにしておるぞ！」

「もちを入れるなら俺の分は焼いてくれ」

「分かりました」

マイセンさんは焼きもちが気に入ったらしい。魔王様は焼いたのと焼かないのの両方が食べたいとのこと。

ということで翌日もせっせとおもち作りに励んだのだが、これが予想以上に大好評。魔王様とマイセンさんはおしるこを気に入り、それから三日間にわたり、おもちをつくこととなった。アイス作りに続き、今回も付与魔法に感謝した。

ちなみにマイセンさん同様、焼きもちが気に入ったタイランさんは、焼きおにぎり担当と焼きもち担当を兼任することとなった。といっても彼の場合、あんこやきなこよりも醤油がいいらしく、焼いたものは端から醤油を付けて食べているのだが。

「ダイリちゃん！　ご飯食べたらお庭に来てね！」

「うん。タイランさんと魔王様、マイセンさんも誘っていくね」

メティちゃんからお誘いが来たのは、七輪でおもちを焼いた日から五日後のことだった。

なんでもグウェイルさんが人間界の植物を植えるのなら、とかなり気合いを入れて庭を整備してくれたらしい。魔王様とマイセンさんがお手伝いしてくれると伝えたのも大きいだろう。

タイランさんもタイランさんで、大量の土を買ってきた。薬草を育てる際に使っていた土といっても薬草によって土を変えていたようで、それら全ての土を買ってきたのだ。タイランさん曰く「ミント以前に土が馴染むかどうか分からないからな。人間界では適していた土も魔界では性質を変えるかもしれん」とのこと。グウェイルさんはいろんな土が試せて大喜びである。

朝食の前に魔王様とマイセンさんには通信機で連絡をしておく。土に触るということで魔王様には普段と違う服を用意しているらしい。着替えてから庭に向かうと言っていた。

私もあまりひらひらとしていない服を選んだ。シエルさんは汚れても大丈夫だと言ってくれたが、土汚れは洗濯が大変なのだ。汚れないに越したことはない。タイランさんには朝食を持っていってもらう際、メイドに伝言を頼むことにした。

「広い……」

食事を済ませて庭へと向かった私が目にしたのは、ミント用に作られたスペースだった。魔占花を植えた時と同じくらい広い場所が用意されている。整備したというよりも、魔獣舎側に庭を拡張したと言われた方がピンとくる。タイランさんは広い土の上に線を引いている。一定の間隔で四角い枠を作っているので、あれが種を蒔く目安となるのだろう。

「ミントが増えすぎないといいんですが」

「そんな心配せんでも、これだけの広さで蒔いて一部育てばいいくらいだろうよ」

グウェイルさんは笑いながらスコップを渡してくれる。するとすでにスコップと種の入った袋を持った魔王様とダイリちゃんがぶんぶんと手を振ってくれた。

二人の足元には小さなじょうろがある。メティちゃんの足元にあるじょうろは、ケルベロス捜索の際に見せてもらったものと同じだ。魔王様の足元にあるのはその色違い。メティちゃんの予備を貸してもらったのだろう。よく見ればスコップも私が渡されたものよりも少し小さく、持ち手の色がそれぞれ違う。

「ダイリ、こっちだぞ」

「ダイリちゃん、早く早く」

「今行きます」

兄妹みたいだ。なんて言ったらマイセンさんが反応してしまいそうなので、口に出すことはしない。そのマイセンさんだが、先ほどから端っこで小さな箱のようなものを弄っている。

真ん中にレンズのような穴があることから、以前タイランさんに頼んでいたカメラのような魔法道具だと思われる。眉間に皺を寄せているが、それだけ真剣なのだろう。おそらく使用されるのは今日が初めてで、ちゃんと作動するかどうかマイセンさんもドキドキという訳だ。

グウェイルさんも事情を聞いているのか、彼の元へと行って何か相談しているようだ。運動会の撮影準備をする保護者のようだ。

「どうかしたのか？」

「あ、タイランさん。線引きは終わったんですか？」

「ああ。一つの枠に決まった量を蒔いてくれ。土の性質と日当たりが違うから、どこかで育つといいといったところだな」

そう言いながら彼もその場にしゃがみ込む。魔王様とメティちゃんからミントの種を分けてもらい、せっせと蒔いていく。魔王様はメティちゃんにコツを聞きながら、ふむふむと頷いている。

「みんなでやると楽しいね」

「そうだね」

「我は土に触るのは初めてだが、こういうのもいいものだな」

「あまり押し込みすぎるなよ？」

「優しくふんわり、だな」

「魔王様上手」

「メティトゥールの教え方が上手いからだぞ」

魔王様から褒めてもらったメティちゃんはすくっと立ち上がった。そして少し離れたところで種を蒔いているグウェイルさんの元へと走っていった。

「おじいちゃん！　メティ、褒められた！　教え方上手だって言われたの！」

興奮気味で報告している。グウェイルさんも孫が褒めてもらえて嬉しいようで、頬が緩んでいる。いつも優しいグウェイルさんだが、今日は輪をかけて優しげな笑みを浮かべている。その後、おじいちゃんへの報告から戻ってきたメティちゃんはますますやる気を出し始めた。

それには魔王様も負けておらず、撮影班と化したマイセンさんにアピールしながら次の枠へと移っていく。良いアルバムかホームビデオが出来そうだ。

種蒔きが終わった頃を見計らってミギさんとヒダリさんがやってきた。

「お茶をお持ちしました」

「冷たいのと温かいのがありますよ」

飲み物を持ってきてくれたのだ。ありがたい。それを合図に皆、立ち上がる。グウェイルさんが敷いておいてくれたシートの上に集まって休憩することにした。私達は冷たいものを、グウェイルさんとマイセンさんは温かい紅茶で一服する。

「これはどのくらいで育つのだ？」

「発芽するまで十日、収穫までは三十日くらいかかるらしい。といってもこれは人間界での話だが」

「結構時間がかかるのだな」

「早いね」

魔王様とメティちゃんは正反対の言葉を口にする。花は種から育てると、開花まで数ヶ月かかるものばかりだ。種の状態から植物を育てるのは根気がいる。なのでお花屋さんでは切り花や種と苗の他に、すでにお花が咲いた状態のポットが売れるのである。

普段お花を育てているメティちゃんからすれば三十日なんてあっという間なのだろう。魔王様は目を丸くしている。

「そうなのか？」

「お花は育つまで結構かかるんだ。でもその分、綺麗なお花を咲かせてくれるんだよ」

メティちゃんは得意げにそう語る。同じ城に住んでいても知らないことはたくさんある。魔王様にとっては大発見が出来たようだ。ふんふんと真面目（まじめ）な表情で頷いている。

一休みを終えれば残りは水撒きだけ。二つの小さいじょうろに水を入れた時だった。突然、魔王様が振り返った。じょうろの水が少し漏れたが、それよりも気になるものがあるらしい。キョロキョロと辺りを見回して何かを探している。

「何の音だ？」

「え？　何か聞こえましたか？」

「いや、俺には何も」

私にも何も聞こえなかった。タイランさんも同じらしい。だが魔王様の耳には、確かに何かが聞こえたようだ。

「聞こえなかったのか？」

「メティには聞こえたよ。シャラシャラって音がした」

「小さな音がいくつも続いたな」

「うん！」

二人には同じ音が聞こえたらしい。だがグウェイルさんとマイセンさんに視線を向けると、フルフルと横に首を振った。ミギさんとヒダリさんも首を傾げている。

「どこから聞こえたんですか？」

「あっちだ」

「あっちから聞こえたの」

魔王様とメティちゃんが同時に指差したのは、庭の方向。いつも花を植えているところだ。

「我が案内してやろう」

「メティも行く！」

一旦じょうろを置く。すると私の左右の手を、魔王様とメティちゃんが握った。そして二人とも音が聞こえたらしい方向へグイグイと引っ張っていく。

他の大人達も気になるようで、私達の後に続いた。

「これだな」

「綺麗……」

辿り着いた先にあったのはタイランさんの花だった。それもケルベロス捜索の際に見せてもらった時はあったはずの氷が溶けている。周りを覆っていた氷がなくなったことで中の実は重さに耐えきれなくなり、ぼとりと落ちて割れている。実の中には大きさが異なるひし形の欠片がたくさん詰まっていた。割れた実から飛び出すように散乱している。淡い黄色の欠片は星の欠片みたいだ。

魔王様が試しに一つ拾い上げると、シャランと小さな音を鳴らした。二人が聞いた音の正体はこれだったらしい。メティちゃんも欠片を拾い上げ、欠片の音を楽しんでいる。

「タイランの花は楽しいな」

「メティと魔王様の音、少し違うね」

「ダイリもタイランも振ってみるといい。楽しいぞ」

ほれ、と差し出された欠片はほんのりと温かい。小さく振れば、魔王様ともメティちゃんとも違う音が鳴った。私の音は鈴の音に近い。そしてタイランさんが振った欠片からは少し低めの音が聞こえた。他の四人も魔王様とメティちゃんに欠片を渡され、音を出してみる。

「この手の花は初めてだな」

「今日は初めてがいっぱいだね！」

初めて見る花にグウェイルさんは目を見開いている。そしてメティちゃんと一緒に欠片を振った。

ミギさんとヒダリさんも並んでシャンシャンと音を出している。二人の音は似ているが少しだけ違う。そこも気に入ったようだ。

「楽しいですね」

「綺麗な音です」

「メビウス、楽しいな」

「うむ！」

マイセンさんが笑えば魔王様は大きく頷いた。ミントの種を蒔くだけの予定が思わぬサプライズである。タイランさんも楽しむみんなを眺めながら表情を柔らかくしている。

「これは宝箱に入れねば」

「メティも持って帰りたい」

「好きなのを持って帰るといい」

タイランさんははしゃぐ魔王様とメティちゃんの頭を撫でた。そして三人でしゃがみ込んで、お気に入りの音を探し始めた。

「タイランタイラン」

「私達もいいですか？」

「ああ。たくさんあるから好きな音を探してみるといい。ダイリも選んだらどうだ」

「ありがとうございます」

「兄上もこっちだ！」

「おじいちゃんも一緒に選んで」

　お気に入りの音を探すため、みんなで欠片を拾っては振ったり手の中で転がしたり。音の確認方法にも個性が出るものである。

　この花は植える人によって異なる花を咲かせるのだとメティちゃんは言っていた。同じ人が植えても毎回同じ花が咲くとは限らないのだとも。

　魔法を込める際、その人の想(おも)いも一緒に詰め込んでいるのではないか。それぞれが違う音を鳴らす欠片はまるで私達のよう。似ているようで、考え方も種族も使う魔法も異なる。けれど魔王城という場所で一緒に暮らしている。

　魔王城での時間をタイランさんも楽しんでくれていて、そんな想いが込められていたとしたら……。なんて私の希望でしかないけれど、そうだといいなと思うのは勝手である。

「良い音見つかったのか？」

「はい。とっても良い音が」

　それぞれ好きなように奏でる音こそ私のお気に入りの音だ。少し欲張りかもしれないけれど、タイランさんは否定しなかった。ただ「良かったな」と全てを見透かしたように笑うのである。

そんな私達の会話を耳にした魔王様はメティちゃんに何か耳打ちをした。そして二人でこちらへトコトコとやってくる。皿を作った小さな手には溢れんばかりの欠片が載っている。

「タイラン！　我のお気に入りを見せてやるぞ」

「メティのも見てみて！」

「随分たくさん持ってきたな」

「どれも良い音だぞ。タイランも聞いてみろ」

魔王様が合図を送るとメティちゃんはコクリと頷いて、二人で一緒に手を上下に振り出す。手の中の欠片は一斉に音を鳴らす。けれど音が邪魔しあうことはない。まるで一緒にいるのが当たり前かのよう。

「ああ、良い音だ」

「我が選んだのだから当然だ」

魔王様はふふんと胸を張る。メティちゃんもえへへと笑いながら魔王様の真似をして胸を張った。その後しばらく音を鳴らしていた二人だが、シエルさんが色違いの革袋を持ってきてくれると素直にその中にしまった。

城内から歩いてきたシエルさんが袋を取り出した時は驚いた。なんでもミント畑を覗いたのだが姿が見えず、探してくれたらしい。そして欠片を振っている私達を見つけ、袋が必要だろうと持ってきてくれたそうだ。

欠片を入れた袋はそれぞれ魔王様はマイセンさんに、メティちゃんはグウェイルさんに渡した。

大事なものは大人に託す、という考えは魔界でも同じらしい。

それから仲良くミント畑へと戻る。色違いのじょうろを手に、種を蒔いた土にたくさんの水を与える。魔王様とメティちゃんのじょうろは小さくて、何度も何度も水場へと向かう。けれど二人ともやりがいに満ちた表情で、トコトコと歩いていくのである。

「大きくなあれ」

「立派に育つのだぞ」

ミントに話しかけるように唱えながら。

そんな二人を眺めながらタイランさんは首を傾げる。

「魔法で出した水を使えば魔力が宿るかもしれないから使わないというのは分かるんだが、水を運んだりかけたりするのは魔法を使えばいいんじゃないか？」

もっともな意見である。私も言われて気付いた。だがグウェイルさんとメティちゃんはいつも魔法を使わずに水やりをしている。だからこそ魔王様はメティちゃんと一緒に水を汲んで運んで、水やりをしているのである。

ここで魔法に頼れば楽だよと伝えるのは簡単だが、魔王様はそれを望まないような気がした。彼が知りたいのはきっと普段のメティちゃんと同じやり方。メティちゃんが真剣に教えてくれるから真剣にお手伝いしてくれるのだ。

「今日くらいはいいんじゃないですかね。さぁタイランさんも手伝ってください。大人用のじょうろが加われば早く終わりますよ」

伝えるのは明日以降でいい。ミントのお世話はお手伝いすることになっているので、メティちゃんが離れたタイミングでグウェイルさんに話せばいいだろう。楽出来るならそうすればいい。何か理由があるのなら従うだけだ。

今はただ二人と同じように、大きくなあれと願いながら水を撒くのである。

——家庭菜園の延長のように考えていたことを後悔するなんて、その時の私は思いもしていなかった。

「地震⁉」

事件が起きたのは翌日の早朝。大きな揺れを感じて飛び起きた。前世からの習慣で窓や物の近くから離れて揺れが収まるのを待つ。しばらく揺れが続いたが、一旦収まったようだ。このタイミングで素早く着替える。着替え終わったらドアを開けて出口を確保。今のうちに顔も洗って髪を梳かしてちゃちゃっと身支度を整える。

次の揺れが来ないうちに外に避難をしなければならない。魔王様にはマイセンさん、メティちゃんにはグウェイルさんがいるから問題ないだろう。物を避けながら廊下の真ん中をズンズン進んでいると、前方からこちらに向かってシエルさんが歩いてきた。

「シエルさん！」

「ダイリ様。お会い出来て良かったです。ちょうどそちらに向かっていたところで」

「次の揺れがいつ来るか分からないので避難しましょう！」

「揺れの正体が判明いたしました。ミントです」

私の言葉とシエルさんの言葉はほぼ同時だった。彼女の口から飛び出した言葉があまりにも意外すぎて、少し固まってしまう。衝撃でパクパクと口を動かしていると、シエルさんは「ミントです」と繰り返した。

「皆様が昨日種を蒔いたミントが急成長した結果、大きな揺れを生んだとのことです」

「そんなことって……」

「信じがたいとは思いますが、魔王様がご確認なさったことなので間違いありません。現在、マイセンとタイラン様が詳しい調査を行っております。ダイリ様もご覧になりますか」

「はい」

状況を上手く飲み込めない。だが実際に見れば受け入れられるかもしれない。そう思ってシエルさんに付いて行ったのだが……。

「こ、これは」

私の知っているよりも大ぶりのミントが大量に育っていた。通常よりも成長が早い点は魔占花の時と同じ。だが明らかに違うのは、成長している場所が私が蒔いたところだけではないという点だ。

グウェイルさんが担当した場所にもミントがもっさりと茂っている。いくら繁殖力が強いといっても一晩でこんなに生えるはずがない。何らかの力が加わっていると考えるのが自然である。

ミントの周りで調査を行っているタイランさんとマイセンさんも首を捻(ひね)っている。

「さすがにダイリの付与魔法でもここまで育つはずがない。担当していない範囲も入っているしな」

「だが魔力の痕跡が残っているぞ」

「何の魔法だ？」

「分からない。こんな魔法初めて見た」

「マイセンでも分からない魔法なんてあるのか」

「魔法は常に進化している。今この瞬間も魔界のどこかで新たな魔法が生まれてもおかしくはない」

どうやらミント本体に魔法が使われているらしい。今回は私の無自覚付与魔法は関係ないらしく、ひとまずは安心する。だが私以外にも無自覚に魔法を使う人がいるということか。もしくは私達が種を蒔いた後に誰かが来て魔法をかけた、とか。だがこのミントには魔王様が関わっている。魔王城にいる者が勝手に手を出すとは考えられない。だからこそタイランさんとマイセンさんはウンンと唸りながら思考する。

「そもそもこのミントは本当に人間界のものなのか？　俺が食べた物と違うんだが」

「ああ。品種の違いじゃないか？」

「いや、根本的に魔力の流れが違う。魔界の植物に似ているな」

「魔力の流れが書き換えられている？」

「そう言われた方がしっくりとくるな。だがそんな魔法は知らない。なによりこの量をどうやって……」

犯人の姿は見えぬまま。一番厄介なのは一部ではなく、ミント畑全体のミントが影響を受けているところだ。植えた人どころか、使用している土も違う。日当たりだって微妙に違う。だからタイランさんは成長を比較するために線を引いていたのだ。

共通しているのは土の整備を行ったのがグウェイルさんであることと、みんなで水を撒いたということ。使用した水は全て水場から汲んだもので、その際に魔法などは使っていない。

そこまで考えて、とある可能性が生まれた。

「もしかして大きくなれって唱えている時に魔法を使ってたんじゃ……」

そう呟くと、タイランさんとマイセンさんが同時に振り返った。

「それだ！」

二人とも目を大きく見開いており、正直怖い。だが役に立てたようだ。マイセンさんは少し離れたところで仕事中の二人を見守っている魔王様の元へと駆けて行った。

「メビウス、水撒きの時に魔法を使ったか？」

「我はちゃんとメティトゥールの真似をしたぞ？」

なんだか怪しい回答だ。マイセンさんはメティちゃんの元へと走って行った。そしてしばらくすると頭を抱えて戻ってきた。一緒にやってきたグウェイルさんもなんだか落ち込んでしまっている。

「どうでした？」

「大きくなあれと応援しただけだ。いつもこうしていると。魔法を使ったのはほぼ確実だな。だが自覚がない。おそらくメティトゥール一人の力ではあまり効果はないために今まで気付かれなかったのだろう」

「完全にオリジナルの魔法だから、魔王も魔法を使っているという認識がなかったという訳か」

「俺が早く気付いていれば……すまなかった」

今回の騒動の発端がメティちゃんで、いつもかけていると言っているからなおのこと。自分が先に分かっていれば、と責めているのだろう。とはいえ、マイセンさんとタイランさんがしたかったのは原因の追究であって、責任を問いたいわけではない。

むしろタイランさんは理由が魔法であると知ったことで、少年のような純粋な目をしている。

「植物に特化した魔法か。いいな。魔界の植物についてはまだ研究も進んでいない。これを機会に手を伸ばしてみるというのもいいかもしれない」

タイランさんが今後の構想を広げていると、グウェイルさんの後ろから子ども達がおずおずと顔を出した。グウェイルさんに付いてきていたようだ。マイセンさんも気付いていなかった。二人の姿が見えるとバツが悪そうな表情になった。そんな彼の変化に、魔王様とメティちゃんは怒られると思ったようだ。仲良く手を繋(つな)ぐ二人はびくびくとしている。

「兄上、怒っているのか?」

「メティ、悪い子?」

「怒っていない。怒っていないからな。メティトゥールも何も悪いことはしていないぞ」

目を潤ませる魔王様とメティちゃんの誤解を解こうとマイセンさんは必死だ。二人に目線を合わせるようにしゃがみ込む。そして「怒っていないからな。ごめんな。怖かったよな」と何度も謝っている。

「本当に?」

「ああ。俺はただ自分が不甲斐なくてな。もしもこれが攻撃魔法だったら、俺の注意が足りなかったばかりに皆を傷つけていたかもしれない」

私達が種を蒔いている間、マイセンさんはずっと警戒に当たっていたらしい。すっかり落ち込んでしまっている。撮影に勤しんでいるだけだと思っていたとは口が裂けても言えない。

「敵意がなかったからじゃないですか？」

マイセンさんはもしも攻撃魔法だったらと言うが、今回の魔法は彼が警戒しているものとは性質が異なる。これはあくまで応援なのだ。誰かを傷つけるためのものではない。

「どういうことだ？」

「二人は純粋に植物に元気に育って欲しかっただけで、その気持ちが結果として魔法を発動させた。だからマイセンさんの警戒には引っかからなかったんじゃないかなって」

「だが俺にはメビウスを守る義務がある」

「ダイリの言う通りだ。子どもの純粋な気持ちだからこそ起こった例外だと考えればいいんじゃないか？　実際、魔王ですら魔法だと認識していなかったものを、魔界一の魔力で使用されたんだぞ。気付けというのはなかなか無理があると思う。それに魔法の性質ならダイリの付与魔法と同じだろ」

私の付与魔法はそういうものだったのか。意外ではあったものの、妙に納得してしまった。気持ちならたくさん込めた。タイランさんのベストにもおやつにも。

それは喜んでほしいという気持ちで、自分が思っている以上にダイレクトに伝わっていたことが少しだけ恥ずかしい。同時にマイセンさんに魔王様を狙っているのだと勘違いされていた本当の理由が分かってしまった。そこに込めていたのは確かに好意だったのだから。

「それは……」

マイセンさんが守ろうとしているのは魔王様だが、今回魔法を使用したのも魔王様なのである。自分を責めても意味がないと言いたいのだろう。タイランさんの言葉に、彼の気持ちはぐわんぐわんと揺れ始めた。

かなり効いている。そう感じたのは私だけではなかったようだ。グウェイルさんの後ろに隠れていた魔王様とメティちゃんは手を繋ぎ、トトトとマイセンさんの前までやってくる。

「我らは元気に育って欲しかったのだ」

「大きくなって欲しかったの」

純粋な子どもの目で見つめられ、マイセンさんは完全に折れた。深く考えるのを止め、二人の頭に手を伸ばす。そして優しい手つきで撫でた。

「そうだな。いっぱい出来て嬉しいな」

「とりあえず少し刈るか」

「もう食べられるのか⁉」

タイランさんの言葉に魔王様がすぐさま反応した。すっかり元気になったようで何よりだ。マイセンさんも少しだけ表情を緩めた。ホッとしたのだろう。

「いや、先に問題がないか確認する。食べるのはその後だな。刈り取るのは間引く意味もある。茎も通常のものよりかなり丈夫そうだからまだまだ育つかもな。手で刈ったものと魔法を使って刈ったものの二パターンを採取しておくか」

喜々として部屋に採取セットを取りに行ったタイランさんは、そこから数日かけてミントの解析に取り組んでくれた。その間、私達は水場の水を汲んで水やりをするなど、基本的なミントの育て方通りに世話をしていくことにした。

その際、水を運ぶのに魔法を使ってはどうかと提案すると、グウェイルさんはその手があったなと驚いていた。普段はここまで広い土地を使わないため、考えつかなかったようだ。思いついたのは私ではなく、タイランさんだと告げると「魔法のことで気付かされるとはな」と楽しそうに笑っていた。

これで水やりの手間はある程度省略出来るわけだが、問題は残っている。魔王様とメティちゃんの応援に張り切りすぎたミントの繁殖は、とどまるところを知らないのである。

解析で忙しいタイランさんと、他の花の世話もあるグウェイルさんはミントの間引きに積極的に参加することが出来ない。私が手作業でやるのにも限界がある。メティちゃんが手伝ってくれようとするのだが、いくら植物の世話に慣れているとはいえ、幼い子どもに草刈り鎌を持たせるのは危ない。そこで刃物の扱いを得意とする人物に声をかけることにした。

「今朝(けさ)刈ったばかりだぞ⁉」

「もうこんなに増えたんですか……」

「そう言わず、手伝ってください。お礼のおやつも出しますので」

マイセンさんとその部下の騎士さんだ。朝夕の二回来てもらうことにしている。マイセンさんは普通の剣で、騎士の彼は魔法の剣でザクザクと刈り取ってくれる。半分以上減らしてもまた半日もすれば元通りになってしまうのだから、ミントの繁殖力は恐ろしいものである。

いざという時はミント畑ごと焼いても構わないという話ではあったが、魔王様とメティちゃんが悲しむ顔が目に浮かぶ。だから焼くのは本当に本当の最終手段である。

害がないと判明したのは、ミントの種を蒔いてから五日が経った昼過ぎのことだった。食べるということで念入りに調べてくれたらしい。

「魔力の流れなどを中心に、魔界に適応するために若干変化したようではあるが、基本的には人間界のミントと同じだな」

「本当ですか⁉」

「ああ、早速刈り取って乾燥させているやつから使おう。どこにあるんだ？」

「麻袋に入れて庭に置いてもらっています。焼くと虫よけになるらしくて、庭ではすでに重宝してくれているみたいです」

虫よけ効果があることはミントを植える前から伝えていたが、思いのほか効果があるらしい。花の葉っぱを食い荒らす虫が近づかなくなったそうだ。今ではミントを焼くための箱のようなものが設置されている。なんだか蚊取り線香みたいな使い方をされているが、役に立ったようで何よりである。魔獣舎の魔人達の間でも噂になっているようだ。

「とりあえずミント風呂用のネットに詰め替えたものをどこかに設置して、自由に取ってもらおうかなと。それで今日の夕方に採取してもらう分はミント水にしようと思っています。ミント水に使うならフレッシュミントの方がいいですから」

「なるほど。詰めるのは手伝おう」

「ありがとうございます」

すでにお風呂用のネットはシエルさんが用意してくれていた。ミントティーの話をした際、他の利用法についても話したのだ。ミント風呂の方も楽しみにしてくれているらしく、シエルさんの分はあらかじめよけておくつもりだ。魔王様とマイセンさんの分、それからグウェイルさんとメティちゃんの分も詰めたら報告ついでに渡しに行かなければ。

タイランさんと庭に置かれた麻袋を食堂の隣の部屋に運び、せっせと詰め替え始める。作業が出来る広い机のある部屋はここしか思い浮かばなかったのだ。ミギさんとヒダリさんにも許可を取ってある。それどころか手伝いを申し出てくれた。

「これがミントですか」

「ミント水、楽しみですね」

「後で収穫してもらう分を浸けて冷やしておくと夜には飲めますよ。でも配るのは朝がいいかなって思ってます」

「そうですね。私達がしっかりと試飲しなければ」

「冷蔵庫がミント水だらけになりそうだな」

「ああ、それならマイセン様からいいものをもらいました」

彼らはそう告げると一旦キッチンへと戻り、同じものを一つずつ抱えて帰ってきた。

「人間界の酒場に似たようなものが置いてあったらしいです」

「フランミェは酒樽に蛇口を付けてほしいと言っていたのですが、使いやすさを考慮した結果、こちらになったそうです」

ドリンクディスペンサーである。前世のおしゃれな喫茶店などに置いてあったガラスのジャグと言えば分かりやすいか。それもかなりのサイズである。まさかこちらの世界にもあるとは思わなかった。

これがあればわざわざ配りに行かずとも、カップと一緒にどこかに置いておけばいいだろう。ご自由にお飲みくださいい式である。魔獣舎や庭など、ずっと同じところで仕事をする人や持ち場を離れにくい人には別に用意する必要があるが、一気に楽になる。

だがフランミェさんが欲しがっていたものと全く違うような……。タイランさんもそう思ったらしい。呆れた表情をしている。

「酒樽からよくこれを思いついたな……」

「飲み物がいっぱい入りますよ」

だがミギさんとヒダリさんは新たな物の導入に大喜びである。フランミェさんには悪いが、私も蛇口がついた酒樽よりこっちの方が嬉しい。樽だと匂いがつきやすいし、洗うの大変そうだし。

「マイセン様からもらったといえば、お花型のゼリーカップももらいました」

「メティトゥールが喜ぶだろうと言っていました」

「この前、怖がらせてしまったことを気にしているようです」

「じゃあ今度プリン作る時に使わせてもらいましょうか」

そうこう話している間もせっせと手を動かしていく。三人とも繰り返し作業は得意なようで、どんどんお風呂用ミントが完成していく。私も負けていられない。出来上がったミント風呂用ネットはこれまた用意してもらった籠に入れる。魔王城の三ヶ所に配置しておくつもりだ。

「そういえば魔法と人力、どっちで刈った方がいいとかはありましたか？」

「差はなかった」

「じゃあ今日から魔法だけで大丈夫そうですね」

「ああ」

ネット詰めが終わった後、籠を配置してから庭へと向かう。ミントが食べられることを伝えると、グウェイルさんもメティちゃんもとても喜んでくれた。また水撒きに魔法を使っても影響が出ないそうで、明日からお世話が随分と楽になりそうだ。

連絡事項を伝えた後、二人に渡すために持ってきていたミント風呂のネットを取り出す。

「あとこれ、お風呂で使うように詰めたので良かったら使ってみてください」

「ミント風呂ってやつか。早速今日使ってみる」

「ダイリちゃん、ありがとう」

二人と別れ、ミントを収穫する。いつもよりも早いが近くまで足を運んだついでだ。マイセンさん達には後で伝えておこう。タイランさんが全部魔法で行ってくれたのであっという間に刈り終わった。

　タイランさんに刈ってもらったミントを持ってキッチンへと戻る。早速ミントの葉っぱをもいでいく。ミント水には柔らかい葉っぱだけ使う。もいだ葉っぱはボウルに入れてしっかりと洗う。あとは水を注いで夜まで冷やすだけ。

　ドリンクディスペンサー二つ分とピッチャー三つ分を作った。かなりの量を使ったがミントはまだ残っている。

　タイランさんは残りのミントを見ながら「改めて見ると凄い量だな」と息を吐く。

「残りも風呂用にするのか？」

「いいえ、実は作りたいものがあって……。ミギさんヒダリさん、他の瓶も使ってもいいですか？　それから氷砂糖と果物も使いたくて」

「おやつを作るのですか？」

「フルーツシロップを仕込もうかなと」

「シロップというとジャムとは違うのですか？」

「こっちは砂糖と果物を煮詰めるジャムとは違って、氷砂糖と果物、ミントを同じ瓶に入れて十日ほど冷蔵庫に入れて待ちます。氷砂糖が溶けながらじっくりと果物の旨みを引き出してくれるんですよ」

「なるほど」

　四人で食料庫に材料を取りに行き、その間にざっくりとした説明をする。果物は一種類でも複数の種類を混ぜても、同じ果物の品種違いを混ぜてもいい。

食料庫にある材料をざっと見て、今回はいちごシロップを作ることにした。柑橘系のフルーツでもいいのだが、いちごを見た時に魔王様の顔が頭に浮かんだ。

シロップは牛乳との相性が良い。いちごミルクにしたら喜びそうだなと。両手でコップを持っておかわりが欲しいと言い出す姿も想像出来る。思わず笑みが溢れた。

「楽しそうだな。そのフルーツシロップっていうのはそんなに美味しいのか？」

「とっても」

「私達も楽しみです。出来るまで少しソワソワしそうですが」

「でも琥珀糖で経験済みですから。待つのも楽しいです」

「なんだ、琥珀糖って。初めて聞いたぞ」

フランミェさんが全て食べてしまった後、琥珀糖を再度作り直した。ちゃんと魔王様にもタイランさんにもおやつとして出している。だが琥珀糖だけ出しても物足りないだろうと、クッキーと一緒に出したのだ。渡した時、タイランさんはお仕事中だったので説明は省いてしまった。

「以前クッキーと一緒に出した、小さなゼリーに砂糖がついたようなおやつですよ」

ざっくりとした説明だとは思うが、タイランさんはああと頷いてくれた。いちごの入った箱を調理台に置く彼はどこかを見ている。何かを思い出しているようだ。

「あれは美味かったな。もうないのか？」

「今ちょうどストックを切らしていまして。でも今度ミントシロップを作る予定なので、ミントの琥珀糖なんてどうでしょうか？」

「ミントの琥珀糖。いいですね」

「今度と言わず今日作りましょう」

琥珀糖と聞いてミギさんとヒダリさんも食べたくなったらしい。

「ではこれを作った後に」

といってもシロップづくりの工程は少ない。果物とミントを洗って水気を拭き取る。今回は小ぶりのいちごを使うのでヘタだけ取ってそのまま入れるが、大きい果物だったらカットしておいた方がいい。煮沸消毒した瓶の中に、いちごと氷砂糖をミルフィーユ状に入れていく。ミントはお好みで途中にポンポンと入れていけばいい。

後は冷蔵庫に入れて放置するだけ。果物から出た水分が氷砂糖をゆっくりと溶かして美味しいシロップを作り出してくれる。これを瓶二つ分作った。

「美味しくなってくださいね」

ミギさんとヒダリさんは瓶にそう話しかけて冷蔵庫へと入れてくれた。

さて今度はミントシロップ作りである。今回は琥珀糖作りにも使うので、ミントの鮮やかな緑を残す方法で作ろうと思う。

まずは鍋に水を入れ、沸騰したら砂糖を入れて溶かしていく。これがベースのシロップとなる。ちゃんと砂糖が溶けたら火から下ろし、容器に移して冷ましておく。そして他の鍋で再びお湯を沸かす。その間にミントをよく洗って、葉っぱをちぎる。

「ミギさんヒダリさん、このボウルの中に氷を作ってもらえますか？　ミントを冷やすために氷水が必要なので」

「分かりました」

ボウルの中にちょうどいい大きさの氷がポンポンと作られていく。それに水を投入して、とりあえず横に置いておく。鍋のお湯が沸騰したら、その中にミントを入れてさっと湯がく。色止めが目的なので本当にササっとでいい。引き上げたミントは氷水で冷やす。

ミントが冷えたら水気をふき取る。そして先ほど容器に入れておいたシロップと共にミキサーにかける。それを再び容器に戻してしばらく放置。

待っている間は洗い物をしてから四人でゆっくりとお茶をする。夕食前なのでおやつは出せないが、夕食を食べるにはまだ少し早い。ミント水を一緒に飲みたいというのもある。

お茶のお供は借りてきた本である。ペラペラとめくりながら、これはああではないか、あれはこれを使えば、と意見を出していく。

「いつもこんなことしていたんだな。どうりで最近食事の種類が増えたと」

「美味しいご飯を作るためです」

「新たな発見は新たな味を教えてくれます」

「俺の魔法研究と一緒だな。ところでこの料理なんだが豆を入れると美味いと思う」

いつもと同じ。だがタイランさんが加わることで新たな点に気付くことが出来る。入れる物が豆なところがタイランさんらしい。確かに豆は様々な料理に合う。きっとこの料理にも。ミギさんとヒダリさんも真剣に頷いている。

「これだったら今ある材料で試せますが」

「正確なレシピが分からないので、完璧にはなりません」

「どうせ食べるのは俺達だけだ。完璧じゃなくてもいい。それに二人ともいつもおにぎりの具材を作ってるだろう」

タイランさんの言葉に二人ともハッとした表情を浮かべる。私も作る時に一緒にいるから気付かなかったが、あの夜のサンドイッチ以降、彼らは決められたものではなく自分のやり方を試しながら作っていた。特におにぎりの具はいつも自分達で作りたいものを決めていた。

あの国に足を運び、話を聞いて。興味が出たからやってみようと様々なことを試していた。彼らは先生と私が見せた料理以外も作っていたのである。

出会った当初、レシピ本を読んでも美味しいかどうか分からないから作れないと言っていた彼らは、食べる人がいることによって少しずつ変わっていたのだ。

「作りましょう！　私も手伝いますから」

「でも失敗するかもしれません」

「おにぎりはどれも美味かったから大丈夫だろう」

「怖かったら途中でいっぱい味見をしましょう。味見は作り手の特権ですよ」

グッと拳を固めて伝える。二人も覚悟を決めたようだ。

「分かりました。頑張ります」

そう宣言し、食材を取りに向かった。味見のお手伝いをしながら夕食を作っていく。肉と豆煮込み料理はいつもより少しだけ時間をかけて完成した。早めに作り始めたので時間はちょうどいい。皿に盛り付けてパンを添える。ミント水も出来上がっている頃だろう。冷蔵庫から取り出し、コップに注いでいく。

「どうぞ食べてみてください」

「美味しくなかったら遠慮なく言ってくださいね」

二人は祈るようにじいっと私とタイランさんを見つめる。なんだか緊張してしまう。けれど私よりもっと二人の方がドキドキしているに違いない。スプーンを手に、肉と豆を一緒に掬う。そして大きく口を開けてパクリと頬張った。

「美味しいです」

「ん、やっぱり美味い。豆を入れたのは正解だったな」

「本当ですか？」

「味は薄かったり濃かったりしませんか？」

「ちょうどいいですよ」

二人が最も心配していたのがベースの味つけと三種類の豆のバランスである。だが何度も味見をしたおかげか、ちょうどいい濃さに仕上がっている。添えてあるパンにも自然と手が伸びてしまう。

「これ、米とも合いそうだな」

「いいですね。今度はご飯も炊きましょうか」

私達がすでに次の話をすると、彼らの強張(こわば)っていた表情は少しだけ和らいでいく。

「私達も食べましょう」

「確認しなければ」

おずおずとスプーンに手を伸ばす。そして自分達の舌でも実感して、ようやく胸を撫で下ろした。

「これは成功、でいいですよね」

「良かった」

「そうだ、ミント水も飲んでみてください」

是非(ぜひ)にと勧める。私も感想が欲しいのだと目で訴えれば、三人ともこくりと頷いた。

「そうでした」

「いただきますね」

「うん、爽(さわ)やかで肉と合うな」

「後に引かないのがいいですね」

「普通の水よりもさっぱりしています」

私も飲んでみたが、とてもすっきりとしている。前世で飲んだものよりも爽やかで、庭のミントの品質の高さが窺(うかが)える。これは琥珀糖の味も期待が出来そうだ。

ご飯は完食。ミント水のピッチャーも空になった。今度は琥珀糖作りに取り掛かる。

まずは色が馴染むまで置いていたシロップを漉(こ)す。希望通りの鮮やかな緑が出てくれた。ちなみに緑色が出なくても構わない場合は、沸騰したお湯に砂糖を入れてからそのままミントを投入してしまえばよい。洗い物が少なく、手軽に出来る。

　このシロップを使って琥珀糖のベースを作る。ミギさんとヒダリさんはバットを覗き込む。

「前回よりも色が鮮やかですね」

「前回の淡い色も綺麗でしたが、今回の色もいいですね」

「複数の色を混ぜてみても綺麗ですよ。といっても味の組み合わせも考えないとですが」

「楽しそうですね」

「これが完成したら一緒に考えましょう」

「美味いのがいい」

　三人とも新しい味に興味津々だ。といってもタイランさんは見た目より味なのだが。

　バットから外した琥珀糖をランダムにカットしていく。大きさもバラバラなそれをクッキングシートに並べて、風通しのいいところに置く。後は前回同様、数日乾燥させるだけだ。そろそろ雨季に入るので、前回より乾燥期間が長引くかもしれない。

「じゃあ私は魔王様達に渡してきますね」

　冷蔵庫から二つのピッチャーと牛乳を取り出す。ピッチャーはそれぞれ魔王様とマイセンさん、グウェイルさんとメティちゃん用だ。それに加えて魔王様にはミントミルクを作った。一緒に飲むと約束したので自分の分も。

　色々と準備をしていると、タイランさんがピッチャーを一つ持ち上げた。

「庭の分は俺が持っていく。ちょうど話そうと思ってたこともあるしな」

「お願いしてもいいですか？」

「ああ」

「後片付けは私達がしておきますね」

彼らと別れてマイセンさんの執務室に行く。ドアをノックすると、ちょうど片付けて帰ろうとしているところだったようだ。二人揃って出てきてくれた。

「ミント水とミントミルクを持ってきました」

「おお！　もう出来たのか。ちゃんとダイリの分もあるな。一緒に飲もう」

「今、椅子を用意する。入ってくれ」

マイセンさんに椅子を用意してもらい、魔王様にミントミルクをわたす。マイセンさんにはミント水のコップを。三人で一緒に飲んだのだが……。

「美味いな」

「我は牛乳は牛乳のままがいいと思う」

「なんか物足りないような……」

ミントミルクを飲んだ私と魔王様は微妙な表情を浮かべる。爽やかなのにマイルドというか、ミント感強めにしたチョコミントアイスの味というか……。無性にチョコレートが欲しい。シロップで割るよりミントをそのまま牛乳に入れて煮出したほうが良かったのかもしれない。

魔王様は飲み切ったものの、あまりお気に召さなかったようだ。代わりにマイセンさんの方に手を伸ばす。

「兄上、我もそれが飲みたい」

「ああ、溢さないようにな」

「うむ」

そしてミント水をゴクゴクと飲んでいった。牛乳を飲んだ直後だと味がよく分からないのではないかと思ったが、そんなことはなかったようだ。

「これは部屋に持って帰る。お風呂上がりにもう一度飲むのだ」

むしろとても気に入ったようだ。コップは部屋にあるそうなのでピッチャーだけ渡して、使ったコップはキッチンに持って帰ることにした。

魔王様がミントミルクを気に入った場合を考えてミントシロップは多めに作った。だがこの様子では次はなさそうだ。ミントシロップは琥珀糖用かな。フランミェさんに渡すにしても、一度確認してもらってから新たに作った方がいいかもしれない。


翌朝、朝食後にミント水の入ったドリンクディスペンサーを城内に設置した。庭と魔獣舎にはピッチャーで持っていくつもりだ。どちらもなかなか持ち場を離れられないから。

ちなみに朝収穫した分のミントは魔獣舎に運んでもらった。庭と同じく燃やして使おうと思っていたらしいが、魔獣達は騎士の彼についていたミントの香りをとても気に入ってしまったのだとか。スンスンと鼻で突いていたので、その調子で火に向かう恐れがある。だから魔獣舎の中でミントを燃やすのは危ないという結論に至ったらしい。

ただし魔獣は嫌がらず、虫が嫌がるという点が非常に魅力的で、使わないのは惜しい。そこでそのまま置いてみて効果があるかどうか、しばらく試すこととなったそうだ。

ミント水を差し入れに持っていくついでに確認させてもらった。魔獣舎の真ん中にシートが敷かれており、ミントがドンと乗せられている。ミントを囲むように柵が設置されているのだが、そこにワラワラと魔獣が集まっている。

魔鶏は柵の隙間から嘴を入れて何とか取ろうとしているが、大丈夫なのだろうか。それに一部、壁側の窓に集まって外を見ている子達がいるのも気になる。彼らにはミント畑が見えているかのようだ。

魔獣舎担当の魔人達に聞いてみたが、彼らもこんな姿を見るのは初めてらしい。

「とりあえずしばらく様子を見てみようと思ってるの。魔人が食べられるものなら大丈夫だと思う。魔獣って結構丈夫だから」

「それに魔獣が餌以外でこんなに反応するものって初めてなんだよね。だからこのままでいいかなって」

「虫よけにもなるし」

お世話している彼らがそう言っているのだからいいのだろう。新しいことが分かったら教えてくれるそうだ。魔人達がミント水を飲んでいると魔獣が寄ってきていたので、結果が分かる日もそう遠くないことだろう。

「さて、後はこれをシエルさんに……」

ポケットに入れた袋を取り出す。これは今朝取れたミントを袋詰めしたものだ。昨日作ったお風呂用ではなく、こちらはハーブティーに使ってもらえないかと思ってよけておいたのだ。

　ミギさんとヒダリさんとキッチンで試してみたが、ミント水同様に美味しかった。数種類のハーブをブレンドして楽しんでいるシエルさんなら喜んでくれるのではないかと思い、少量入れてきたのである。

　この時間ならまだ洗濯を始めていないはず。魔獣舎から戻りながらシエルさんがいそうな場所に足を向ける。しばらく歩いているとちょうど洗濯籠を持ったシエルさんを見つけた。

　洗濯籠は空。洗濯物を集め始める前だったようだ。タイミングがいい。急いで彼女に駆け寄った。

「シエルさん！」

「ダイリ様。どうかなさいましたか？」

「これ、良かったらもらってください」

「お風呂に入れるものなら頂きましたよ？　普段とは違ってとても楽しませていただきました」

　すでに使ってくれたらしい。彼女を探す途中にお風呂用ネットを入れた籠を覗いたが、中身がほとんどなくなっていた。皆、興味を持ってくれたのだろう。感想まで聞けて嬉しい。褒められたみたいでほんの少しだけ頬が熱くなる。そしてこれも喜んでもらえたら、と期待してしまう。

「これはお風呂用とは別の、今朝取れたばかりのミントを詰めたもので、ハーブティーに使ってもらえないかなと」

「よろしいのですか？」

「どうぞ」

シエルさんにミント入りの袋を渡していると、後方からフランミェさんがダダダと走ってきた。

「シエルだけ？　アタシにはないの？」

「フランミェ、あなたはハーブティーを飲まないでしょう」

どうやら話を聞いていたらしい。彼女は籠に大量の洗濯物を入れている。洗濯物を回収している最中だったようだ。シエルさんは呆れているが、声をかけようと思っていたので好都合だ。

シエルさんと違い、フランミェさんはいる場所が毎日違う。マイセンさんの執務室にいたのは帰ってきたばかりの頃だけ。マイセンさんと魔王様が心配で見ていただけらしい。

メイドといってもメインはマイセンさんの補佐。魔王様の側を離れようとしない彼に代わり、人間界へも仕事で度々足を運んでいるようだ。だからキッチンに顔を出すタイミングもまちまちなのだと教えてもらった。今日は魔王城にいて良かった。

「そうだけど。昨日のお風呂は良かったよ」

「ありがとうございます。実はフランミェさんにも用意しているものがありまして。気に入っていただけるかどうか分からないのですが、お酒用に」

「おつまみでもあるの⁉」

「ミントシロップを作りました。シロップなので少し甘めなのですが良ければ」

言葉が被り、食べ物の方が良かったかなと思いなおす。けれど彼女にとっては食べ物と同じくらい嬉しかったようだ。口元を緩めながら「ミントシロップか、いいね」と呟いた。おそらくお酒のことを考えているのだろう。

「はしたないですよ」

シエルさんが睨むが、フランミェさんはどこ吹く風。何に使おうかと今から考えている。味を見てもらってからと思ったけど、この様子だともう追加分を作っても大丈夫かもしれない。

「今から取りに行くと言いたいところだけど、これがあるからさ。後で取りに行くよ」

「分かりました。用意しておきますね」

「よろしくね」

フランミェさんは手をひらひらと振って去っていった。シエルさんは彼女が去った後、大きなため息を吐く。

「フランミェがすみません」

「いえいえ。喜んでもらえて嬉しいですから。それよりシエルさんもミントが気に入ったら遠慮なく言ってくださいね。追加でご用意しますから」

「ありがとうございます。それでは私はこれで。失礼いたします」

シエルさんにミントを渡すというミッションもこなした私はキッチンへと戻る。そしてすぐにフランミェさん用のミントシロップ作りと今日のおやつ作りに取り掛かることにした。

今日はお花型のカップを使ったオレンジゼリーを作る。早めに取り掛かったのは、おやつの時間よりも前にメティちゃんとグウェイルさんに渡すためだ。マイセンさんが気にしているので、先にメティちゃんの様子を見ておこうという訳だ。

「喜んでもらえるといいのですが……」

「お花のクッキーも添えた方がいいのではないでしょうか」

マイセンさんから事情を聞いているミギさんとヒダリさんもソワソワである。私も大丈夫ですよと無責任なことを言うことも出来ず、小さなお花のジャムクッキーも添えることにした。

だがおやつ、もとい先日のお詫びを持っていったところ、メティちゃんはけろっとしていた。渡す際にマイセンさんのことにサラッと触れたのだが、そんなことよりも目の前のおやつらしい。

クッキーを摘まんでグウェイルさんに見せている。

「大きなお花と小さなお花！　お花がいっぱい！」

「良かったな。ほら、嬢ちゃんにお礼は？」

「ダイリちゃん、ありがとう」

「良かったら食べてね」

「食べられるの⁉」

「大きいお花も小さいお花も食べられるよ。大きいお花はスプーンで食べてね」

皿に添えておいたスプーンを渡してあげる。メティちゃんはゼリーを掬い取った。スプーンの中でプルンと揺れるゼリーをキラキラした目で見つめている。そしてゆっくりと口に運ぶと、もう片方の手で頬を押さえた。

「このお花、とっても美味しい」

どうやら気に入ってもらえたようだ。安心していると、グウェイルさんがそっと耳打ちをしてくれた。

「この通り、メティは気にしていない。それどころかメティが応援すればお花が育つって言って魔法の練習をし始めたくらいだ。いつか人間界のお花もたくさん育てるんだって張り切っている」

前向きに思える経験となっていて良かった。これならマイセンさんにも報告が出来る。

メティちゃんに渡したものと同じ形のゼリーをおやつの時間に持っていく。魔王様はいつもと違う形を気にする様子はない。

だが一緒に食べているマイセンさんはメティちゃんのことが気になってしまい、おやつの味どころではないようだった。心配なのだろう。とはいえ、魔王様がいるところで聞くことは出来ないみたいだ。私が部屋を出ると追うように部屋を飛び出してきた。

「ダイリ」

「メティちゃん、気にしていませんでしたよ。むしろ最近、魔法の練習をし始めたそうです」

「そうか。ありがとう。本来なら俺が行くべきなのだろうが、また怖がらせてしまうからな。助かった」

マイセンさんは大きな息を吐く。ずっと不安に思っていたことが解消されたらしい。


マイセンさんの心に平和が戻った四日後、魔王城では小さな事件が起こった。魔獣が柵を壊して魔獣舎から逃げ出してしまったのである。ちなみに魔獣舎で使われている柵は特注品らしい。魔獣の力でも壊れないように作られているのだが、力を合わせて突破してしまったようだ。

魔獣の脱走にいち早く気付いたのはパトロール中のケルベロスだった。彼らがいつものように吠(ほ)

えて魔人を呼んだことで発覚した。脱走した魔獣もケルベロスの遠吠えは聞き慣れているため、パニックになるようなこともなく、私とタイランさんが駆け付けた時にはすでに解決していた。

逃げ出した魔獣達が向かったのはミント畑。脱走に気付いた魔人達が慌てる中、呑気にもしゃもしゃとミントを食べていたのである。

メティちゃんがくっついてもふもふを楽しんでいても危害を加えることはない。ケルベロス、特にリタちゃんが少し嫉妬をするくらいなものだ。

魔人の顔を見るとお迎えが来たとばかりに魔獣舎へと帰っていった。お腹が満たされたというのもあるのだろう。戻っていく魔獣達の表情は満足げであった。目的はミントだけだったのだ。

餌の時間になると放牧される動物のよう。ひよこと鶏がミントを食べる光景は異様だが、そもそもが魔物である。食べるものにも多少違いが出るものなのだろう。

小さな事件で済んだのは魔獣がすぐに見つかったこと、大人しかったことの他にもう一つ。グウェイルさんがまた連れてきてやれば良いと言ったことにある。

魔獣の柵は特注品で、あれ以上に強度が高いものを作るには日がかかるそうだ。ミントを食べたいとまた壊されてはたまらない。ならば壊される前に連れて来れば良いと。そこで収穫したミントを柵の中に設置しつつ、順番にミント畑に連れていくことが決まった。

今日は魔王様とタイランさんと一緒に魔獣達を見るため、ミント畑へとやってきた。マイセンさんは剣の稽古に励んでいる。終わったら迎えに来るそうなので、三人でおやつを食べながらのんびりと眺めている。

「魔獣がミントを食べるだけでも驚いたのに、そのために脱走までするとはな」

「大人しく食べて、ちゃんと帰るんだから偉いですよ」

「あいつらが破壊した柵、人間界にあるどの牢屋(ろうや)より頑丈だぞ。目を離した隙に、ということはかなりの短時間で破壊していることになる。あいつらなら魔王城の塀も壊せるんじゃないか?」

「え?」

「まぁそんなことはしないと思うが」

それは大丈夫なのかとも思うが、実際魔獣達が脱走する気配はない。あの時のように塀を眺めていたら危ないが、みんなミントしか見ていない。たまにあっちのミントの方が美味しそうなんじゃゃ……と考え込んで、食べるスポットをのっそりと移動するだけだ。

魔獣がミント畑にやってくるということで、庭には彼らのための水場も用意された。環境としては城の外に出るよりもずっと良いはずだ。なにより、ここ以外の場所にはミントが生えていない。

彼らもそれが分かっているのかもしれない。

私が心配していた、魔獣がミントを食べても大丈夫なのか問題だが、全く異常はなかった。体調を崩すどころか以前よりも元気になっている。ミルクの出も良くなり、たまごも美味しくなった。

近場であっても外に出すことでストレス解消の役目も担っているのではないかとも言われているが、このミント自体まだ謎(なぞ)が多い。それが生み出した効果もまた謎なのである。

といっても今のところプラスの効果しかないので、これもまた偶然の産物として受け入れることとなった。魔獣が食べてくれるおかげで大量のミントも余る心配はない。

「お前たち、いっぱい食べてたまごと牛乳をたくさん出すのだぞ」

魔王様の声援を受け、元気にもしゃもしゃと食べている。

最近ではミント水やお風呂の分が残るのかと心配している魔人もいるのだとか。シエルさんもミントを気に入ったらしく、彼女のハーブティーにミントがブレンドされることとなった。ミントシロップも琥珀糖も好評で、オルペミーシアさんからは琥珀糖の追加要請が来ている。

ミギさんとヒダリさんは綺麗な色の琥珀糖を作ろうと考えており、すでに色付けに使う食材の候補を集めてくれている。緑はミントシロップで綺麗な色が出るから、これは固定で使いたいそうだ。

そのことをオルペミーシアさんに話したところ「出来たら私にもちょうだい！　絶対よ！」と興奮していた。私もどんな色が出来るか楽しみだ。ミント以外にも綺麗に色が出るものを見つけたい。

余ったらどうしようなんて悩んでいた日が懐かしい。ミントは人間界からやってきて日は浅いというのに、すっかり魔王城に溶け込んでいる。

「魔獣達を見ていたらミント水が飲みたくなってきた」

「ほら、コップ出せ」

「なみなみと注いでほしいのだ」

「それはいいが溢すなよ」

「うむ！」

「魔王様。こっちにおやつのおかわりもありますからね」

「もらおう！」

魔王様はおやつのたまご蒸しパンとミント水を両手に持ち、とても満たされた表情を浮かべている。蒸しパンを詰め込んだ頬は幸せで満ちていることだろう。私も蒸しパンにかぶりつく。以前よりもたまごの味が濃厚で、素朴な甘さがたまらない。

◆
◆
◆

「雨季、全然来ませんね」

キッチンで洗いものをしながらそう呟く。例年通りならすでに雨は降り始めている頃。ケルベロスをお風呂に入れたのももうすぐ雨季が来るからだった。

あれからしばらく経つが、窓から見える空はどんよりとしているだけ。そろそろ雲を連れてきそうなのだが、いつになるのかまるで分からない。

「かなり遅れていますね。新米の売り出しもまだのようで」

「今年は短い雨季になりそうです」

雨季が短いとその分、短期間に大量の雨が降る。そして一気に気温が下がる。作物の成長にも影響が出そうだ。ミントの成長にも影響が出ないといいのだが……。

「そういえば雨季が遅れると魔獣にも影響があるんですか？　マイセンさんがケルベロスの狩りの練習にはぴったりだって言っていましたが」

つい先ほど、朝食を食べていたところにマイセンさんがやってきた。ケルベロスの狩り練習も兼ねて、フランミェさんとマイセンさんが狩りに向かうらしい。

なのでフランミェさん用の食事を持たせてやってほしいとのことだった。彼女が突然狩りに行くと言い出すのはいつものことなのでストックがある。だがその他にミギさんとヒダリさんと相談事があるらしい。ということで私はその間に追加でご飯を炊き、おにぎりを握っていた。

急だったので大したものではなく、塩とおかかの二種類だけだが。それでも他のストックにおかず類があったのでちょうど良かった。見送った後、食事も済んだので聞いてみたという訳だ。

「多少であれば問題はないのですがこうも移り変わりが遅いと、その時期に餌場としている場所から餌がなくなってしまうのです」

「けれど雨季が始まらないと次の餌場には行けません。だから他を探すことになります」

「イレギュラーな動きはリーダーの統率力が試されます。上手く動けば群れの一体感は高まり、仲間が増えやすいのです」

「けれどそうでない群れも多い。群れの分裂が起こりやすいのもこの時期です」

なるほど。はぐれ者や群れから遅れた者を狙っていくということか。獣も大変なのだろうが、群れを狙うよりも効率が良い。

ケルベロスはまだ子どもらしいが、騎士の彼を毎日追いかけているおかげですっかり成長してきた。走るスピードも上がり、スタミナもついてきた。だからこそ狩りの練習に行ったのだろう。

「お土産たくさんあるといいですね」

「私達も期待しています」

「今回の狩場は水場が近いらしく、フランミェは釣り竿も持っていくと言っていました。魔海老もあるかもしれません」

「でも以前、釣りはあまり得意じゃないって言っていたような……」

「エビフライが美味しかったそうです」

なんともフランミェさんらしい理由だ。苦手なことをやってでも食べたいなんて、料理を作った身としては嬉しい限りである。魔海老はなかなか手に入らないそうなので、材料を取ってきてくれるのもありがたい。皿を拭きながら、この皿に山盛りになるエビフライを想像する。

「私達もまたお子様ランチ食べたいです」

「じゃあまた作りますね。この前は急に決めたので、今度はもう少し豪華にしたいですね」

「また手伝います。パスタも加えましょうか」

「いいですね！」

洗い物を終え、紙を広げる。前回のお子様ランチと似たようなイラストをサラサラと描いていく。

前回、旗をとても気に入ってもらえたので今回も付けるつもりだ。それからタコさんウィンナーでも付けようかな。プリンはお花の型を使うのがいいかも。せっかくもらったのだから、一回だけなんてもったいない。サクランボと生クリームも添えて。メティちゃんも喜んでくれるかな。

「ダイリさん。これはタイランの分ですか？」

「この旗に描かれているものは前の花から出た欠片ですね」

「特に誰の、って決めた訳ではないのですが……タイランさんはこれにしましょうか」

「はい。きっと喜んでくれます」

「私達も違うイラストがいいです」

「分かりました」

やはり旗は大事らしい。どんなイラストにするか考えておかなければ。とりあえずタイランさんはこの模様で決まりである。紙の端っこに『タイランさん：欠片』と記しておく。

「それからここなのですが、何か葉ものを敷きましょう」

「トマトも小さいものがありますからここに添えて」

「なるほどなるほど」

それからミギさんとヒダリさんの意見を取り入れながらイラストを書き足していく。

お子様ランチについての構想もまとまり、今日のおやつについて考える。するとそこに小さな訪問者がやってきた。

「ダイリはいるか？」

魔王様である。マイセンさんがいないから寂しかったのだろうか。腕の中には大事そうに本を抱えている。いつも通信機で連絡してくるのに珍しい。それに持っている本も絵本ではなく、レシピ本である。オルペミーシアさんに選んでもらったのだろうか。

「いますよ。どうされましたか？」

突然の魔王様の訪問に、ミギさんとヒダリさんは急いで椅子を用意する。しかもいつもの椅子で

はない。子ども用の椅子である。一体いつの間に用意したのだろうか。魔王様は小さく頷いてから
そこに腰掛けた。
「ダイリ。我と一緒にこれを作ってほしいのだ」
本を開いて見せてくれる。魔王様が開いたのは、フルーツを中に閉じ込めたゼリーの載っている
ページだった。
「昨日、兄上にダイリとパウンドケーキを作ったことを話したのだ」
その一言で全てを察した。魔王様がタイランさんのためにパウンドケーキを作ったと聞いたマイ
センさんはとても羨(うらや)ましがったのだろう。パウンドケーキを作っただけではなく、フルーツも魔王
様がタイランさんのために選んだものだ。羨ましがらないはずがない。
魔王様はそんなマイセンさんにもおやつを作ってあげたいと思った、と。
ちょうど今日、マイセンさんは留守である。帰ってきたら魔王様がおやつを作ってくれていたな
んて、彼が喜びそうなシチュエーションだ。
「じゃあ一緒にフルーツを選びに行きましょうか」
「うむ！」
魔王様と手を繋ぎ、食料庫へ続く階段を降りていく。選んだのはいちごとオレンジ、りんごにぶ
どうと盛りだくさん。
キッチンに戻ってきたら調理台の横に低いテーブルが用意されていた。その上にはずらりとゼ
リー用カップが並んでいる。魔王様用に購入したのだろう。ちゃんとエプロンまで置いてある。魔

王様にエプロンを着せてから、フルーツをカットする。

「じゃあ魔王様はカップにフルーツを入れてくださいね。このおやつはどんなフルーツをどのくらい入れるかが大事なんです」

切ったフルーツはそれぞれ種類ごとに皿に分けてある。それを魔王様用のテーブルに並べていく。

「それは大役だな！」

「詰め終わったら私がゼリー液を入れますから、ちょうどいいところまで入ったらいいよって言ってくださいね」

「分かったぞ」

魔王様はふんふんと鼻を鳴らしながらカップにフルーツを入れていく。その間に私はゼリー液を作っていく。魔王様のオッケーが出たものからゼリー液を流し込む。ゼリー液の量にも魔王様のこだわりがあり、それぞれ入っている量が違うのだ。全員分出来たら後は冷やして待つだけ。

「ふぅ……疲れたな」

かなり悩みながらフルーツを入れていたので疲れてしまったようだ。

「ホットサンドを食べていきますか？」

「食べる！」

「魔王様、牛乳をどうぞ」

ミギさんとヒダリさんは魔王様に牛乳を渡し、使った道具をテキパキと片付ける。テーブルの上くらいは拭かねばと思ったのだが、すでに綺麗にしてあった。手早い。さすがだ。

二人にペコリと頭を下げてからホットサンド作りに取り掛かる。たまごは準備に少し時間がかかるので、今回は簡単にハムチーズのみ。食べやすいように切ってから魔王様に渡す。

「まだ熱いので気をつけてください」

「分かった。そうだ、これからタイランの元に行くのだが、同じものを作ってはくれぬか？　タイランにも食わせてやりたい」

「魔王様はタイランさんのお部屋でもホットサンドを食べますか？」

「うむ。だが少しでいいぞ。我にはゼリーがあるからな」

魔王様が食べている間に追加分を焼き、一緒にタイランさんの部屋に持っていくことになった。

「午後からはタイランさんと一緒にいるんですか？」

「本当は朝から一緒だったのだが、午前中は図書館でオルペミーシアにこの本を探してもらっていたのだ。おかげで良いものが作れた」

「良い本が見つかって良かったですね。私もいつもオルペミーシアさんにはお世話になっています。あんなにたくさんの本の中から探してくれるなんて凄いですよね」

「さすがはオルペミーシアだ」

「午後から図書館に行くので良かったらその本、返しておきますよ」

「頼んだぞ」

タイランさんの部屋の前で皿と本を交換する。ドアをノックすると、すぐに開けてくれた。

「作り終わったのか？」

「ああ、良いものが出来たぞ。タイランの分もあるから楽しみにしているといい。そしてこれはタイランのご飯だ。ダイリが作ってくれたのだ」

「ホットサンドか。ありがとう、ダイリ」

「それでは失礼しますね」

「我のもあるからな。全部食べちゃダメだぞ？」

「分かった分かった」

適当な返事をしながら魔王様を部屋に迎え入れるタイランさん。彼はすでにマイセンさんへおやつを作るという話は聞いていたらしい。

「ゼリーなら魔王でも手伝えるって言ったろ？」

「うむ。我もたくさん頑張ったのだ！」

ドアが閉まる前にそんな会話が聞こえた。

一旦キッチンに戻り、ミギさんとヒダリさんが作ってくれたご飯を食べる。その後で図書館へと向かい、魔王様の本を返してから本を借りる。今日は元々勉強する予定だったのだ。いいのがあるからと手提げ袋に五冊も入れてくれた。

「さて、頑張ろう」

最近は風魔法と水魔法の勉強も始めている。覚えれば私もミント畑の手伝いがもっと出来ると思ったのだ。前からタイランさんが色々教えてくれるので生活魔法以外の魔法も学んでいるが、学ぶ範囲も発動出来る範囲も広くなるのでなかなか難しい。だがやりがいはある。

魔法は一度覚えればずっと使える。それにオルペミーシアさんが選んでくれた本なら力になると確信している。だからひたすらにペンを走らせるのだ。

「またタイランさんにノートを頼まないと」

今回選んでもらった本は今までの本とは違い、計算式がズラッと並んでいる。ざっくりと言えば、公式を覚えて短縮発動させるという形式の魔法である。

魔人が使う魔法といっても様々な方法がある。メティちゃんが無自覚に新しい魔法を生み出したように、同じ魔法でも使い方は色々あって、魔導書に書かれたやり方も一つではないのだ。

私が勉強しているやり方は正直好みが分かれる。数学嫌いなら見たくもないだろう。単純な魔法を使うだけならかなり遠回りになる。簡単なものなら付与魔法のように身体に覚えさせてしまえばいいだけだ。ただしこのやり方は一度覚えてしまえば他の魔法にも応用が効く。急がば回れとはよく言うが、私は回り道をしながらたくさん吸収している最中なのだ。

その後、ケルベロスの遠吠えが聞こえるまでずっと集中していた。狩りから戻ってきたのだろう。外はまだ明るい。フランミェさん一人で狩りに行く時は夕飯時まで帰ってくることはない。だが今回はケルベロスにとって慣れない狩りということで早めに引き揚げてきたのだろう。

ノートを閉じ、門へと向かう。すると門の近くにはすでに魔王様とタイランさん、ミギさんとヒダリさんの姿があった。彼らもお出迎えに来たらしい。

「ダイリさん、こっちです」

「たくさんありますよ」

ミギさんとヒダリさんに手招きされ、積み上げられた魔獣の山の前まで行く。

「凄い量ですね」

いつもはフランミェさん一人だが、今日はマイセンさんとケルベロスも加わったからだろう。普段の倍以上の量が積み上がっている。三頭に分かれたケルベロスは皆、自慢げな表情だ。

ただ、数日分に分けるにしてもこの量を調理するのは大変だ。そもそも冷蔵庫に入りきるだろうか。

心配で上を見上げてみると、魔王様を抱き上げたマイセンさんが私達の隣にやって来た。

「これならバーベキューも出来るだろう」

「バーベキュー？」

「以前、メビウスがお子様ランチを喜んでいたからな。他にも食事をと思って計画してある」

マイセンさんの計画は魔王様も初耳だったようだ。また何か新しいものが食べられると喜んでいる。するとフランミェさんは「肉だけじゃないですよ」と魔王様に声をかける。そして見覚えのあるクーラーボックスを下ろした。

「おにぎりも炭で焼くと美味しいけど、肉も炭火焼きにすると美味いの。魔海老もたくさん取れたから、何匹か焼いてちょうだい」

「分かりました。肉もこれだけあれば十分ですね」

「腕がなります」

ミギさんとヒダリさんはマイセンさんの計画を知っていたようだ。クーラーボックスを回収しながら教えてくれた。

すでにある程度準備も済ませているらしい。初めからバーベキューにするつもりで、バーベキュー用のグリルを購入済みらしい。

またマイセンさんが行きに二人に頼んでいたのは焼いた肉に付けるタレ作りだった。レモン塩も美味しいので、そちらも用意するつもりだそう。言ってくれれば手伝ったのに。任せてしまったようでなんだか申し訳ない。

まだ準備することは残っているようなので、そちらを手伝わせてもらうことにした。

「タイラン、グリルの用意を手伝ってくれ。メビウスはフランミェと一緒に城にいる者に声をかけてきてくれるか？」

「うむ！」

マイセンさんとタイランさんはバーベキューセットの用意、フランミェさんと魔王様はここにはいない参加者に声かけ。ミギさんとヒダリさんは肉の解体と下準備。私はおにぎりとサラダを用意することとなった。

早速キッチンに戻り、お米を炊く。その間にサラダと焼きおにぎりに塗る醤油ダレを作っておく。味の濃いものと一緒に食べるので、今日は薄味に作っておいた。お米を蒸らしている間に外に料理を運び、並べていく。

おにぎりは焼きおにぎり用のものと、塩握りを作った。分かりやすいように色の違う皿にズラッと並べ、トレイに載せる。キッチンを出ようとするとミギさんとヒダリさんに声をかけられた。

「私達も行きます」

「すみません。このレモン塩も一緒に持っていってもらっていいですか？」

「もちろん」

ちょうど二人も下拵えが終わったところだったようだ。三人でバーベキュー会場に向かうと、すでに声をかけられた人達は揃っていた。

タイランさんとマイセンさん、魔王様とフランミェさん、ケルベロスの他に、グウェイルさんとメティちゃん、シエルさん、オルペミーシアさんと勢揃いである。

飲み物はシエルさんとオルペミーシアさんが用意してくれたようだ。テーブルにずらりと飲み物が並んでいる。端っこにある酒類はフランミェさん用だろうか。かなりの量だが、食事量も桁違いの彼女なら飲み切ってしまうのだろう。

タイランさんとマイセンさんが用意してくれたグリルは蓋があるタイプとないタイプがあり、全部で三台。どれもかなり大きいものを用意してくれたようだ。すでに中の炭には火がつけられている。蓋付き二台はミギさんとヒダリさんが、蓋なしは私が担当することとなった。

日本のバーベキューは蓋がない網の上で焼くのが一般的なので、こちらも用意してもらえてありがたい。ちなみにこちらを用意したのはタイランさん。

「こっちでも肉を焼くのか？」

「はい。あっちは分厚い肉を焼くぶんにはいいんですが、薄い肉は火が通り過ぎちゃうので。火が通りやすい野菜もこっちで焼きますよ」

全て同じ厚さにカットするつもりだったところに、薄めの肉も用意してもらえるように頼んだのだ。魔王様とメティちゃんは薄い方が食べやすいだろうと。

「焼きおにぎり用のスペースも取っておいてくれよ。そのために用意したんだからな」

タイランさんは近くに置かれていた予備のトング片手に、七輪だと狭いからなと付け足す。どうやらこれは、大人数用焼きおにぎり器だったようだ。

すでに肉を網全体に広げてしまったので少し待ってもらって、スペースを空ける。大体焼きおにぎりが三つ載るくらい。私が薄くスライスしてもらった肉を焼く横で、タイランさんはせっせと焼おにぎりを育てていく。すると魔王様とメティちゃんが仲良くやってきた。

「それが焼きおにぎりか？」

「そうだ。俺が焼いてやる」

「メティも食べたい」

「分かった。皿空けて待っていてくれ」

「うむ」

二人は空っぽの皿を手に、じいっと焼きおにぎりを見つめている。

「よければお肉とお野菜も先に食べませんか？」

「もらおう」

「メティも食べる」

二人の皿に焼けた肉と野菜を載せる。その場でもぐもぐと食べている二人を見るに、やはり薄めの肉を用意して正解だった。美味しいねと言い合っている。とても癒やされる。

「メティ、こっちにおいで」

「メビウスも兄上が取ってあげるからな」

グウェイルさんとマイセンさんは二人のために席を整えていたらしい。サラダやミント水が用意されている。大人達に世話を焼かれながら追加の肉もパクパクと食べていく。

「焼きおにぎりが出来たぞ」

タイランさんが声をかけると、二人とも椅子からピョンっと降りた。

「メティトゥール、行くぞ」

「うん！」

マイセンさんから新しい皿を受け取り、二人でトトトと走ってくる。

「美味いぞ。おかわりもあるからな」

「ありがとう」

「タイラン、兄上の分も頼むぞ」

「メティのお皿にはおじいちゃんの分も載せて！」

「ああ、任せろ」

焼きおにぎり担当のタイランさんはその後もせっせとおにぎりを焼いていく。焼く担当はたまに他の人に交代してもらい、その間に肉や焼きおにぎりを食べる。

「美味しいですね」

「兄上達が狩ってきた獲物だからな！」

「このタレ、肉とよく合うな」

「ありがとうございます」

「レモン塩もオススメですよ」

用意した時はたくさんあった肉も少しずつ量を減らし、空が真っ暗になる頃にはほとんどなくなっていた。楽しい時間はすぐに終わってしまうものだ。バーベキューが終わりに差し掛かると、魔王様は私の服を引いた。

「ダイリ、取りに行こう」

「そうですね」

肉を焼く係をシエルさんに託し、魔王様とキッチンに向かう。全員分のゼリーを持って会場へと戻る。

「皆さん、デザートがありますよ」

「我とダイリが作ったフルーツゼリーだぞ」

私がトレイを持ち、魔王様が一つ一つ渡していく。すでにゼリーの存在を知っていたミギさんとヒダリさんも自分達の分があるとは思っていなかったようで、渡されるととても感動していた。マイセンさんに至っては号泣である。

「メビウスがこんな物を作れるなんて……。凄いなぁ、大きくなったなぁ」

食べている間もずっと涙は流れたままだった。それほど嬉しかったのだろう。シエルさんとフランミェさんも隣で大きく頷いて共感している。小さい頃から見てきたのだろう。良いサプライズになったようだ。

魔王様特製フルーツゼリーでバーベキューはお開きとなった。片付けをしてから解散する。シエルさんとフランミェさんにも手伝ってもらいながら五人で洗い物をしていると、窓に大きな滴が当たった。そして続くようにドドドッと叩(たた)きつけるような音がする。

「雨ですね」

「雨季が始まったようです」

「ケルベロスの狩りが済んだ後で良かったですね」

「魔海老も雨が降ると釣りづらくなるのよね」

いつもよりも二ヶ月近く遅れた雨季が魔界にやってきた。


さすがに全ての肉をバーベキューで使い切ることはなく、冷蔵庫にはまだまだ肉が残っている。フランミェさんが釣ってきてくれた魔海老もある。そこでお昼はお子様ランチを作ることにした。

昨夜はたくさん食べたので朝から気合い十分。ミギさんとヒダリさんも二度目のお子様ランチ作りに張り切っている。二人にはハンバーグとパスタと盛り付けをお願いした。私はオムライスとお花型のプリンと海老フライ、旗を担当。

タイランさん以外の旗の絵柄も考えてある。魔王様とマイセンさんは目玉焼きゼリー、グウェイルさんとメティちゃんがミント。ミギさんとヒダリさんは七輪とホットサンドメーカーをそれぞれ描いた。出来上がったオムライスに旗を突き刺していく。

するとミギさんとヒダリさんは盛り付けの手を止めて、こちらへとやってくる。やはり旗が気になるらしい。

「これは私達のですか？」

「はい。お二人で好きな方を選んでくださいね」

「どちらを選ぶか悩みますね」

真剣にじいっと見つめる二人。どちらも頑張って描いたのでそこまで悩んでもらえて嬉しい。しばらく悩んで、彼らは「これにします！」と指さした。伸ばした腕はクロスしている。

お互いに違うものを選んだことに驚いたようだ。けれどすぐに選んだ旗が刺さったものを自分の元に引き寄せた。

「これは私の分。ダイリさんが私のために作ってくれたもの」

「この旗は失くさないように先生がくれた箱に入れておきましょう」

大切な物ですからね、と二人で顔を見合わせる。ふと、以前魔王様がりんご飴の棒を持ち帰ったことを思い出した。タイランさんにはあげないからと、逃げるように去っていった時のこと。あの時の魔王様も二人と同じ気持ちだったのだろうか。少しだけ胸の辺りが温かくなる。

「そういえばこれはなぜ旗がないんですか？」

「一つだけ寂しいままです」

「それは私の分で。どうしようかなと思って」

「ならダイリさんの分は私達が描きます」

「こちらお借りしてもいいですか？」

「どうぞ」

　予備の旗とペンを手に、ミギさんとヒダリさんはキッチンの端っこへと向かった。出来るまで私は見てはいけないらしい。こっちを見ないでくださいねと釘を刺された。つい見たくなる気持ちをグッと堪え、残りの分も盛り付けていった。

「出来ました」

「自信作です」

　ミギさんとヒダリさんはそう言って私のオムライスに二本の旗を差した。一本は甘芋の蒸しパンで、もう一本にはホットサンドが描かれていた。

「私達がダイリさんから教えてもらった初めてのおやつです」

「私達がダイリさんから教えてもらった初めての料理です」

「ダイリさんはいろんなことを私達に教えてくれます」

「これらは記念すべき一品目。ダイリさんが私達に向かって踏み出してくれた一歩目なのです」

「ミギさん、ヒダリさん……」

　二人の想いがたくさん詰まった旗を見ていると、徐々に視界が揺らいでいく。私のために作ってくれたことが嬉しくて涙が溢れた。こんなのいつぶりだろうか。目から雫が溢れる度、私の胸に幸福という名の雫が溜まっていく。

「私達と同じ気持ちになってもらえて嬉しいです」

二人はそう言ってハンカチを差し出してくれた。ありがたく受け取って、目を押さえる。

「そろそろ昼食が……ってどうしたダイリ！」

タイランさんが昼食を食べにやってきたらしい。ぎょっとしながらこちらへと駆け寄ってくれる。

「すみません。嬉しくて、つい泣いちゃって」

「嬉しい？」

「私達の気持ちを受け取ってくれたのです」

「とても嬉しいです」

ミギさんとヒダリさんの説明にタイランさんは首を傾げる。けれど「旗です」と付け足され、何があったか察してくれたらしい。なるほど、と頷いた。

「何も描かれていない旗はもう残っていないのか？」

「ありますよ」

「ペンもあちらにありますからね」

「借りるぞ」

そう告げると、先ほどミギさんとヒダリさんがいたスペースで何かを描き出した。少し凝っているようで、追加のペンまで借りて。私の涙が落ち着いた頃、彼は顔を上げた。

「俺からはこれだ。ジャムはいちごにした」

新たに突き刺された旗に描かれていたのはジャムがかかったアイスクリーム。タイランさんの思い出のおやつである。

「もう二度と食べられないと諦めていたが、ダイリが作ってくれた。俺にとって大切なおやつだ」

「タイランさん……」

「魔王も描くと言い出しそうだな。持って行っておこう」

「予備を持ってきますね」

「ペンもたくさんありますよ」

タイランさんの提案を肯定するように、ミギさんとヒダリさんはたくさんの旗とペンが入った箱をそれぞれ手渡した。すぐに渡せる分を全て渡したからだろう、魔王様の分だけにしては多すぎる。

だがタイランさんは特に気にした様子もなく、二つの箱をそのまま持っていった。

「ダイリは少し時間をおいてから来てくれよ」

去り際、そう付け足すのも忘れずに。ミギさんとヒダリさんはいい仕事をしたとばかりに額の汗を拭う仕草を見せる。

タイランさんの指示通り、少し待ってからマイセンさんの執務室に向かった。だがそこにいたのは魔王様とマイセンさんだけ。タイランさんの姿はない。残りの旗とペンも見当たらない。

てっきり一緒にいると思っていたのだが、キッチンに戻ったのだろうか。なぜ会わなかったのかと疑問に思っていると、魔王様が旗を突き出した。

「ダイリ！　我もダイリの旗を描いたぞ」

「俺も描いた」

「ありがとうございます」

描いてもらった旗はお子様ランチと交換する。魔王様が描いてくれたのはりんご飴で、マイセンさんはクッキーだった。どちらも私との思い出の品を描いてくれたらしい。魔王様がりんご飴を気に入ってくれているのは知っていたが、マイセンさんがクッキーを描いたのは少し意外だった。

「誤解が解けたおやつだからな」

少し恥ずかしそうに頬を掻(か)いた。それを誤魔化(ごまか)すように「魔法使いは次に行ったぞ」とぶっきらぼうに教えてくれた。

「次?」

「次は庭だぞ」

どういうことだろうか。二人に尋ねてもニコニコと笑うだけ。よく分からず、メティちゃんとグウェイルさんの元へと向かう。すると曲がり道に差し掛かった頃、後ろから声をかけられた。シエルさんである。彼女の手にはとあるものが握られていた。

「ダイリ様、こちらをどうぞ」

「わっ。あ、ありがとうございます」

旗である。シエルさんもタイランさんから旗を受け取ったらしい。描かれていたのはシーツとタオルだった。

「ダイリ様さえよければ、雨季が明けてからまた一緒にお洗濯をしましょう」

「はい、是非!」

シエルさんと別れ、グウェイルさんとメティちゃんの元へと向かうと、彼らからも旗を受け取った。二人は私が描いたのと同じくミントであった。思い出の植物だから、と。そしてタイランさんが他の場所に向かったことも教えてくれた。

キッチンに向かう途中、いろんな魔人に声をかけられた。

「どうぞ」

「おやつの聖女さんの旗よ」

「俺、これが一番好きなんで」

「この前抱きしめていた子を描いた」

「ミント水、美味しかったから」

皆、私との思い出の品を描いてくれたらしい。タイランさんは一体どのくらいの人に配っているのだろうか。てっきり魔王様だけだと思っていたのだが、まだまだ配っているようだ。

マイセンさんの執務室と庭に行っただけなのに、手の中にはたくさんの旗がある。これら全てをオムライスに刺すことは出来ないが、彼らの思いは受け取った。温かい気持ちが私の中にじんわりと広がっていった。

タイランさんが戻ってきたのは私達がお子様ランチを食べ終わった後のこと。すっかり冷めてしまったが、彼は満足げな表情である。箱の中にたくさんあった旗もなくなり、ペンもキッチンにいた時にはなかったものが何本か加わっている。

「皆、描き終わったら渡すと言っていた」

「どこまで配りに行ってたんですか」

呆れたように尋ねればタイランさんはいたずらっ子のような笑みを浮かべた。

「欲しい奴がいるところまで。まぁ足りなかった分は違う旗になったが」

結局誰に渡したのかは分からぬまま。聞いても教えてはくれなかった。


その言葉の意味を知ったのは翌日。おやつを配りに行った時のこと。

お子様ランチにプリンを付けたので、今日のおやつはフルーツシロップを出すことにした。すっかり氷砂糖も溶けて飲み頃だったのだ。

抹茶オレの経験からフルーツシロップは瓶ごと持って行って、好きな濃さに出来るようにした。割るものも濃いめの紅茶と牛乳の二種類を用意。時間に余裕があるので、これらをワゴンに載せてガラゴロと転がしていく。

その途中でも旗をたくさんもらったのである。一人だけバレンタインデーが来ているのではないかと錯覚しそうなぐらい。

マイセンさんの執務室にはタイランさんもいたのだが、私がたくさん旗を持っているのを見て、にやにやと笑っている。すると魔王様も口元を隠してむふふと笑いだす。完全に楽しんでいる様子だ。サプライズ気分なのだろう。私も一つ一つが嬉しくて、良い思いしかしていない。

「今日のおやつはフルーツシロップです。牛乳と紅茶を用意したので、好きな方を選んでくださいね。シロップもたくさんあるので、好きな量を言ってください」

「もちろん我は牛乳だ！　シロップはたくさん入れて欲しい」

「俺もメビウスと同じで頼む。シロップの量は分からないからダイリが決めてくれ」

「分かりました。タイランさんはどうしますか？」

「紅茶で割ってくれ。シロップは多めで」

シロップを掬うためにキッチンにある一番小さなおたまを借りてきた。これ一杯分を通常として、魔王様とタイランさんには二杯入れた。甘すぎたら飲み物の方を足せばいいだろう。一緒にいちごとミントを入れるのも忘れない。これも良い味が出ているのだ。

それぞれ牛乳と紅茶を注ぎ、いちごを食べるための細めのスプーンを添える。

「どうぞ」

魔王様は両手で受け取ると、すぐにごくごくと飲みだした。口の周りに牛乳のひげを作り、スプーンでいちごを引き寄せている。コップの中のいちごを全部口に入れると、魔王様のほっぺはぱんぱんに膨らんだ。もぐもぐと口を動かす姿はリスに似ていた。

しかも魔王様の目線はシロップが入っている瓶に向いている。気に入ったのだろう。

「メビウス、溢さないようにな」

「おかわりもありますから、ゆっくり飲んでください」

魔王様はごくんと飲み込んでから、こくりと頷いた。そして空になったコップを私の元へと持ってくる。

「おかわり！」

「また牛乳でいいですか？」

「うむ。シロップは多めだぞ」

元気よく頷いた魔王様。コップにシロップを入れていると、同じく空のコップを持ったタイランさんが魔王様の隣にやってきた。彼もおかわりをもらいに来たようだ。

「紅茶も合うぞ」

「そうなのか？」

「ああ。俺は次、牛乳にしようと思う。両方飲んでおきたいからな。ダイリ、シロップは多めで」

「シロップ多めの牛乳ですね」

こちらのコップにも同じ量のシロップを入れていく。魔王様は腕を組んですっかり悩んでしまった。うーむと首を捻っている。その間にタイランさんの飲みものを作っていく。

「気に入ったらまた作りますから、そんなに悩まなくても大丈夫ですよ」

「だが今日はもう一回だけだ。あまり飲むと兄上に怒られてしまう」

少し前の魔王様なら好きなだけ飲んでいたはず。だが今はマイセンさんとの約束を守るために悩んでいるようだ。答えが出るまで待っていよう。マイセンさんもタイランさんも優しい目で魔王様を見つめている。

悩みに悩んで、魔王様は紅茶を選んだ。

「両方飲んでおけば、次は悩まなくて済むからな」

えっへんと胸を張りながら、コップを受け取った。だが口を付けてすぐに固まってしまった。

「どうかしましたか？」

「どっちも美味しい。これでは次も悩んでしまう……」

「なら次も両方お持ちしますね」

「いいのか？」

「一つだけという決まりはないですから。飲みすぎなければ大丈夫ですよ。ね、マイセンさん？」

「ああ。また選べばいいさ」

キッチンに戻ったら次を仕込もう。だがその前に寄りたい場所がある。マイセンさんの執務室を出て、庭へと向かう。メティちゃんとグウェイルさんは牛乳と紅茶を選んだ。半分こして飲むらしい。シエルさんとフランミェさんにも会ったが、後で取りに行くと言われた。二人とも夜に飲むのだとか。フランミェさんはお酒で割るらしいが、シエルさんも一緒に飲むのだろうか。

ワゴンをトレイに持ち替えて、最後に向かったのは図書館。

「オルペミーシアさん、お茶しましょう」

図書館に入ってすぐ、上を向いて声をかける。最近のお茶のお誘いはいつもこうだ。広い図書館だが、どこにいても聞こえるらしい。今日もすぐ降りてきてくれる。

「今日のおやつは何かしら」

「今日は飲み物です。紅茶で割って飲むんですよ」

オルペミーシアさんは見た目の綺麗さを気にするので紅茶にした。休憩所として使っている部屋に入り、テーブルにトレイを置く。

「シロップの量が調整出来るんです。オルペミーシアさんはどのくらいの濃さが」

シロップについて説明していると、彼女が瓶を見つめていた。じいっと、などという生易しいものではない。動物が獲物を狙う時によく似ている。目をカッと見開いて値踏みをしているよう。

「オルペミーシアさん？」

「ああ、ごめんなさい。キラキラとした液体とフルーツが気になっちゃって。ねぇ、これってどうやって作るの？」

「これはいちごと氷砂糖とミントを瓶に入れて、ゆっくりと溶かしたものなんですよ」

「待つだけ？　ここに置いておいても出来る？」

「そうですね……キッチンだと冷蔵庫に入れているので、ここだと気温が少し心配ですかね」

「冷蔵庫があればいいのね！」

興奮気味な彼女の顔が目の先までやってくる。シロップそのものというよりもシロップの出来る過程に興味があるらしい。コクコクと頷けば、うっとりと呟いた。

「冷蔵庫さえあればこれが手に入る……」

「えっと、良ければ中に入れるフルーツもオルペミーシアさんが選んでください」

「いいの⁉」

「はい。入れるものによって味も色も全然違いますから」

「ああ、迷っちゃうわ」

いつもは作って渡すだけだが、たまにはこうして選んでもらうのもいいかもしれない。両方の頰に手を当てながらきゃっきゃとはしゃぐオルペミーシアさんを眺めながら、自分の分と彼女の分の紅茶を入れるのだった。

　オルペミーシアさんのお茶が終わった後、彼女からも旗をもらった。描かれていたのはステンドグラスのように窓にはめ込まれたジャムクッキー。一枚の窓の中に何色もの色が使われている。

「おやつの聖女さんが見せてくれるおやつは、私がずっと憧れたものばかりなの」

　この色が彼女の手の中にあるもので、もっとこの窓を増やしていきたいのだとか。オルペミーシアさんの言葉は難しくて、その言葉を完全に理解することは出来ない。けれど窓が増える度に見える景色が広がるという考え方は素敵だと思った。

　旗を受け取ってからキッチンに戻る。早速新しいシロップ作りに取り掛かることにした。今度はいちごのシロップとアプリコットの二種類。

　オルペミーシアさんは決めきれず、今度本を買いに行った際に市場を覗いてくることにしたらしい。おやつの材料から決めるのは初めてのことなので、じっくりゆっくりと決めるそうだ。


　その日の夜、久々に夢を見た。悪い夢ではない。タイランさんと魔王様がいて、二人とも私が焼いたパンケーキを食べている夢だ。

『美味いな。新しいジャムともよく合う。買って来て正解だったな』

『おかわり！　ジャムはいっぱいかけて欲しい』

『そんなに食べるとマイセンに怒られるぞ』

『兄上が来たら分けてあげるから大丈夫だ』

なんてことはない、魔王城の平凡な日常だ。起きたら涙が乾いた跡が頬に出来ていた。頬をつねって夢から覚めたことを確認する。そしてゆっくりと息を吐いた。

「良かった……」

それが心からの言葉だった。悪夢から掬い上げられたあの日以降、夢を見ることはなかった。だから少しだけ夢を見ることに対して警戒していたのだ。またあの夢を見たらどうしようと、ベッドに入るのが怖かった。

けれど久々な夢は何度も見てきたような光景で、この一年半で日常にしてきたものだった。やっと悪夢から抜け出せたよう。きっと机の上に並んだ旗が背中を押してくれたのだろう。それでもまだ少しだけ身体の中に悪夢が残っているような気がして、長く息を吐き出す。出せる限界まで吐き出して、一気にこの場所の空気を吸い込む。

「……前に進まなきゃ」

悪い夢に長く囚われていれば、大好きなものが大嫌いになってしまう。ジュードを責めて、自分を責めて。後ろばかりを見つめて悔いるだけになってしまう。

あの日、彼の手を拒み、別の道を歩もうと決めたことさえも無意味になってしまう。それはジュードに対しても失礼なことだから。私はそろそろ歩き出そうと思う。

進むならあのことを魔王様に言わなければ。顔を洗い、いつもの服に着替えてから髪を結ぶ。そして通信機を袋から出した。話がしたいと伝えるだけだが、妙に緊張してしまう。胸を摩りながらすうはぁすうはぁと深呼吸を繰り返す。そして心の準備が整った時だった。

「ダイリちゃんの花が咲いたよ！　みんな、ダイリちゃんの花が咲いたのよ！」

ドアの外からメティちゃんの声が聞こえてきた。

「花が咲いた？」

タイランさんの花が咲いた時も私の花は土の中だった。その後も芽が出てくることはなく、魔力を込める段階で失敗していたのではないかとさえ思い始めていた。

なのに花が咲いた？　なぜ今さら……。その理由として思い当たるものがあるとすれば、あの花の開花に人の気持ちが作用していた場合である。私の花は私の気持ちが決まるまで開花を待っていたのだとすれば、この思いは魔王様だけではなく、みんながいるところで告げるべきなのだろう。

通信機を起動させるよりもずっと緊張する。けれど魔王城の人達からもらった旗が私に勇気をくれた。断られたらと思うと怖くてたまらない。けれど今を逃したら、また後悔のループに戻るだけだから。

「大丈夫。私は魔王城で新しい私になったんだから」

両手を握り締め、廊下へと出る。少し歩けばメティちゃんがいた。「ダイリちゃんの花が咲いたよ！　みんな、ダイリちゃんの花が咲いたのよ！」と繰り返している。だが私の顔を見つけるとピタリと止め、トトトとやってきた。

「あ、ダイリちゃん。あのね、ダイリちゃんのお花が咲いたの！」

「見に行ってもいい？」

「もちろん！　一緒に行こう」

手を繋ぎ、庭へと向かう。道中、メティちゃんから私の花についての話を聞いたのだが……。

「門？」

「そうなの！　おじいちゃんも通れるくらい大きいのよ！」

「お花じゃないの？」

「お花だよ？」

どういうことだろう。話を聞けば聞くほど謎が増えるばかり。花の門と聞いて頭に浮かぶのは桜の花道である。だが植えたのは球根一つだけ。一本の木では門にならないはずだ。

考えて考えて。けれども分からぬまま傘を手に取る。そして実物を見てようやく理解した。

「来たな。これが嬢ちゃんの花だ」

「クレマチス……」

雨の中、土の上には大きなクレマチスの門が出来ていた。私の大好きな花だ。木の枝のようなもので作られた門にクレマチスのツルが絡み合っている。この門部分も土の下から伸びている。全てが私の球根から出たものであるらしかった。

「おお、これがダイリの花か。見事なものだな。我も植えたかった……」

「遅れていると聞いたが、ここまで大きいものは初めて見た」

遅れてやってきた魔王様とマイセンさんは私と同じく上を見上げている。ただタイランさんだけが下を見る。

「旅人の花、か」

クレマチスの別名は旅人の花。私もその呼び名を知ったのは王都に来てからのこと。大陸中にあるこの花は日陰を作ることで有名で、旅人は度々クレマチスの作った影で一休みするそうだ。だから旅人はこの花を大事にするのだと。

今は雨が降っていて影は見えない。ここには日陰なんていらない。休める場所なら城の中にあるから。タイランさん以外は上を見上げて、ピンク色の花と花が作り上げた門を眺める。

通常、クレマチスがこの時期に咲くことはない。門の部分だって普通は人間が用意するのだ。支柱にツルが絡みつくことで好きな形を作る。自然界なら近くにあるものに巻き付いて成長していくのである。

だが私の花は自分の力で支柱部分まで用意してしまった。グウェイルさんだけではなく、タイランさんもマイセンさんも通れるほどの大きい門を。

旅人の花と呼ばれる花は私に、この門を通って人間界に戻るように訴えているのならば。一瞬そんな考えが頭をよぎった。けれどすぐに否定する。私一人が通るだけならこんなに大きな門などいらないのだ。そう、これは魔王城に咲くべくして咲いた花なのだ。

「通っていいのか?」

「足元が濡れているので、お気を付けください」

「うむ。兄上、通ろう」

「メティも通る！　おじいちゃんも一緒に行こう」

「ああ」

魔王様に続き、彼らは傘を閉じてからクレマチスの門を通っていく。一つしかないからすぐに通り抜けてしまうけれど、彼らは楽しそうに笑っている。

満たされたような気持ちで彼らを眺めていると、タイランさんがこちらへと手を伸ばした。すでに傘は閉じていて、銀色の髪には雨が伝っている。私だけが傘を差したまま。

「ほら、ダイリも行くぞ」

傘を閉じて、タイランさんの手に自分の手を重ねる。すると濡れた魔王様とメティちゃんもこちらへと走ってきた。

「我ももう一回通るぞ」

「メティも」

「焦(あせ)って転ぶなよ」

そして四人で手を繋ぎ、門をくぐる。さすがに全員同時に通ることは出来ない。だから手を引かれる形で不格好に通っていく。

「よし通ったな」

門を通り抜け、魔王様は満足そうに大きく頷いた。けれど手は繋がれたまま。私はその手を離すことなく、胸に秘めた思いを打ち明けることにした。

「魔王様」

「どうした？」

「もう少しで二年が経ってしまうけど、私はその先も魔王城にいたいです」

時間はすぐそこまで迫っている。この雨季が過ぎたら乾季が来る。そしてもう一度雨季が来れば、私は人間界に戻らなければならない。代理である時間は初めから決まっていて、私がもっといたいと願ったところでオリヴィエ様が来れば私は不要になってしまう。

魔王様に認められなければ『ダイリ』を作り出した魔法は解けてしまうのだ。拒絶されるのが怖かった。顔を見るのが怖くて俯いていると、魔王様はプルプルと震え出した。

「ダイリはここから出ていこうとしていたのか？　出ていったら嫌なのだ。ダイリがいなくなったら我は寂しいぞ」

「メティも嫌だよ」

「魔王様、メティちゃん……ありがとう」

魔王様とメティちゃんを抱きしめる。すると背中から短く息を吐く音が聞こえた。

「何を今さらなことを言っているんだ。当然俺もダイリはここにいるものだと思っていた。魔王城の誰もがダイリを求めている」

タイランさんの優しい声に涙が溢れ出す。私、ここにいてもいいんだ。肯定され、ようやく自分のことを認められたような気がする。

ラズベリーパイはもう焼かない。私には新たに大切なものが出来たから。後悔するのは止めて、未来のことを見ていこうと決心するのだった。

幕間二　ジュードの手紙とフルーツシロップ

タイランはケルベロス探索の際、ダイリの花だけ芽さえ出ていないことを不思議に思った。

土が動いていると言っていたので、魔法は込められているのだろう。球根に込めた魔力が少ないほど開花が遅れるというのであれば、庭師の孫の花が最後に咲くはずである。だが彼女の花が最初に咲いた。では込めた魔力が多ければ開花が遅れるのかと考えるとこれまたしっくりと来ない。

そこで後日、花に詳しい庭師に尋ねてみることにした。

「あの花は開花までこんなに差が出るものか？」

「込めた魔法の量によって多少差が出るが、こんなに遅いはずがない」

「じゃあなぜ」

そう問えば庭師は困ったように眉(まゆ)を下げた。そしてどう告げるべきか視線を彷徨(さまよ)わせ、ポツリと溢(こぼ)した。

「あの花は咲かないかもしれない」

「魔力が上手(うま)く込められてなかったってことか？」

「いいや、ちゃんと込められている。俺(おれ)は長く魔王城にいる分、人間を何人も見てきたがあれほど綺麗(きれい)な魔力を持った人間は初めて見る」

「ダイリの魔法は誰(だれ)かへの思いが強く反映するからな」

魔法というものは使用者によって性質が異なる。人間界で使われている魔法の多くは教会や貴族が伝えていくことで、皆が同じような魔法を使えるようになる。

だが魔界では違う。魔人は生まれつき魔力を持っていることが当然だからだろう。庭師の孫のように意図せず魔法を発動させることがある。ダイリはそれに近い。感情によって魔法の効きが大きく変わってくる。魔力量も多いため、気持ちが強ければ強いほど強大な魔法が発動するのである。

「俺はその感情が開花を拒んでいるんじゃないかと思っている」

「どういうことだ？」

「夜中のキッチン」

「……気付いていたのか」

「あれほど強い魔法が使われていたら誰でも気付く」

ダイリは勇者と再会してからというもの、夜中にキッチンへ向かうようになった。毎日行くわけではない。行くタイミングも予想は出来ない。けれど必ずラズベリーパイを焼く。なぜ勇者の好物を焼くのか。それが不思議だった。

コック達によれば一人で食べているようだ。彼女は気付いていないが、使った道具や食器に魔法の痕跡が残っている。使っている魔法は付与魔法。ダイリが魔王城に来る前から使える魔法である。

そこまでは分かった。だがどんな付与をしているのかだけは、タイランにも解析することが出来なかった。魔王を部屋に招いて確認してもらったが、やはり知らないという。けれど胸を掻(か)きむしりたくなるような悲しみだけが、じんわりと染み込むように伝わってくるのだ。まるで感情を付与されているかのよう。

普段、ダイリが作っているおやつに付与されている魔法とは真逆。そんなものを彼女自身が食べていることが苦しくてたまらない。

だがダイリを止めるようなことはしない。タイランだけではない。魔王もコックもメイドもマイセンも、そして庭師も。

「突破出来ればいいんだがな」

「あればかりはダイリの問題だ」

庭師の言葉もタイランの言葉も、一見するととても冷たく感じることだろう。だが魔王城にいる者は皆、同じ言葉を吐く。

彼らは皆、知っているのだ。何かを失うことの悲しさを。魔法の痕跡に胸を痛めるのはその思いを知っているから。ダイリのあれは喪失と向き合う行為だと言ったのは双子(ふたご)のコックだった。だから誰もが邪魔になることを恐れ、彼女自身が上手く折り合いをつけるまで待っているのだ。

その話をした後、庭師と孫は人間界の植物を植えることにしたようだ。ならばとタイランはマイセンと相談してバーベキューなるものを行うことに決めた。ダイリはみんなで集まって何かをすることが好きみたいだから。魔王城の生活には楽しいことがあると示したかったった。

バーベキューセットを探している時、一通の手紙が届いた。送り主は勇者。送り先を間違えているのではないか——それが真っ先に思ったことだった。勇者は転移魔法を使えないから、手紙を託す際に伝え間違えたのだろうと。だが封筒にはしっかりと『タイラン様』と書かれていた。
それを見た時、手が震えた。ダイリにもう一度会わせて欲しいと書かれていたら、自分はどうすべきなのか。タイランには判断がつかない。かといって彼女に伝えれば、ラズベリーパイを焼くことさえ止めてしまうかもしれない。いっそ手紙を見なかったことにしてしまえば。ただの手紙だ。燃やしてしまえば跡形も残らない。

タイランにとって、三年間共に旅をした勇者よりもダイリの方が大事だった。魔界に来てようやく手に入れた『ずっといたいと思う場所』を手放したくなかった。けれど簡単に燃やすことなんて出来なくて、封を開けずにしまい込んでいた。どうすべきか悩んでいた。

だが今日、ようやくダイリの花が咲いた。彼女は自分の力で前に進む決心をしたのだ。タイランもそろそろ勇者からの手紙と向き合うべきだろう。

庭から帰ってシャワーを浴びた後、ダイリに明日のおやつのリクエストをした。出会い頭にいきなり「明日は牛乳ゼリーが食べたい」と告げられた彼女は目を丸くしていたが、すぐに了承してくれた。そして寒かったでしょうと、温かい紅茶を用意してくれた。フルーツシロップも余っているというので、それもたくさん入れてもらうことにした。

タイランはフルーツシロップの紅茶割りを持って部屋に帰ると、しまい込んだまま放置していた勇者からの手紙を取り出した。

「よし、開けるぞ」

一人の部屋で呟いて封を切る。中に書かれていたのはタイランが想像していたものとまるで違った。捜索で迷惑をかけたことへの謝罪から始まり、ダイリにもう一度会わせてくれたことへの感謝が綴られていた。

　二枚目には、タイラン達が人間界を去った後のことが書かれていた。

　勇者の幼馴染み殺害未遂の罪や、勇者と姫との結婚を強行しようとしたこと、その他諸々を罪に問われ、王は失脚。また教会も歴代の大聖女を無理やり働かせていたことや環境の劣悪さなどを告発され、トップが総入れ替えになった。

　新たな王座には勇者パーティの剣士が即位した。彼は王家の遠縁に当たり、数代前の元大聖女が嫁いだ家でもある。加えて勇者パーティのメンバーだったこともあり、国民や貴族からの支持も厚い。彼自身も今回のことを重く受け止めているらしく、二度と同じようなことは起こらないだろう。

　このあたりはあの国に未練などないタイランには興味のないことだった。驚いたのはその後。

『メイリーンにとっては最悪な記憶の上塗りでしかないだろうが、終わりに出来て良かった。本当はちゃんと謝りたい。けどメイリーンが望むのはもう二度と顔を見せないことだから。俺は国を去ることにした』

　国の重臣に据えられると思った勇者だが、彼は王都を出たそうだ。勇者としてではなく、ただ一人の冒険者としてまた一から始めるために魔法で姿を変えたらしい。

『もしもメイリーンが家族に会いたがったら、実家に連れて行ってあげて欲しい』

　この言葉の後には『メイリーンにとって、家族は本当に大切な存在なんだ』と綴られていた。ペンの文字は滲んでおり、そこには彼の後悔が見えた。

「言われなくたって、それをダイリが望むのなら」

すでに勇者は国を去った後で手紙を出すことは出来ない。出せたところで、ダイリが咲かせた花が旅人の花だったなんて伝えてやるつもりはない。だから一方的なくらいがちょうど良かったのかもしれない。

それに返事など書かなくとも、彼にタイランの気持ちは伝わっているはず。ダイリに幸せになって欲しいという気持ちは勇者もタイランも同じなのだから。

ここ最近の悩みが晴れたタイランはフルーツシロップの紅茶割りをあおる。そして明日のおやつに出る好物へと思いを馳せるのであった。

§四章§ 三段ケーキと決意

「ダイリ、今日からは王の間に戻れることになった！　仕事はもうないぞ！」

魔王様は久々の王の間で走り回る。もちろんこの先の仕事がなくなるなんてことはない。溜め込んでいた仕事と新たに増えた仕事の処理が一段落ついたようだ。今のところ魔王様でなければ進められないものはないので、しばしの間は仕事から解放されたという訳だ。

「この椅子も懐かしいな。我にピッタリで心地いい」

王座に腰かけ、ふふんと夢心地である。なのでマイセンさんもわざわざ訂正するようなことはせず、可愛い弟を見守っている。

「ところでタイランは一緒じゃないのか？」

「後で来るそうです」

ここに来る前に声をかけたのだが、作業中のようだった。後で行くと短く告げられただけ。今日は王の間にいると伝わっているのか怪しいので、少ししても来なかったらもう一度声をかけに行くつもりだ。

「マイセンさん、少し手伝ってください」

タイランさんがいない分、マイセンさんに働いてもらうことにしよう。キッチンワゴンと一緒に

sutetareta seijoha
okosama maou no
oyatsugakari ni
narimasita

持ってきたシートを少し広げる。以前庭でミントの種を蒔いた時に使ったシートと同じ柄なのでマイセンさんも気付いたらしい。

「ああ、端を持って広げればいいんだな」

「はい。私はこちら側に開くので、マイセンさんはあちら側に」

「分かった」

二人でシートを広げていると、魔王様が王座からトトトと降りてきた。いつもとは少し違うおやつの準備に興味津々のようだ。

「今日はシートを使うのか？」

「はい。今日は空間を広々と使えるということでおうちピクニック風にしてみました」

「おうちピクニック……なんだか楽しそうな響きだな」

ティーテーブルを用意してもらっても良かったのだが、一度やってみたかったのだ。シートはシエルさんが用意してくれた。なぜわざわざ城内でシートを敷くのか不思議がられたが。いつもと少し違うことをしてみたかっただけなので何とも説明しづらかったものの、無事許可は取れた。

シートを敷き終えたら靴を脱いで上に乗る。ボコッとしているところを平らにしたら準備は完了。待ってくれている魔王様を招待する。

「魔王様、靴を脱いでから上がってきてください」

「靴を脱ぐのか？　なんだかクローゼットの中に入るみたいだ」

魔王様はうきうきと靴を脱ぐ。私の隣に座ってから失言に気付いたらしい。あっ、と開いた口を押さえた。そしておずおずとマイセンさんの方を見る。彼は魔王様の靴を揃え、自分の靴を脱いでいるところだった。

「兄上、これはだな……」

「あれは兄上が悪かったんだ。メビウスは悪くないぞ。それよりクローゼットの中はどうだったか聞かせてくれ」

「……あの時は狭くて少し不安だった。でも今はもう一度入ってみたいと思う。あの中に入るなんて我は考え付かなかった」

「俺も入ったことないな。なんでダイリはあの中に隠すことを思いついたんだ？」

「子どもが隠れるにはピッタリだったので」

あの時は咄嗟にクローゼットの中に隠すことを思いついたが、押し入れやクローゼットはかくれんぼの定番である。私も前世では室内のかくれんぼの度にそこに隠れていた。暗くて怖くて結局自分から出てしまっていたけれど。魔王様とマイセンさんはこてんと首を傾げる。

そもそも二人の場合、隠れなければいけないようなことはなかったのだろう。ケルベロス捜索の時はかくれんぼみたいだと思ったが、魔王城にいる子どもは魔王様とメティちゃんだけ。あまり遊ぶということをしてこなかったのかもしれない。

魔人にとって魔王様は魔王様。敬うべき存在である。魔王様がお仕事をサボっていたのは、私とタイランさんという遊び相手と話し相手が出来たからのような気がしてきた。私も初めこそ怖がっていたが、今ではメティちゃんとほぼ同じに見ている。

魔王城の主人であることは分かっているのだが、いざ魔王様本人を見ると小さな男の子にしか見えないのである。

「仕事はもうないから気軽に遊びに来るとよい。新しいおやつや美味しいおやつを作った時はもちろん、楽しいことをする時も必ず我も誘うのだ」

今だって無邪気に楽しいことと美味しいものを求めている。チラチラとキッチンワゴンに視線を向けるのも見慣れた光景である。

「今日のおやつも新しくて美味しいおやつですよ」

「どんなおやつなんだ？」

「お米のおやつです」

キッチンワゴンからおせんべいが載った皿を取り出す。真ん中に置くと魔王様とマイセンさんは固まってしまった。パチクリと瞬きをしている。

初めて見るおやつ、おせんべいに戸惑っているようだ。おせんべいといっても本格的なものではなく、お昼に炊いておいたご飯に醤油を染み込ませて延ばしたものをフライパンで焼いただけ。見た目は焼きおにぎりを薄くした感じ。食感もバリボリというよりもパリっとしている。

子どもがご飯を食べずに残した時にぴったりなおやつである。といっても魔王城では基本的にご飯が残ることはない。これは追加で炊く際に量を多くして確保したご飯で作った。

「美味しいのでまず一つ食べてみてください。おせんべいには麦茶が合うので、今日は麦茶を用意しました」

バーベキューの際、魔王様は焼きおにぎりを気に入っていたようなのでおせんべいも気に入るはずだ。マイセンさんも好き嫌いはあまりないようだ。とりあえず麦茶を注ぎ、コップを差し出す。二人はそれを受け取ってからおずおずとおせんべいに手を伸ばした。私も一枚取って、パリッとかじる。

本格的なものを作れれば良かったのだが、あいにくとおせんべいは買う専門だった。作ろうと思ったことがなかった訳ではないが、おせんべい屋さんでキットを見ていたら自然と割れせんべいに手が伸びていた。そのキットもすでに丸い形になっていたので、一から作るとなるとかなり大変なのだろう。

あの厚みがあるおせんべいをもう食べられないのかと落ち込んだ。けれどミギさんとヒダリさんはあの国でもおせんべいが売っていたと教えてくれた。作り方と材料が分かれば魔王城でも作れるかもしれない。あの七輪で焼いたらさぞ美味しいことだろう。

自分がおせんべいをひっくり返す姿を想像しながら、パリパリと食べる。魔王様は何も言わずモグモグと食べている。気付けば皿の上のおせんべいが半分ない。魔王様だけにしては早すぎないかと視線をずらせば、マイセンさんも魔王様と同じくパクパクと食べていた。こういうところはそっくりである。

「麦茶のおかわりありますからね」

「飲む」

「俺にも入れてくれ」

魔王様とマイセンさんは麦茶をずずと啜る。自分のコップにも麦茶を入れていると、王の間のドアが開いた。タイランさんである。大股でこちらへとやってきた。

「遅くなった。今日はテーブルじゃないんだな。……ところで俺の分はちゃんと残っているか？」

「ちゃんとよけてありますよ」

「助かる」

タイランさんはそのままシートに座り込もうとする。すると魔王様がハッと顔をあげた。

「タイラン、靴は脱ぐのだぞ」

「そうなのか」

一歩下がって靴を脱ぎ、きっちりと揃える。その間にタイランさんの分のおせんべいと麦茶を用意する。

「見たことないおやつだな」

「おせんべいというお米のおやつです。タイランさんも気に入ると思いますよ」

魔王様の正面に腰を下ろしたタイランさん。彼の前におやつを用意する。いつもならすぐに手を伸ばすのだが、今日は様子が違った。

「おやつを食べる前に話しておきたいことがある。近々ばあさんがこっちに来ることになった」

先ほど手紙が届いたらしい。私が声をかけた時、タイランさんはオリヴィエ様に手紙の返事を書いていたのだと。やっと居場所が分かったと呆れたように息を吐きながら教えてくれた。

「ようやくオリヴィエと会えるのか！　楽しみだな」

「俺も楽しみだな。人間界に行った時、何度か彼女に関する話を聞いた。六十年以上大聖女を務めた歴代最長の大聖女らしい」

「そういえばダイリに魔法を教えたのはばあさんだったか」

「はい。全く魔法を知らぬ私に付与魔法を教えてくださいました」

付与魔法を教えてくださったのも、魔界へとやってくるキッカケをくれたのもオリヴィエ様である。いきなり飛ばされた時は驚いたけど、あの日があったから、オリヴィエ様と出会えたからこそ今の私がある。オリヴィエ様に早く会いたい。会って色々とお礼を言わなければ。

「明日か明後日あたりに俺の部屋に転移してくるらしいから、魔法の反応があると思う」

「オリヴィエの魔法なら見たことあるから大丈夫だ」

そう言いながら魔王様はおせんべいへと手を伸ばす。マイセンさんは「なるほど、了解した」と言いながらパリパリと食べている。良い知らせに安心したようだ。タイランさんに用意した皿にも手を伸ばし始める。

「ちょっと待て。お前達食べすぎじゃないか。そのくらいで止(や)めろ。それは俺の分だ」

「美味(うま)いのだからこれくらい普通だ」

「甘いのもいいが、こういうおやつもなかなか美味いもんだ」

パリパリパリパリ。言葉と共に軽い音が響く。二人に手を止める気はない。といっても私もパリパリと音を奏でている一員なのだが。タイランさんはくっ……と顔を歪(ゆが)め、急いでおせんべいに手を伸ばす。

「美味いな……」

「そうだろうそうだろう」

「塩味がちょうどいい」

「今日のおやつは今出している分で終わりですからね」

三人にそう声をかければ、魔王様とタイランさんの手がピタリと止まった。一人、マイセンさんだけがマイペースに食べ続けている。

「俺は全然食べていないんだが⁉」

「我も足りぬぞ！」

「これでもかなりの量を作ったんです」

手のひらサイズのおせんべいを山盛り作ったのだ。これ以上食べたら食べすぎである。

「足りない」

「食べたい」

もっと欲しいと詰め寄ってくる二人に「また明日です」と強めに主張する。だが二人も引く気はないようだ。なにせいつも魔王様を止めるマイセンさんは無言で食べ進めている。彼も二人ほどではないにしても増えたらいいなと思っているのである。

「ダイリ、よく考えて欲しい。俺の食べた量は二人に比べて絶対的に少ない」

「ダイリ、我は育ち盛りなのだ。子どもはたくさん食べるものだと本にも書いてあった」

じりじりと距離を詰められ、すぐ近くでダイリダイリと繰り返される。初めはダメだと返していたのだが、なかなか折れてくれない彼らに私の方が根負けしてしまった。

「土鍋一回分だけですからね。これ以上は絶対ダメです」

そう宣言すればタイランさんはグッと拳を固め、魔王様は「ありがとう、ダイリ」と私を抱きしめた。可愛い上、子どもならではの温もりがじんわりと伝わってくる。

「じゃあ作ってきますので」

魔王様のあまりの可愛さに、危なく前言を即時撤回するところだった。喉元まで迫り上がった『増量』の言葉を吐き出す前に、急いで立ち上がる。そして王の間を出た。

最近、魔王様が甘え上手になっているような気がするのは私の勘違いではないはずだ。


おうちピクニック風のおやつから四日が経った日のこと。通信機の音で目を覚ました。おせんべいを食べたいコールだろう。魔王様はすっかりおせんべいにハマったらしい。昨日ももっと食べたいとおねだりされ、また明日となんとか逃げ切ったのだ。

まだ覚醒しきっていない頭で通信機に手を伸ばす。

「ダイリ、起きているか?」

「今起きました」

「オリヴィエが来たぞ」

頭の中はおせんべいのことでいっぱいだった。醤油味以外も作ろうかとまで考えていたのだ。魔王様の言葉を理解するまで数秒かかった。

「オリヴィエ様がいらっしゃったんですか⁉」

「うむ。着替えたら王の間に来るのだ」

「は、はい。すぐ行きます」

時計を見ると、いつも起きる時間よりも少し早い。だがオリヴィエ様にご挨拶に行くのに時間なんて関係ない。急いで身支度を整え、王の間へと走った。

すれ違う魔人は何事かと振り返る。けれどすぐに私の向かう先が王の間だと気付いたらしい。魔王様に用があると思ったのだろう。気を付けてと告げるだけだった。

王の間のドアの前に到着し、呼吸を整える。そしてドアの向こうに「失礼します」と声をかける。

ドアをゆっくりと開けばそこには優雅にくつろぐ魔王様とオリヴィエ様の姿があった。マイセンさんはアップルパイを切り分けており、タイランさんはなぜかぐったりとしている。凄く不思議な空間だ。そんな中、元気な二人に声をかけられる。

「メイリーンさん、朝早くにごめんなさいね」

「ダイリ、オリヴィエがアップルパイを焼いてきてくれたのだ。一緒に食べよう」

「あ、はい」

状況が理解出来ぬまま、魔王様がぺしぺしと叩く席へと腰かける。けれどご挨拶だけは忘れてはいけない。まともに働かない頭でなんとか言葉を絞り出す。

「オリヴィエ様、お久しぶりです」

「久しぶりね。元気そうで良かったわ」

「一晩中俺から情報を聞き出しておいてその言葉はないだろう」

タイランさんはマイセンさんからアップルパイを受け取りながら不満げに呟く。唇を尖らせてまるで子どものようだ。寂しかったのかもしれない。オリヴィエ様もそんなタイランさんににっこりと笑みを浮かべる。

「夜に聞いたのはあなたのことを確認するため。ちゃんと眠れているようで驚いたわ。その上、三食おやつ付き生活を送っているとはねぇ。もう、肌も艶々になっちゃって」

オリヴィエ様はタイランさんの頰に手を伸ばす。けれどタイランさんはスッと避けた。そして恥ずかしさを隠すようにアップルパイを口いっぱいに頰張った。

「美味しい？」

「ん」

「オリヴィエのアップルパイは久々だな。懐かしい」

魔王様はほくほく顔でアップルパイを食べ進めている。早くも二切れ目に突入した。私もごちそうになることにして、アップルパイを口に運ぶ。

「美味しい……」

思わず声が漏れた。オリヴィエ様のおやつを食べるのは初めてだ。こんなに優しい味がするなんて……。不思議と実家にいる家族と前世の家族を思い出す。食卓を囲み、大きなケーキを切り分けた時の光景が脳裏に広がっていく。

タイランさんがおやつ好きになったのはこのおやつを食べていたからか。彼の好きなおやつが子ども向けのおやつばかりであることが少し不思議だったが、どれもオリヴィエ様が作ってくれたからなのだろう。

それにタイランさんが黙々と食べているのは久々のオリヴィエ様のおやつだから、という理由だけではないはず。なにせこの中には甘芋が入っている。いわゆるスイートポテトアップルパイというおやつである。芋好きのタイランさんにはたまらないはずだ。

「メビウスちゃんとメイリーンさんに気に入ってもらえて嬉しいわ。ところで気になっていたのだけど、ダイリって何かしら？」

「ダイリはダイリだぞ？」

「大聖女オリヴィエの代理で来たからダイリ。タイランがそう名付けたと聞いているが？」

魔王様とマイセンさんはこてんと首を傾げる。するとオリヴィエ様の笑みが凍り付いていく。こちらまで背筋が凍りつきそうだ。

「タイラン？」

「訳あり娘をいきなり送り付けてくるばあさんが悪い」

視線を上げずに言い放つタイランさん。するとオリヴィエ様の周りの空気がますます寒さを増し、目尻がぴくぴくと震えている。すると魔王様も少し不安になってしまったようだ。

「ダイリはダイリじゃないのか？」

「えっと魔王様にメビウス様ってお名前があるのと同じで、私には本当の名前がありまして。来た当初は少し嫌だなとは思っていましたが、今はもうダイリっていう名前も嫌いではないのでダイリで大丈夫ですよ」

すっかりこの名前に慣れてしまった。それに名前の由来を知っている人がどれほどいるか。知っていたとしても私をオリヴィエ様の代理だと思っている人はこの城にはいない気がする。そういう名前だからそう呼んでいるだけ。マイセンさんが良い例だ。初めは即席の嘘だと思っていたが、今は名前として受け入れている。

「本人が気にしていないいんだからいいだろ」

「来た当初は嫌だったって言っているでしょう」

「だからって本当の名前を聞く訳にはいかないだろ。用事が済んだら帰すつもりだったんだから」

ネーミングセンスはともかく、あれはタイランさんが配慮してくれた結果。彼が優しい人であることは知っている。それはオリヴィエ様も同じこと。

彼女は額に手を当て、大きなため息を吐く。そして私に深く頭を下げた。

「メイリーンさん、うちのタイランがご迷惑をかけたようで」

「初めは驚きましたが、おやつ作りは好きですし、役割と名前を与えてもらえたおかげで魔王城に馴染むことが出来ました。だから今は感謝しているんです。タイランさんだけではなく、オリヴィエ様にも。本当にありがとうございます」

魔界に送ってくれたこと。私に役割と名前、居場所を与えてくれたこと。それからジュードとのことも。私が知らないところでもたくさん助けられてきたのだろう。感謝してもしきれないくらいだ。言葉で尽くしきれない分、深々と頭を下げる。

「メイリーンさん……」

オリヴィエ様は何と言葉を返そうか悩んでいるようだ。頭を下げた状態でも、何か告げようとしてはかき消す声が聞こえる。

魔王様はそんな空気に耐えられなかったようだ。遮るように問いかける。

「ところでダイリ、今日のおやつもおせんべいを作ってほしい」

「アップルパイ、足りなかったかしら？」

「いや、量ではない。味だ。もちろんこれも美味いのだが、魔法が付与されていないとなんだか変な感じがするのだ」

「ああ、さっきから何か違和感があると思ったらそれか。この二年ですっかりダイリのおやつに慣れたからな。俺の分のおせんべいも作ってくれ」

「俺はダイリのおやつを食べ始めて短いが、付与魔法があるのが当然となりつつあるな。これも美味いが、自分で付与魔法をつけるのは何かが違う。俺の分も頼んだ」

魔王様の言葉に他の二人も加勢する。理由を付けておせんべいも食べたいだけなのだろう。顔を上げると三人から期待の眼差しが向けられていた。オリヴィエ様だけが何のことか分からずに首を傾げている。

「付与魔法？　おせんべい？」

「ダイリのおやつには付与魔法がかけられているのだ。そしておせんべいはとても美味いおやつのことだ」

「付与魔法が……。作ってからかけるんじゃないのよね？」

「どうやら気持ちが作用しているところまでは分かったのですが、どのタイミングでかけているかまではよく分からなくて」

中途半端な説明ではオリヴィエ様の疑問がますます深まるばかり。そんな私達にタイランさんが助け舟を出してくれた。

「ばあさんも見てみれば分かる」

確かにそれが一番早い説明方法なのだろう。なにせタイランさんも魔王様もマイセンさんも付与魔法がかけられていることにすぐ気付いたのだ。おそらくオリヴィエ様にも分かるはずだ。

「メイリーンさん、見せてもらってもいいかしら」

「はい。上手く説明出来ず、申し訳ないです」

「それなら今から作ってくるといいぞ」

「作るならやはりおせんべいがよいと思う」

「その間に大聖女殿の部屋を用意させておく」

ちゃっかり追加のおせんべいを作らせることに成功した三人は大喜びで残りのアップルパイへと手を伸ばす。オリヴィエ様もおやつの付与魔法が気になるのかウキウキとしている。

「それでは行きましょうか。キッチンはこちらです」

私が魔王城に来た日にシエルさんが案内してくれたように、オリヴィエ様をキッチンへと案内する。といってもすでにタイランさんから軽く説明を受けているようだ。道を覚えるのが苦手な私とは違い、すでにある程度の道順を覚えていた。

「ダイリさん、おはようございます。そちらの方は？」

「オリヴィエ様です」

「以前タイランが話していた方ですね。もう魔界に来ていたのですか」

「これから魔王城でお世話になることになりました、オリヴィエです」

「私達はミギとヒダリです」

「魔王城でコックをしています」

簡単な挨拶を済ませ、ミギさんとヒダリさんに今からおやつ作りをすることになったと説明する。

二人からは、初めておやつの付与魔法を見るのなら、オリヴィエ様が知っているおやつの方がいいのではないかと至極まっとうな指摘を受けた。

だが王の間で魔王様達がおせんべいを待っていることを告げると、すぐに納得してくれた。そしておせんべい作りに必要な材料や道具をテキパキと用意してくれる。

「私達も食べたいです」

「多めに作ってください」

当然のようにリクエストも忘れない。朝の連絡はやはりおせんべいが食べたいコールという認識で良かったのではないか。そんなことを思いながらエプロンをつける。

「おせんべいというのはお米を使ったおやつで」

オリヴィエ様への説明を挟みながらおせんべいを作っていく。私達がやってきた国では馴染みのないおやつだが、オリヴィエ様が知りたかったことは分かったらしい。

「確かに性質は付与魔法みたいだけど、こんな使い方は見たことないわ」

「ダイリさんの魔法は面白いですよね」

「作るおやつも私達の見たことのないものばかりで毎日がとても楽しいです」

「魔界ではこんなふうに魔法を使うことってよくあるのかしら」

「はい。皆が自分の使いやすいように変化させます」

「その中で新たな魔法が生まれていくのです。最近だと庭の植物が魔法で急成長しました」

「ミントよね。タイランも言っていたけれど、さすがは魔界ね」

おせんべいを作り終わる頃にはすっかりミギさんとヒダリさんと仲良くなっていた。オリヴィエ様が興味を持った料理と魔法はどちらも彼らが専門とするものだ。今まで私が作ったおやつや料理の話でも盛り上がっている。

「これを魔王様達に渡してきますね。オリヴィエ様はどうされますか？」

「私はもう少し彼らと話してから戻るわ」

教会にいた頃のオリヴィエ様は皆が憧れる元大聖女様だった。優しいけれどずっとずっと偉い人で。話す度に緊張していた。けれどミギさんとヒダリさんと話す彼女はタイランさんとよく似ている。こちらが素なのだろう。これからもっともっと彼女を知っていく機会がある。一緒におやつを作れるかもしれない。そう思うと胸が躍った。

王の間に戻り、そのことを告げる。けれど三人ともオリヴィエ様が戻ってこないことにあまり驚いてはいなかった。

「我もたくさん聞かれたが、コックのところでもたくさん話しているのだな」

「師匠もばあさんも魔法のこととなると他はどうでもよくなるからな」

「タイランも同じだろ」

おせんべいをパリパリと食べながらそんな話をしていた。オリヴィエ様がキッチンから戻ってきたのは三人がおせんべいを食べ尽くした後のことだった。王の間に入ってきて早々要件を告げる。

「メイリーンさん。お茶会を開きましょう！」

ミギさんとヒダリさんと話しているうちにそう決まったらしい。私がおやつを配っているということも聞いたようで、挨拶のためにおやつを用意することに決めたそうだ。

配り歩くのではなく魔人達に足を運んでもらう形式にしたのは、彼らのタイミングに合わせるため。これはミギさんとヒダリさんの案だそうだ。私は今まで特に気にせずに配っていたが、二人に言わせればそれはすでに私の存在が周知されていたからこそ出来たことだとか。

お茶会といっても魔人の多くは長時間会場にいることは出来ないので、皿に載せて持ち帰れるように小さめのおやつをたくさん作りたいのだと。目をキラキラと輝かせながらお茶会の構想を語ってくれた。想像するだけで楽しそうだ。

以前開催したお茶会は参加人数も少なく、おやつもクレープだけと非常に小規模なものだった。けれどオリヴィエ様とミギさんとヒダリさんにも手伝ってもらえばたくさんのものが作れる。

「やりましょう」

「なら今から用意しなくちゃ。開催は明日よ」

「明日ですか⁉」

「こういうのは早い方がいいもの」

いくら何でも気が早すぎる。けれどすでにミギさんとヒダリさんには準備をしていて欲しいと伝えてあるようだ。オリヴィエ様は早く行きましょうと私の手を引いた。

「うむ！　庭の準備なら任せるとよい」

「ばあさんも気が早いな。忙しくなる」

「使用人達も参加となると、張り紙でもしておくか」

他の三人も準備する気満々で、すでに開催は明日に決まったようだ。元々オリヴィエ様がいらっしゃったら歓迎会を開きたいと思っていた。それが少し早まったと考えればいいか。

キッチンに戻ると材料と道具がずらりと並んでいた。特にボウルは魔王城にある分を全てかき集めてきたのではないかと思うほど、様々な大きさのものが用意されている。

早速役割を分担しておやつ作りを開始することとなった。作るおやつは私が今まで魔王城で作ってきたおやつから二品だけ抜いた全部。

除いたおやつの一つはいわずもがなラズベリーパイ。そしてもう一つはアイスクリーム。タイランさんがオリヴィエ様に食べさせてあげたいと思っているおやつを、私が彼よりも先に紹介してしまうのはなんだか違う気がするから。タイランさんの口から話して欲しい。だから外した。

代わりにフルーツ飴を追加した。それでもかなりの量である。

パイも何品か作るのだが、作り置きのパイ生地では数が足りない。まずはこれから作ることとなった。その他も固めるものなど時間を置く必要があるおやつから先に手を付けていく。

「こんなにたくさんのおやつを作るのは初めてだわ」

「私達もです。ダイリさん、泡だて器に付与魔法をお願いします」

「でも楽しいです。そろそろ冷蔵庫をもう一台増やしてもらいたいですね」

「フルーツ飴はここで乾燥させておきますので」

話をしながらも手を止めず、四人でひたすら作り続けていく。作り終わったおやつは冷蔵庫、もしくは保存魔法をかけて隣の部屋へと持っていく。広々とした机はおやつで徐々に埋まっていく。

お昼にはフランミェさん用のご飯ストックを食べ、食べ終わったら次のおやつを作る。おやつの時間には隣の部屋に置ききれなくなって、空き部屋を使わせてもらうことになった。シエルさんとフランミェさんにキッチンワゴンで運んでもらうのである。

全品作り終えたのは外が真っ暗になった時のこと。四人ともご飯を作る気力なんて残っておらず、昼に続いてストックへと手を伸ばした。

「オリヴィエ様、お部屋にご案内します」

「ありがとう。それじゃあ私はお先に失礼するわね。楽しかったわ」

「お疲れ様です」

案内に来てくれたシエルさんと共に去っていくオリヴィエ様を見送る。そして私は自分とミギさんとヒダリさんに付与魔法をかけて、とあるおやつの準備を始めた。

「さぁ最後のおやつを作りましょうか」

「もうひと踏ん張りですね」

「これにも付与魔法をお願いします」

最後のおやつ——アイスクリーム作りの始まりである。新しいクーラーボックスに氷を詰め込んでもらい、そこに蓋をした容器を入れる。そして外側から保存魔法をかければ、数日は持つらしい。

クーラーボックスを持っていたフランミェさんから教えてもらった。出すのは明日なので保ってくれるはずだ。せっせと三人で作っているとタイランさんがキッチンへとやってきた。

「あ、夕飯ですか？」

「ダイリに頼み事があって来たんだが……」

「アイスクリーム、ですか？」

「ああ。ばあさんに食べさせたいから作ってほしいと言いに来た」

そう言いながら私達の手元のボウルに視線を移す。すでに私達が作っていることに驚いているのだろう。だがアイスクリームはいくらあってもいい。材料もまだまだ残っているのだ。せっかくやってきた人員を逃がすつもりなどはない。

何より、私達が作ったものよりもタイランさんが作ってくれた方がオリヴィエ様は喜ぶ。彼女は挨拶会だと言っていたが、歓迎会の意味を失った訳ではない。

「タイランも一緒に作りましょう」

「まだまだ材料はありますからね」

「いっぱい作りましょう」

私達はボウルを置いてずずいと近づいていく。するとタイランさんは目を見開き、ぱちぱちと瞬きをした。

「俺でも作れるのか？」

「難しくないです」

「少し疲れるだけですよ。ダイリさん、付与魔法を」

「はい」

やる気があるうちにタイランさんの分を用意してしまう。付与魔法をかけた木べらをどうぞと差し出せば、ミギさんとヒダリさんがタイランさんの左右を固めた。作り方のコツを教えているようだ。出来たものは蓋つきの容器に移し、クーラーボックスに入れる。

「疲れるが意外と簡単だったな」

「そのための付与魔法ですからね」

「これなら魔王でも作れそうだな。また手伝わせてやったらどうだ？　また何かおやつを作りたがっていた」

「なら今度王の間にこのセットを持って行ってみんなで作りましょうか」

「それはいいな」

タイランさんが作ったアイスクリームだけは別の容器に入れてからボックスに入れる。これはオリヴィエ様用である。盛り付けの時も間違えないように別の皿にしておこう。

最後に、タイランさんと師匠さんが食べたというアイスクリームにかかっていた、イチゴとオレンジのフルーツソースを作って冷蔵庫に入れたら準備完了。

片付けをしてからミギさんとヒダリさんと別れる。部屋に向かう途中、タイランさんがぽつりと呟いた。

「遅い時間まで付き合わせて悪かったな。それにばあさんのことも」

「楽しかったですよ。こんなにたくさん作ることなんてそんなにないですし、オリヴィエ様と一緒におやつが作れるなんて教会にいた頃は想像もしていませんでした。それにアイスクリームはタイランさんの大切なおやつですから、絶対出そうって決めていました」

「……ありがとう」

「明日が楽しみですね」

「ああ」

明日のお茶会が良いものになるといいな。そんなことを考えながらタイランさんと別れて眠りにつく。けれど遠足の前日みたいでソワソワしてしまい、なかなか寝付けなかった。


日が変わり、お茶会当日。朝からお茶会会場へとおやつを運ぶ。前回同様、庭で開催するのだが、今回は招待客が多い。使用人達は仕事もあるので出たり入ったりすることになるらしい。

なので基本立食形式で、会場の端にいくつかのティーテーブルが用意してあった。こちらは魔王様達など、ゆっくりとおやつを楽しむ人用である。

タイランさんはすでにそちらに腰かけて、魔王様とメティちゃんと一緒におしゃべりをしていた。

マイセンさんとグウェイルさんはまだ微調整を行っているので、子ども達の面倒を見る係に任命されたようだ。飲み物やおやつが並んでからはせっせと世話を焼いている。

「我はあれが食べたい」

「全部並んだらマイセンに連れて行ってもらえ」

「これ美味しいね。もっと食べたい」

「花の形のがあったから後で見に行くといい」

「うむ。我はこれが好きだ。美味いからタイランも食え」

「お花があるの⁉」

「ああ。いっぱいあるぞ」

いつの間にかすっかりと手慣れている。微笑ましい光景だ。一緒におやつを運んでいるオリヴィエ様も彼らが気になるようだ。まるで母親が子どもを見つめるような優しい瞳を向けていた。

おやつ作りを張り切っていたのは挨拶のためだけではないのだろう。タイランさんがオリヴィエ様を心配していたように、きっと彼女もこの二年間タイランさんを想っていた。

昨日のアップルパイも今日のおやつも久々に会う我が子とその友人に向けたものだとしたら。その手伝いに私を選んでもらえたことはこれ以上ない幸せだと思うのだ。おやつを運びながら温かな気持ちに包まれる。

「ダイリさん、次で最後です」

「分かりました」

最後のおやつを机に並べ、空いたスペースを調整する。持ち帰るように用意した皿がなくなっていたのでそれも補充して、ようやく自分達の好きなおやつを取っていく。

すでにおやつは全体の三分の一ほどがなくなっていた。特に人気なのはプリンとクッキー。容器に入っているため手が汚れていても食べられるのと、手軽に食べられることが良かったらしい。

魔獣舎の魔人達がすでに取りに来ているというのもあるのだろう。彼らはプリンをとても気に入っている。容器がある分だけ作って良かった。

「もう結構なくなっていますね」

「持ち帰れるようにしたのが正解でした」

「皿をいくつか持ち帰っている人達と何度かすれ違いました」

「こんなに喜んでもらえて嬉しいわ」

四人で成果を喜びながら席につく。すでにマイセンさんとグウェイルさんはそれぞれ魔王様とメティちゃんの隣の席を確保している。

少し離れた場所では三頭に分かれたケルベロスがガツガツとおやつを食べていた。のんちゃんも今日は品数が多いからか、しっかりと起きている。とはいえ彼らはおやつを取りに行けず、マイセンさんは魔王様の世話を焼いている。

ではどうするのかと見ていれば、マイセンさんの部下の彼が活躍していた。ケルベロスは自分達の皿が空になればワンワンと吠えながら彼の周りをくるくると回るのである。彼も「俺、まだ全然食べてないんだけど」とぼやきつつもおやつを運んでいるようだ。

席もケルベロスのすぐ隣。世話を焼いているというよりも逆らえないのだろう。ケルベロス達にはすっかりと格下認定されている。

オルペミーシアさんとシエルさん、フランミェさんはマイペースに食べ進めているが、あのテーブルだけはテーブルの面が見えない。おやつがこんもりと積みあがっている。といってもすぐにフランミェさんのお腹に収まることだろう。

タイランさんは空いたテーブルに移動していた。空いている席はちょうど四つ。席を確保しておいてくれたのだろう。タイランさんの左右にオリヴィエ様と私、その隣にミギさんとヒダリさんが並ぶ形で座っていく。

「随分と大量に作ったんだな」

「魔王城には魔人がたくさんいるって聞いたから。これくらい作らないと足りないでしょう？」

「これでも足りなかったかもしれませんね。一部のおやつはほとんど残っていませんでしたから」

「今度お茶会を開く時は食器を買い足さなければなりません」

「それまでにおやつのレパートリーも増やしたいです」

ミギさんとヒダリさんの中ではすでに定期開催が決まっているようだ。オリヴィエ様も楽しそうねと笑っている。次の開催まで焼き菓子などはストックを多めに作っておく必要がありそうだ。

いっそおやつのストックやお茶会用の食器を保管するための部屋もあったらいいのに、なんて夢みたいなことを考える。

するとⅢにおやつを盛り付けた魔王様とマイセンさんがこちらへとやってきた。

「今度はいつ開くのだ？」

話を聞いていたらしい。存分に楽しんでくれている魔王様は次のお茶会に興味津々だ。自分の椅子を持ってきて、私とタイランさんの隣にスペースを確保する。他の三人も詰めてくれたおかげでもう一人分くらい場所が確保出来た。ミギさんとヒダリさんの間にマイセンさんもやってくる。

「まだ決まっていないのよ。でも楽しそうよね」

「日程が決まっていればもう少し数も作れそうです」

「もっと増えるのか⁉　我は賛成だ。また開こう」

オリヴィエ様と私の言葉に魔王様は目を輝かせる。食べたいおやつのリストも作っておかねば、とぼそっと溢した。聞こえたのはきっと私とタイランさんだけ。聞こえた二人で顔を見合わせて笑い合う。そして彼は次のお茶会開催のための案を出す。

「また開くのなら場所ももう少し広いところを確保した方がいいと思う。確か魔王城の敷地を広げる計画を立てていただろう。その時庭に広めのスペースは確保出来ないか？」

「出来るぞ。元々予定していた広さでは足りなそうだから広げようと思っていたところだったんだ」

「なら解体場も広げてください。今の広さではフランミェが持ってきた魔獣が入りきりません」

「いっそ解体した肉を置くためのスペースもすぐ隣に作って欲しいものです」

「解体場か。話を聞くとどんどん出てくるな」

どうやら二人以外からも作って欲しい場所の要望があるらしい。元々は使用人用の居住スペースの拡大がメインだったようだが、そこに魔法専用の鍛錬場の建設や食用植物用スペース拡大、魔獣舎の増築など、次第に増えていったらしい。

　全てを受け入れる訳ではないがマイセンさん自身、確かにと思う部分も多いそうだ。解体場や肉の保管場所もフランミェさんだけの問題ではなく、今後もケルベロスの狩りを行うのであれば必要となる設備である。

　魔王城の敷地を広げるのなら私の希望も伝えておくことにしよう。

「私はおやつのストックを置くための場所が欲しいです」

「人数が増えた分、ストックが増えるのも当然か。キッチンの近くの場所がいいよな……。魔法使い、大聖女殿。設計が固まったら少し手を貸してもらえないだろうか」

「構わない」

「これからお世話になるんだもの。手伝わせてちょうだい」

「ところで土地って大丈夫なんですか？」

「魔王城の周りは何もないから大丈夫だろ」

　魔王城と聞くと近くに宿などがありそうだが、私の知識は前世の漫画やゲームによるもの。つまり人間など外部の存在が休憩することを前提として作られていたのである。

　実際は魔王城の近くに建物を建てるなど不敬に当たるのだとか。近くに魔獣はいるそうだが、魔王城の敷地を拡げてしまえばどこかへと移動するらしい。住処(すみか)を奪われるのは少し可哀想(かわいそう)だが、それが魔界のルールである。なので私が口を出すべきことではない。

土地の確保はどうにかなっても整地だけはどうにもならないようで、ここでタイランさんとオリヴィエ様の力を借りたいのだとか。

「敷地を広げる際、有用だと判断すれば魔牛のように魔王城で飼うこともありますよ」

「魔鶏はフランミェが連れてきたのでしたね」

私が住処を追われる魔獣のことを気にしているのに気付いたのか、ミギさんとヒダリさんはそう付け加えた。あの子達はそうやって魔王城にやってきたのか。驚きの新事実である。

魔王城拡大について話しながらお茶会を楽しむ。おやつもほとんどなくなった頃、タイランさんが立ち上がった。

「ダイリ。そろそろだろ」

「そうですね」

待望のアイスクリームの時間である。タイランさんと一緒にキッチンへと向かい、クーラーボックスからアイスクリームを取り出す。

すでに皿は準備しておいたので、二人で盛り付けていく。盛り付けが終わったものはキッチンワゴンの上段に載せ、残ったアイスクリームとソースと追加の皿は下の段に載せた。

ガラガラとワゴンを転がして会場に戻る。すると魔王様がすぐに音に反応して振り返った。

「どこに行っていたのだ?」

「これを取りに行っていました」

「アイスクリームか！」

「アイスクリームってまさか……」

「昔、師匠と一緒に冷たいおやつを食べた店にいつか連れていくって約束しただろ。結局行けなかったけど。ダイリがそのおやつを作ってくれたんだ。美味しくて、ずっとばあさんに食べさせたいって思っていた」

オリヴィエ様には、タイランさんが自分の作ったアイスクリームを持っていく。魔王様達の分はミギさんとヒダリさんに手伝ってもらいながら配っていく。とりあえず椅子に座っている人の分だけ盛り付けてきたが、すぐ近くで新しいおやつを狙（ねら）っている魔人達がいる。

「それでは私達は彼らに配ってきますね」

「この容器はおかわり分でしたよね？」

「はい。ありがとうございます」

二人は列を作る魔人達にアイスクリームの配布を行っていく。オリヴィエ様はアイスクリームに手を付けず、両手で顔を覆（おお）っていた。スンスンと鼻を鳴らし、涙を拭う。

「二年も放っておいたのに、って言われたらどうしようかと思っていたの。もうばあさんって呼んでくれないいんじゃないかって不安で不安で」

「それに関しては聞きたいことも言いたいこともたくさんある。師匠もばあさんも集中したら周りが見えなくなるから心配だったんだぞ」

オリヴィエ様は心のうちを打ち明けてくれた。タイランさんは少しムッとした声を出しながらも、表情は柔らかい。そんなタイランさんに魔王様はぐさりと釘（くぎ）を打ち付ける。

「タイランも同じではないか。なぁダイリ」

「最近はちゃんとご飯食べに来るようになりましたけど、初めの方は全然でしたね」

魔王様と顔を見合わせ、心配ですよねと告げる。すると追加のアイスクリーム容器を取りに来たミギさんとヒダリさんもそこに参戦する。

「食事もまともに取らず、ポーションばかり」

「寝ているのかも心配でしたね」

「そうなの、タイラン？」

「最近は食べている。美味いものをたくさん作ってくれるし、部屋から出てこないと騒ぐ奴もいるしな」

「我を放置するからだ。ダイリ、おかわり」

皿を受け取り、アイスクリームを盛り付ける。すると別のテーブルにいたシエルさんとフランミェさんとオルペミーシアさんも皿を持ってこちらへとやってきた。彼女達もアイスクリームのおかわりに来たようだ。けれどそれだけではない。彼女達の耳にも会話が聞こえていたらしく、にっこりと微笑みながら話に混ざる。

「図書館にはちゃんと来るのにね」

「まぁ残していたら今はアタシが食べるからいいけどね」

「そろそろ洗濯と掃除もさせていただきたいところです」

まるで私達も心配しているのだと告げるように。

「運動がてら剣を始めたらどうだ？　すっきりするぞ」

「マイセンはただ魔法と剣術を両方使える鍛錬相手が欲しいだけだろ」

「魔法道具でもいいぞ」

マイセンさんはほおっと息を吐きながら、この前のあれは良かったと一人で頷く。この前のというと結界を作る魔法道具だろう。私が魔王様と見学させてもらってからも度々使っているようだ。良いストレス発散になっているのかもしれない。するとお兄さんが魔法道具をねだったからか、魔王様もタイランさんの裾を引いておねだりをする。

「タイラン、我も楽しい魔法道具が欲しい」

「今度アイスクリームを保管しておくための魔法道具をキッチンに作る予定だ。それで我慢しろ」

「アイスクリームを！　それはいいな。これからは好きなだけ食べられる」

えへへと頬を押さえながら、最後の一口のアイスクリームを口に運ぶ。

だが魔王様は大事なことを見逃している。冷凍庫のような魔法道具を作ったとしても、それは作ったものを保管しておくためのものであって、全部食べてしまっては意味がない。マイセンさんも近い将来起こるであろう未来に気付いたようで、嬉しそうな魔王様から目を逸らしている。

「なら図書館にも同じものが欲しいわ。最近冷蔵庫を置いたら便利でね」

「アタシも欲しい」

「お前達、頼めばどうにかなると思っていないか？」

「おやつの聖女さんはリクエストすれば作ってくれるわ」

「魔法使いもよくご飯とかおやつのリクエストしてるじゃない。あれと同じ」

オルペミーシアさんとフランミェさんからの指摘にタイランさんは言葉に詰まる。おやつと魔法道具とでは難易度も製作時間もまるで違うと思うのだが、彼の胸には刺さったようだ。腕を組みながら唸っている。そしてようやく答えが出たらしい、長く息を吐いてから二人の顔を見る。

「分かった。作ってやる。ただし、キッチンが先だからな。これだけは譲れない」

「ええ、それで構わないわ」

「アタシもキッチンは使うからそれでいい」

二人とも大喜びである。一方でタイランさんは頭を抱えている。正反対のリアクションだが、オリヴィエ様は「楽しそうで良かったわ」と笑みを漏らすのだった。

それからオリヴィエ様はこの二年間何をしていたか、何があったのか、どんな土地を回っていたのかを話してくれた。

王都ばかりに人手が集められており、地方には手が回っていなかったこと。物資の輸送が完全に復旧したのはつい最近だったこと。三年ほどの間、王都からの指示伝達が上手くいっておらず、地方の教会が上手く稼働していなかったこと。そこに王都で働いていた聖女見習い達が入ってくれたことで少しずつ機能を取り戻したこと。地方は地方で力を付け始めたこと。知識を独占することを止め、教会が魔法を教える場所という役割を担い始めたこと。

「誰かを憎んで、誰かを犠牲にして。そうして成り立つ世界はもう終わったのよ」

彼女から告げられたのは、魔界に来た私が知らなかった『聖女見習いとして王都で働いていた二年間』と『魔族と和平を結んだ後の人間界』だった。同時に私は人間界という場所をよく理解していなかったのだと思い知らされる。

「お墓参りにも行ったのよ。みんな骨になったら故郷に帰れるから。だから大陸中いろんな土地を回っていろんな人と出会ったわ。私は魔界にいることになっていたから、姿を隠すのが少しだけ大変だったけど」

「墓参りか。俺も最後に行ったのは半年以上前だし、久々に師匠のところに顔を出しておくか」

「そうね。一緒に行きましょう」

「ダイリ、その時にもアイスクリームを作ってくれないか？」

「もちろん。……あの、タイランさん」

「どうした？」

「予定が空いている時でいいんですが、私を実家に連れて行ってもらえませんか？」

タイランさんとオリヴィエ様を見ていたら、私も家族に会いたいという気持ちが湧いてきた。この先ずっと手紙だけ送って報告した気になっていていいのかと不安になったのだ。

それは大事に思っているはずの家族から目を背けることで、私がしたのと同じ思いを家族にもさせてしまっているのではないかと。同時に今の私を受け入れて欲しいとワガママなことも思う。私は目の前の二人が羨ましくてたまらないのだ。そんな身勝手な思いを口にすると、魔王様がスプーンを落とした。徐々に表情を歪め、声を荒らげる。

「この前は一緒にいてくれると言ったではないか！　あの言葉は嘘だったのか！」

「嘘じゃないです。私はこの先もずっと魔王城にいます。だからこそ家族に元気でやっているよって一度顔を見せておきたいんです。大事なこの場所を逃げ場所にしたくないから……」

真っ直ぐに心の内を告げる。すると魔王様は少しだけ泣きそうな顔をした。涙を我慢するように拳をぎゅっと固めて俯く。そして弱々しく声を吐き出した。

「ちゃんと帰ってくるのだな?」

「はい。ここが私の居場所ですから。お弁当も用意していきますね」

「遅くなったら嫌だからな」

「日が暮れる前に帰ってきます」

「……ならいい。我も兄上が一緒で嬉しいからな」

魔王様から許可をもらい、およそ四年ぶりの帰省が決まった。自分で言い出したことだがかなり緊張する。お茶会がお開きとなり、食器を片付けている間もずっとそわそわとしていた。

「ダイリ、帰省は明日でいいか?」

「明日ですか⁉」

オリヴィエ様といい、タイランさんといい、決断から決行するまでが早すぎないか。すでに水気が取れた皿を布巾で拭きながら、もう少し時間が欲しいと訴える。だが効果などなかった。

「俺が知っている限り、少なくともダイリは二年は実家に帰っていないんだが」

「それは……」

先ほど追い詰められていたのとは打って変わって、私を正論で追い詰める。私は先ほどのタイランさんのように言葉に詰まり、けれど潔く決断することも出来ず、視線を彷徨(さまよ)わせる。タイランさんは呆れたようにため息を吐いた。

「時間も命も有限だ。会えるうちに会っておいた方がいい」

それは大事な人を見送った人だからこそ出る言葉で、死んだことのある私の胸にぐさりと突き刺さる。対抗する言い訳なんて浮かぶはずもなかった。

実家に顔を出す日が決まったからにはやらなければならないことがある。そう、おやつ弁当作りである。食器を洗った後、すぐにおやつ作りに取り掛かる。

二日連続で大量におやつを作るなんて思ってもみなかった。けれどタイランさんの言葉は私を思ってのもの。それに彼も急だからと手伝いを申し出てくれた。

「タイランさん、この生地を延ばして型抜きしてください。余った生地はまた捏(こ)ねて延ばして」

「分かった」

「ドーナッツは私が揚げましょう」

「蒸しパンなら私が」

「ありがとうございます」

「あら、何を作っているの？」

ミギさんとヒダリさんにも手伝ってもらうことになり、タイランさんを探しに来たオリヴィエ様の手も借りることとなった。

「皆さん、すみません」

「俺が言い出したことだからな。手伝いくらいする」

「ダイリさんにはいつもお世話になっていますから」

「私達が出かける時はいつも手土産を作ってくれます」

「気にしないで。昨日は私が付き合わせちゃったんだから」

五人で作ったおやつをバスケットに詰め、最後におせんべいを詰めた瓶を入れる。これでおやつ弁当は無事に完成した。後は明日に備えるだけだ。


翌日。ミギさんとヒダリさんとオリヴィエ様から実家への手土産を持たせてもらった。魔王様にはおやつ弁当を渡し、マイセンさんには食べすぎないように見ていて欲しいと頼んだ。タイランさんは王の間に転移魔法陣を書いてくれた。準備は万端だ。

「それじゃあ行ってきますね」

「遅くなる前に帰ってくるのだぞ。それから怪我には気をつけてな」

おそらく本で覚えたのだろう。魔王様からお出かけ前の言葉を受け取る。

「俺が付いているんだからそんな心配するなよ」

「タイランはダイリをちゃんと連れて帰ってくるのだぞ」

少しだけ心配が残っている魔王様だが、タイランさんは適当に返事をする。魔王様はそんな彼にムッとして、私の手を握った。そして何やらボソボソと呟く。そういえばこんなこと前にもあったような気がする。あの時はパウンドケーキを入れた袋に対してだったが。

「何かの魔法ですか？」

「魔法ではない。ダイリが何事もなく元気に帰ってきてくれるように願ったのだ」

その言葉に私は一つ思い当たる節がある。夢の中であのまま深い闇の中に取り込まれそうだった私を引き上げてくれたのは小さな男の子だったから。あれは魔王様の願いが形となったものだったのだろう。それが魔法かどうかは私には分からないけれど、魔法かそうでないかはあまり重要ではない気がした。

気持ちの強さは時に奇跡を起こす。そう思うのは私に魔法の存在しない国で育った記憶があるからかもしれない。

「ありがとうございます。遅くなる前に帰ってきますね」

二度目の行ってきますを告げ、タイランさんと共に転移魔法陣に乗り込む。

眩い光に包まれて、目を開ければそこには見慣れた光景が広がっていた。村のすぐ近くまで帰ってきたのだ。久々に見るのどかな光景を目に焼き付ける。

「なっ！」

背後から聞こえた懐かしい声に振り返る。そこには兄が立っていた。偶然にも出かけ先から帰ってきたところだったらしい。四年前とあまり変わっていない。無精髭が生えているくらいだ。

あんぐりと口を開き、こちらを凝視している。私はすっかり見慣れてしまったが、兄には何もないところから忽然と人が湧いたように見えたのだろう。

「兄さん」

「メイリーンの幽霊が喋った……」

「幽霊じゃないわよ、ほら」

兄の両手を包み込めば、今度はボロボロと泣き出した。

「生きてた、生きてたんだな……。お前は死んだんじゃないかって。信じたくなんてないけど、もう現実を見なきゃダメだってずっと自分に言い聞かせてた」

「ずっと帰ってこれなくてごめんなさい」

私よりもずっと大きな兄は背中を丸めてボロボロと涙を溢す。今まで泣いたところなんて見たことなかった。泣かせてしまったのが自分であることが申し訳なくて、けれど泣くくらい大事に思ってもらえていたことが嬉しくて兄の身体を抱きしめた。

「ただいま、兄さん」

「おかえり、メイリーン」

みんなに顔を見せてやりたいと、兄は家まで私の手を引いてくれた。家には家族全員が揃っていて、両親は私の顔を見ると何も言わずに抱きしめてくれた。小さな子どもをおぶった妹は私を見るや否や「遅い！」とストレートな怒りをぶつけた。

「お金と手紙だけ送ってきて、ずっと心配だったんだから……。数年ぶりに帰ってきたと思ったら知らない男の人連れてくるし！」

「え？」

「その人、誰よ！」

ずっと私の後ろで見守っていたタイランさんの存在が気になるらしい。妹は手負いの猫のように威嚇する。兄も「そういえば最初からいたな」と今更気付いたようだった。

「こちらはタイランさん。今の職場の同僚で、今日は私をここに連れてきてくれたの」

「タイランです。いつもメイリーンさんには美味しいおやつを作ってもらっています」

「メイリーンは大きなお屋敷でおやつを作っているんだったか」

「そうなの。王都でお世話になった方から紹介していただいて」

家族にタイランさんを紹介する。少しむず痒(がゆ)いが二日前のタイランさんも同じ気持ちだったのだろう。持たせてもらった手土産を渡し、元気でやっていると伝える。すると兄は何かを思い出したかのようにハッと顔を上げた。

「屋敷といえばあの花だよ、花。俺はあれでメイリーンが死んでいるんじゃないかと思ったんだ」

「花がどうしたの？」

「メイリーンが絵を描いて送ってきたことがあっただろう。それを手がかりにどこにいるのか探してみたんだ」

以前、グウェイルさんとメティちゃんのアドバイスで手紙に絵を付けたことがある。兄はその絵を持って大きな町まで向かったらしい。そして植物に詳しい人に端から聞いていったのだとか。誰もがこんな花は見たことがないと首を振る中、唯一知っていると言った人に出会えたらしい。

「その人はかなり高齢の老人だったんだが、若い頃魔界で見たなんて言い出してさ。魔界になんているはずないって初めは思ってたんだが、消印がいつも違うのが気になって……。その老人が魔人ならいくらでも筆跡を変えられると言っていたのと一緒に、手紙が送られてくる間隔が一回だけ妙に空いていたことも思い出したんだ。お世話になった人の紹介で新しい仕事を始めたと書いてあったから、受け取った時はあまり気にしてはいなかったが。でも本当はメイリーンはもう死んでいて、この手紙はメイリーンのふりをした魔人が出してるんじゃないかって変なことばかり考えるようになった」

兄はその時のことを思い出しながら怒って悲しむ。まさか軽い気持ちで描いた絵がこんなことになるとは思わなかった。だがそれだけ心配してくれていたのだろう。

「心配かけてごめんなさい」

「今は帰ってきてくれただけで嬉しい。これからは村にいるんだろう?」

「ううん、今日は顔を見せに来ただけだから。すぐ帰るよ」

「そんな……」

肩を落とす兄だが、両親と妹は私の気持ちに気付いていた。私が持っていたのは手土産だけだったからだろう。泣きそうな表情で微笑んでいる。

「私ね、大事な場所が出来たんだ」

「……大事な場所、か。なら俺が止めたら悪いな」

「兄さん、ありがとう」

「ただし条件がある。今度は手紙だけじゃなくて、たまには顔を見せに来い。それがメイリーンを送り出す条件だ」

高らかに宣言し、譲歩はしないぞと付け加える。胸を張る兄に、両親と妹も賛同のようだ。コクコクと頷いている。だが私の力では家に帰ることは出来ない。後ろにいるタイランさんをチラッと見れば、彼も当然だとばかりに大きく頷いていた。また甘えることになりそうだ。

「うん、また来るね」

別れ際、家族一人一人と抱き合ってから転移魔法陣があった場所へと戻る。道中すれ違う村の人達はまるで幽霊にでも会ったかのような驚きようだった。

兄がそう思っていたのと同じで、私はもうこの世にいないものだと思っていたのかもしれない。そうでなくとも四年間全く顔を見せなかった娘が今になって帰ってきたことに驚くのも無理はないが。

ペコリと小さく頭を下げてすぐに立ち去る。彼らには悪いがここで囲まれてしまったら魔王様との約束を守ることが出来ない。説明は家族に丸投げしてしまった。

「転移魔法って難しいんでしょうか」

浮き出た転移魔法陣を見ながらタイランさんに尋ねる。

「まぁな。特に人間界と魔界を繋(つな)ぐとなるとかなりの集中力も必要になる。だが別に一、二年で覚える必要はないだろ。教材もたくさんあるし、俺以外も魔法を教える奴なら唸るほどいる」

「地道な努力が大事ってことですね」

「そういうことだ」

周りに人がいないかを確認してから転移魔法陣に乗る。本日二回目の光に包まれた。

「ただいま帰りました」

「おかえり。ダイリ、タイラン」

王の間ではジュードと再会した日と同じく、おやつ弁当を広げた魔王様が待っていた。けれど今回待っていてくれたのは魔王様だけではない。マイセンさんとオリヴィエ様、シエルさんとフランミェさんにミギさんとヒダリさん、オルペミーシアさん、メティちゃんとグウェイルさん、ケルベロスまでいる。全員大集合だ。

テーブルの上にはおやつの他に絵本とレシピ本が開いた状態で置かれている。ミギさんとヒダリさんの手元には彼らの料理ノートがあって、次のお茶会に備えているらしかった。

「何か美味そうなおやつは見つかりましたか？」

「我はこの三段ケーキが良いと思うのだ。特別な日に食べるおやつらしいのだが、この大きさといい、飾りの多さといい、魔王たる我にぴったりだ」

「豪華なだけじゃなくてちゃんと美味そうだな」

「そうだろう、我が選んだのだから当然だ」

魔王様はふんふんと鼻を鳴らしながらレシピ本を指さす。ミギさんとヒダリさんも作る気満々で、オリヴィエ様も楽しそうねと笑っている。

三段ケーキか。前世でも今世でもホールケーキは作ったことがある。といっても段にすることはなかったし、ここまで大きいものも作ったことがない。だが本の中のケーキはキラキラと輝いていて、魔王様の目も同じくらい輝いていた。これは作るべきだろう。俄然やる気が湧いてくる。

「私も混ぜてください」

「ここの席にどうぞ」

「さぁ二人とも座ってください。そして案をください」

ミギさんとヒダリさんが席をずれてくれて、そこに私とタイランさんの場所が出来た。

「これは飾りじゃなくてフルーツの方がいいんじゃないか？　その方が食えるだろ」

「タイランは良いことを言う！　フルーツなら我は選ぶのが上手いのだぞ」

「ならメビウスちゃんに選んでもらおうかしらね」

「メビウス、兄上も手伝おう」

「メティはこの前みたいにお花があると嬉しいな」

「お茶会の時にたくさんあったあれか。可愛かったよな」

「この前作ったのはジャムクッキーでしたが、ケーキに載せるならアイシングクッキーの方がいいかもしれません。お花以外にもミントや魔獣も作れますし、一気に華やかになりますよ」

「初めて聞く名前ね。アタシはたくさん食べられれば何でもいいや」

「フランミェ、分けながら食べるんですからね？」

「せっかくだからキラキラなおやつも付けましょうよ」

みんなで顔を寄せ合っておやつについて話し合う。使うクリームやフルーツの種類を真剣に考えるのである。こんなこと二年前の私は想像もしていなかった。

代理として始まった魔界生活。二年間なんてあっという間だと思っていた。オリヴィエ様が来たら他の場所に行くんだって。

あれから二年が経っただけ。けれど私が変わるには十分な時間だった。私は魔界という場所で新たな居場所を見つけた。

私はこれからも魔王城のおやつ係として、このおやつ好きな魔人たちと生きていくのである。

（完）

【あとがき】

お久しぶりです。斯波です。

この度は『捨てられた聖女はお子さま魔王のおやつ係になりました　2』をお手に取っていただき、ありがとうございます。本作も無事ラストを描くことが出来ました。

二巻のほとんどが書き下ろしで、ラストもウェブ版とはかなり違うものとなっております。

書籍版二巻の大テーマは『家族』と『変化』の二つで、短編投稿時からこの物語の核にいたメイリーン・タイラン・ジュードの三人は特に家族というものを意識して描きました。

三人ともが魔王討伐が始まる前に思い描いていた未来とは違う未来に辿り着きました。それは必ずしも良い結果だったとは言えないのですが、それでも三人ともが今を受け入れて前に進む、そんなラストを書くことが出来て良かったと思います。

特にジュードは結果的にメイリーンを危険にさらしてしまったとはいえ、彼なりにメイリーンを大事に思っていたので、前に進む未来を描けたことがとても嬉しいです。

また変化があったのはこの三人だけではなく、魔王城の魔人達も同じです。長い時間を生きる魔人にとって、メイリーンがやってきてからの二年なんてあっという間のことではありますが、彼らは別の種族と共に生活を送ることで少しずつ変化をしていきました。

物語が終わった後もずっと変わり続けることでしょう。

メイリーン・ミギ・ヒダリのレパートリーももっと増え、オリヴィエがキッチンに立つ回数も増えるといいな。お茶会と同じく定期開催することになるであろう、バーベキューに焼きとうもろこしやカレーが並ぶようになるといいな。ジュードも今度は劣等感ではなく、信頼感を築くことの出来る相手と出会うことが出来ればいいな。なんてどれも希望でしかありませんが、この先、彼らにいくつもの幸せがあることを願います。

最後にこの場を借りてお礼を。

一巻に引き続きイラストを担当してくださった麻先先生、ありがとうございます。

今回も色々とお任せしてしまい、本当にご迷惑をおかけいたしました。先生のおかげでタイランの花が決まりました。タイランは冷たく見えるのですが温かくもあり、そんな人柄が表れている彼のビジュアルとローブは私のお気に入りです。

文字数が一巻よりも増えても最後まで書かせてくださった担当編集様、GA文庫編集部に関わる皆さま、ウェブ版から応援してくださった読者様、そして出版に関わってくださったすべての方にお礼申し上げます。本当にありがとうございます。

またどこかでお会い出来ましたら幸いです。

斯波

GAノベル

捨てられた聖女はお子さま魔王のおやつ係になりました 2

2023年4月30日　初版第一刷発行

著者　斯波

発行人　小川 淳

発行所　SBクリエイティブ株式会社
〒106-0032　東京都港区六本木2-4-5
03-5549-1201　03-5549-1167（編集）

装丁　木村デザイン・ラボ

印刷・製本　中央精版印刷株式会社

ISBN978-4-8156-1766-0
Printed in Japan

ファンレター、作品のご感想をお待ちしております。

〒106-0032　東京都港区六本木 2-4-5
SBクリエイティブ株式会社
GA文庫編集部 気付

「斯波先生」係
「麻先みち先生」係

本書に関するご意見・ご感想は
下のQRコードよりお寄せください。
※アクセスの際に発生する通信費等はご負担ください。

捨てられた聖女はお子さま魔王のおやつ係になりました

著：斯波　画：麻先みち

勇者から婚約破棄された聖女・メイリーン。途方に暮れる中、お菓子作りが大好きだった前世の記憶を思い出す。自由に生きる！ と決めたメイリーンは魔王城で働くことになるが、就任したのは……お子さま魔王のおやつ係！

子どもの魔王様は美味しいおやつにメロメロ、しかも食べると特別な効果があるみたい!?

メイリーンの評判はお城に留まらず、食事の習慣が無かった魔界中にも広まっていき……。

料理にガーデニング、もふもふたちに餌付けまで!!

自由気ままなスローライフ、はじめます！

書籍限定外伝「ケルベロスの一日」収録

エリス、精霊に祝福された錬金術師　チート級アイテムでお店経営も冒険も順調です！

著：虎戸リア　画：れんた

冒険者ギルドから「役立たず」だと追い払われた精霊召喚師の少女・エリス。仕事と住む場所に困るエリスに、偶然出会った錬金術師のジオは前のめりに提案する。

「全属性の精霊を喚び出せるだと！？……俺の工房で働かないか？」

精霊召喚の能力を買われ、錬金術師の弟子となったエリスだが――

「精霊の力でスゴいモノができたんですけど！？」

エリスの作る斬新なアイテムはたちまち噂になり、やがて国中を巻き込む騒動に……。しかしエリスは精霊達とのんびり錬金術を行い、マイペースに素材収集に出かけるのだった。

お店も冒険も楽しむ新米錬金術師のモノづくりファンタジー、開幕!!

試読版は
こちら!

モンスターがあふれる世界になったけど、頼れる猫がいるから大丈夫です

著：よっしゃあっ！　画：しんいし智歩

GAノベル

三毛猫のハルさんと暮らす新社会人「クジョウ アヤメ」は、夕飯を買いに出た帰り道、世界の激変に巻き込まれてしまう。変わり果てた街並み、人々を襲うモンスター、そしてスキルに目覚める者たち——。混乱の中、アヤメとハルさんは偶然にも巨大モンスターの討伐に成功し、その瞬間、頭の中に声が響いた。《クジョウアヤメのLVが1から10に上がりました》《カオス・フロンティアにおける最初のネームドモンスター討伐を確認——ボーナススキル『検索』を獲得しました》それをきっかけに、アヤメは検索スキルを駆使して、モンスターがあふれる現実（リアル）を生き抜いていくことに。

しかもスキルに目覚めたのはアヤメだけではなく、なんと愛猫ハルさんもチート級の有用スキル『変換』をゲットしていて……!?　可愛くて頼れるモフモフ猫といっしょに危険なモンスター世界を切り開く、新たなる「モふれる」サバイバル、スタート！